MW01485411

Dカラーバケーション

インディゴの夜

TOUGH NIGHTS OF CLUB INDIGO 4

加藤実秋
KATO MIAKI

東京創元社

目次

CONTENTS

インディゴの夜

Dカラーバケーション

7days活劇《セブンデイズロンパーズ》

1

妙に静かなので隣を見ると、ジョン太は寝《た》ていた。ソファの背もたれに体を預け、首を傾けて俯《うつむ》いている。長い顔はうっすら紅潮し、わずかに開いた薄い唇から白い歯が覗いていた。

「かわいい顔しちゃって」

なぎさママが不気味に笑った。空になった皿を載せたお盆を抱え、ジョン太の顔を覗き込む。長い髪をアップに結い、流行の金ボタン・エポーレットが付いたミリタリージャケットを着ているが、ごつく厚みのある体のせいで、叩き上げの鬼軍曹に見えなくもない。

ぱっちりと、ジョン太が目を開いた。ママに気づくなり悲鳴を上げ、身をよじって逃げる。

「何よ。失礼ね」

ママが鋭角的に整えた眉をひそめ、テーブルを囲むみんなはどっと笑った。私が空いたグラスにミネラルウォーターを注いで差し出すと、ジョン太は寝ぼけ顔で受け取り一口飲んだ。

「晶《あきら》さん、俺どっか悪いんすかね。最近めっきり酒が弱くなっちゃって」

「よく言うわよ。さっきまで、さんざん飲んで大騒ぎしてたじゃない」

トレードマークの巨大アフロには、料理のツマのパセリやエビの尻尾がクリスマスツリーのオーナメントよろしくぶら下げられ、煙草や象牙の箸も挿し込まれている。

「いや、でも飲むとすぐに眠くなるし。前はそんなことなかったんすよ」

「そうそう。この間もアフターに行ったのはいいけど、客に膝枕させて爆睡ですよ。なんとかしてくれって電話があって、仕方なく俺が迎えに行ったんだから」

油が回りしんなりとした春巻きを頬ばりながら、DJ本気《マジ》が暴露する。こちらもトレードマークの金髪マッシュルームカットで、フレームの大きなコントの小道具のような眼鏡をかけている。袖口や裾に色鮮やかなタータンチェックを使ったオールインワンは、この間「ベイ・シティ・ローラーズみたい」と言ったら、「なんですか、それ」と返された。

「お前は後先を考えずに突っ走りすぎるんだ。そこが人気でもあるが、いい加減にペース配分を覚えて、店のナンバーワンとしての自覚も持って」

憂夜《ゆうや》さんの訓辞が始まった。彫りの深いくどめの目鼻立ち。櫛目も鮮やかなオールバックヘアで、日焼けした額に前髪が一房垂らされている。知り合ってから四年ほど経つが、不気味なほど変化がない。バブル期のプロ野球選手の私服を彷彿とさせる、分厚い肩パッド入りのダブルスーツにエナメルシューズというスタイルももはや盤石《ばんじゃく》。手入れの行き届いた指が優美で無駄のない動きで白酒《パイチュウ》のニューボトルを開けるのを、なぎさママがうっとりと眺めている。

「そりゃ老化だろ」

意地悪く鼻を鳴らす音に、デリカシーの欠片も感じられないげっぷが続く。塩谷《しおや》さんだ。シワだらけのチノパンの脚を組み、ジョン太とは反対側の私の隣席にだらしなく座っている。すっかりできあがり、四角い顔はまだらに赤く染まっている。手にしているのは中国酒用の小さな杯ではなく、ビールグラス。そこに憂夜さんが恭《うやうや》しく白酒を注ぐ。

「やっぱり？　気になってたんすよ。俺もついにおっさんすかね」

「そういや、最近アフロのボリュームがいまいちじゃねえか？　見てろ。毛がどんどん細くなって、抜け毛も増えて、あっという間に生え際が後退だ」

「やめて下さいよ。俺んち、じいちゃんも親父もハゲなんすよ。しかも生え際からじわじわいくM字型じゃなく、いきなりてっぺんが薄くなるタイプ。別名フランシスコ・ザビエル型ハゲ」

「うわ。きっつ～」

DJ本気に煽《あお》られ、ジョン太は裏声で悲鳴を上げてアフロ頭を抱えた。エビの尻尾や箸が、テーブルと私の膝の上にぼろぼろと落ち、犬《いぬ》マンやアレックス、他のホストたちが爆笑する。

渋谷・南平台《なんぺいだい》、深夜三時過ぎ。なぎさママの中華ダイニングバーに、〈club indigo〉のメンバーが顔を揃えている。恒例の、経営陣と売り上げ上位のホストだけが出席できる酒宴だ。

どやどやと足音がして、男が三人通路を近づいて来た。たちまち、ジョン太が顔をしかめる。

「おせえよ、お前ら」

「すみません。アフターで」

先頭の一人が答え、後ろの二人も会釈する。歳は揃って二十歳《はたち》そこそこ。ほっそりした体を、飾り気のないポロシャツやジーンズで包んでいる。短い黒髪、整った目鼻立ちときめの細かい肌には清潔感と育ちのよさは感じられるが、個性や覇気といったものはない。唯一特徴的なのは眼鏡で、三人とも少しずつ形状の違うものをかけている。

「月一《つきいち》の飲み会の夜には、アフターを入れないのがRule。何度同じことを言わせるんだよ」

野太い声に怒りを滲《にじ》ませ、アレックスが逞《たくま》しい腕を組んだ。Tシャツの襟元からホワイトゴールドのネックレスを覗かせているが、首が太いのでチェーンが足りず、チョーカーのようになっている。

「まあいいじゃん。手塚《てづか》くん、とにかく座れよ。川谷《かわたに》くんと酒井《さかい》くんも」

犬マンが促す。洗いざらしのパーカとジーンズ姿で、視線はテーブルのメニューに落としたまま。それでも、不思議な落ち着きとオーラが漂う。手塚くんと呼ばれた先頭の男が空いたソファに腰掛け、後ろの川谷くんと酒井くんも続いた。

「なに飲む？　ビールならキリンか青島《チンタオ》。樽生もあるけど」

「ウーロン茶で。僕ら、プライベートでは酒は飲まないんです」

手塚くんが右手の中指で眼鏡のブリッジを押し上げた。横長の細く黒いプラスチックフレーム。似たようなデザインの眼鏡をかけた男の子を、街でよく見かける。

「Private?　芸能人かよ。それにこれだって立派な仕事だぞ」

「そうだそうだ」

アレックスの威を借りてジョン太が騒ぎ、ＤＪ本気も大きく頷く。その中で犬マンだけが、マイペースで続けた。

「あっそう。じゃあウーロン茶三つと……俺はそろそろメシものをもらおうかな。ママ、例のラーメンある？」

「あるわよ。あんたたちのために、特別にとっておいたの」

「マジ？　じゃあ俺も」

「俺も俺も。大盛りでよろしく」

一転してアレックスとジョン太は盛り上がり、ＤＪ本気も勢いよく手を挙げる。

「例のラーメンって？」

「晶さん、知らないんですか。最近メニューに加わったんです。見た目は青梗菜《チンゲンサイ》とかキノコとかが入った普通の五目汁そばなんだけど、スープが絶品。ママ、あれ何で出汁《だし》を取ってるんですか」

DJ本気の問いかけに、なぎさママは意味深な笑みを返した。

「内緒。企業秘密」

「うわ。超気になるんすけど。干しエビ？　貝柱？」

「いや。あのわずかに残った生臭さは、動物系だろ。鶏ガラ、いやハムかも」

さらに盛り上がるホストたちを、ママが満足げに見下ろす。その様子を充血し、据わった小さな目で眺めていた塩谷さんが口を開いた。

「そういや最近、あれ見ねえな。まりんとかいう、ママの犬」

「ちょっと。何を言いだすのよ」

私は塩谷さんのBDシャツの袖を引いた。しかし意図を理解したらしいホストたちは、すぐに悪のりを始めた。

「言われてみれば、ここ半月ぐらい。それって、ママがラーメンを始めたのと同じタイミングですよね」

「えっ。まさか……やめてくれよ。俺、さんざん食っちゃったよ」

「いい加減にしなさいよ。まりんなら家で寝てます。獣医さんに、健康と美容のために早寝早起きをさせた方がいいって言われたの。お陰で元気いっぱい。毛もつやつや。かわいさ倍増よ」

「なんだ。がっかり」

私が呟き、ママはさらに眉をつり上げた。

「何よ、晶ちゃんまで。あんたら全員、営業妨害で訴えるわよ。手足をふん縛って、うちの風呂で三昼夜煮込《さんちゅうや》んで出汁を取ってやるから」

ママのキレっぷりに、ホストたちと塩谷さんが笑う。ママはさらにわめき、憂夜さんの胸にこぞとばかりにしなだれかかった。

「でも、似たような噂を聞いたことがあるぜ」

憂夜さんにエスコートされ、ママが厨房に向かうと、ジョン太は言った。笑いすぎて頬が引きつり、細い目にはうっすら涙が滲んでいる。

「なんだよ、それ」

「知ってる。宇田川町《うだがわちょう》の裏通りに、汚ねえけどすげえ旨《うま》いラーメン屋があったじゃん」

「宇田川町の裏通りに、〈ぐるっぽ亭〉だろ。でも、少し前に潰れちゃったよな。繁盛してたのに、なんでだろうって思ってたんだ」

「店の裏のマンションに住んでる子の話じゃ、あの辺って野良猫が多くてみんな困ってたんだって。でも、ぐるっぽ亭ができてから、ぱったり見かけなくなったって」

「それヤバいじゃん。保健所的にも、動物愛護的にも激ヤバじゃん」

悪ふざけにもほどがある。私が説教しようとした矢先、ソファの隅からくすりと笑いが起きた。ジョン太たちの会話がぴたりと止み、視線が手塚くんに集まった。俯いて携帯電話を弄《いじ》っているが、口元には薄い笑いが浮かんでいる。

「おい。何がおかしいんだよ」

「すみません。僕、そういう噂とか都市伝説みたいなのを信じてなくて。それにそのネタ、ちょっと古いですよね。ぐるっぽ亭は潰れたんじゃなく、世田谷《せたがや》に移転したらしいですよ。野良猫がいなくなったのも、餌づけしてた婆さんが死んだからとか。だよな？」

手塚くんが振ると、川谷くんは臙脂《えんじ》・プラスチックフレーム・細身横長、酒井くんは銀色・メタルフレーム・細身横長の眼鏡のブリッジをそれぞれ押し上げながら頷いた。

「本当かよ。でも、俺の指名客から聞いた確かな話だぜ。愛梨《あいり》ちゃんていって、都市伝説に詳しい子」

「元指名客。愛梨さんは今は僕のお客さんですよね？　移転とか餌づけ婆さんの話も、彼女から聞いたんです」

フリーズしたジョン太に代わり、アレックスが立ち上がった。肩を怒らせ、鼻息も荒くなっている。

「ごめんなさい。気を悪くしたなら、謝ります。ジョン太さんは大先輩だし、尊敬もしてます。でも、この間『最近ますます客の顔と名前を覚えられない。ボケてきてるのかも』って言ってたし、念のため」

フォローのつもりか。そういうのを世間では「火に油を注ぐ」っていうの。私は脱力し、隣で塩谷さんも鼻を鳴らした。

「手塚くん。もういい」

甘いバリトンの声が降ってきた。憂夜さんが立っている。不穏な空気を察知し、得意の足音を立てない歩行で戻って来たらしい。

「お前らのバンドは、明日のショータイムで演奏するんだろ。早く帰って寝ろ」

「はい。空気を悪くしてすみませんでした。失礼します」

待ちかねていたように、手塚くんたちは席を立った。その背中が通路の奥に消えるのと同時に、ホストたちがぼやき始めた。

「なんだよ、あいつら。挨拶とか言葉遣いとかはちゃんとしてるんだけど、なんかムカつくんだよな」

「目線の問題じゃないか。なにげに上から」

「それだ、それ。ふざけんなよ、勘違いしやがって。愛梨ちゃんだって、なかなか指名がつかなくて悩んでるって聞いたから譲ってやったのに。ちょっと売れだしたとたん、あれかよ。それにあいつ、俺のこと微妙におっさん扱いしてね？」

「なに言ってんのよ。さっき塩谷さんに老化だって言われた時には、同調して騒いでたじゃない」

「それはそうなんすけど。でも年寄りに言われるのと、若いやつに言われるのとじゃ意味が違うっていうか」

「年寄りで悪かったわね」

呟いてガンを飛ばし、私はグラスの白酒を飲み干した。そこに取りなすように白酒を注ぎ足し、憂夜さんはホストたちに向き直った。

「いい加減にしろ。手塚くんたちは、俺が意図的に勘違いさせた。売れっ子としての自信やオーラを身につけるためには、必要なんだ。お前らだって、昔はそうだっただろう。折を見て、釘を刺しておくから。若手を見守って育てるのも、ベテランの仕事だぞ」

圧倒的な説得力と、わずかに威圧が感じられる語りっぷりに、場が静まりかえった。その中でジョン太だけが不服そうに口を尖らせ、ぶつぶつと文句を言い続けている。

二〇〇六年五月。大幅改正された風俗営業法が施行され、客や警察への営業届出確認書提示の義務や客引きの禁止、都道府県条例で地域による延長が認められる場合も、営業時間は日の出から午前一時まで等々が定められ、キャバレーやクラブ、バーなど風俗営業に該当する店は、営業形態の変更を余儀なくされた。club indigoも同様で、塩谷さん、憂夜さんと話し合いを重ねた結果、営業時間を午後三時から六時までの二部と、午後七時から午前一時までの一部に分けることにした。二部は「アフタヌーンパーティ」と銘打ち、新人・若手ホストが中心だが初回は飲み放題・税金チャージ込みで二千円、メニューにはケーキやランチプレートなどを加え、ホストたちによるダンスやバンド演奏、コントなども楽しめる等工夫した。当初伸び悩んだ集客も、「ショーパブみたいで気楽」「ちょっと高めのカフェでランチをする感じ」とじょじょに人気を呼び、手塚くんたち売れっ子ホストも出てきた。しかし手塚くんたちの源氏名は本名、しかも苗字にくん付けをしたもの、指名客も全員さん付けで呼び、煙草とつき合い酒はノーサンキュー、高級焼き肉店の特上カルビよりも、自宅で炊いた玄米を好むという独特のノリに、ジョン太たち古参ホストは違和感を覚え、一部と二部のホストたちとの間に溝が生まれてしまっているようだ。

「昔とかベテランとか言わないで下さいよ。わかっちゃいるけど、なんかヘコむ」

ジョン太の呟きが、耳に届いた。

私から見ればまだまだ子どもだが、ジョン太たちも二十代半ば。若手も台頭し、いつまでも能天気に、子犬のようにじゃれあってばかりはいられないようだ。

「たまには雰囲気を変えましょう」、そう言って浅海《あさみ》さんはいつもの〈椿屋《つばきや》珈琲店新宿茶寮〉ではなく、靖国《やすくに》通りに近い〈面影屋《おもかげや》珈琲店〉を指定した。しかし、薄暗い照明とレトロ調のインテリア、テーブルにゲラや台割、企画書を広げて話し込んでいるのは、ラフというよりどこかくたびれた格好の男女という光景にほとんど変わりはない。〈プチモンド〉に続いて、談話室滝沢《たきざわ》も閉店。代わりに椿屋と面影屋が、新宿東口における出版業界人御用達喫茶店になった様子だ。

書類にざっと目を通し、私は顔を上げた。

「なるほど。指しばりの次は、足つねりですか」

「ええ。足には肥満解消効果のあるツボがたくさんありますからね。そこをつねって適度な刺激を与え、理想のボディを手に入れようという趣旨です。きっと、指しばりに次ぐヒット企画になりますよ。続巻として膝くすぐり、肩たたきも予定してます」

熱っぽく語り、浅海さんはコーヒーをすすった。年季の入った銀縁眼鏡に台襟のシャツ。不変のコーディネートだが、ごま塩頭はここ数年の間に塩の分量が増え、総白髪になりかけている。

「なるほど」

肩たたきって、そんなタイトルこの不況下にいいんだろうか。疑問を感じながら、私もコーヒーを飲んだ。

『翠林出版　ニコニコ元気ブックス【みるみる痩せる！　1日3分でOK！　足つねりダイエット】企画書』、テーブルの上には、そう書かれたA4の紙が広げられている。

ふと気配を感じ、隣席を見た。軽くカラーリングした長い前髪を額に斜めに下ろした若い女が、企画書に目を落としたまま手にした何かを唇に押し当て、左右に動かしている。

私の異変に気づいたのか、浅海さんは女に潜めた声をかけた。

「花岡《はなおか》。打ち合わせ中だぞ。口紅はしまえ」

「やだ浅海さん。これ、口紅じゃなくてリップクリームですよ」

あっけらかんと返し、花岡は手の中の短いスティックを見せた。ほっそりとした白い指の先には、先端をスクエアにカットした水玉のネイルチップが取り付けられている。

「そういう問題じゃないだろ」

ため息をつき、浅海さんは私を見た。「すみません。新人なので」、長年のつき合いだ。言いたいことはわかる。私も「お気になさらず。いつも大変ですね」という意味の笑みを返した。花岡はプラダの化粧ポーチをがちゃつかせ、リップクリームをしまっている。七分袖のカットソーにデニムのミニタイトスカート。以前浅海さんが、「文学賞のパーティに出席しようとしたので『ラフすぎる』と注意したら、『でもこれ、D&Gなんですけど？』と言い返された」とぼやいていたのは、このスカートのことだろう。

「著者は鍼灸師《しんきゅうし》の先生ですね。取材日が決まったら、連絡を下さい。それまでに資料を読んでおきます。ところで浅海さん、このあと時間あります？　食事をしませんか」

笑みを崩さず極力明るくテンポよく、私は提案した。

「喜んで。久しぶりですね」

「花岡さんは？」

「あ、いいですよ。別に」

ぴしりと、頰が引きつるのがわかった。

いいですよ、別に、だと？　怒鳴りつけてやりたいが、何がどう間違っているのか説明する意欲は湧かず、理解させる自信もない。もやもやとしたまま黙り込む私に、浅海さんは心底申し訳なさそうに頭を下げた。

「仕事はちゃんとさせますから」

当たり前だ。しかし、これが唯一にして最大のフォローなのだろう。

表のフリーライター、裏のホストクラブオーナー。双方の職場で若い子と話していると、時々似たような場面に遭遇する。「近頃の若者は」では済まされない、根本的な意識のずれ。コミュニケーションの不全を感じ、呆然となる。

私のバッグから、沖田浩之《おきたひろゆき》の『E気持』の着メロが流れ始めた。

「この曲、知ってる。うちの父親が、カラオケでよく歌いますよ。でもAまでいったとか、Bまで済んだとか、歌詞が訳わかんないんですけど」

騒ぐ花岡を横目で睨み、私は携帯電話を出した。

「もしもし」

しかし、相手は何も答えない。

「もしもし？」

「……レジ袋、いりますか？」

細く高い、明らかに男の作り声で問いかけられた。

「ジョン太ね。いたずらなら切るわよ」

「晶さん、大変っすよ。マジヤバい」

「何が大変で、どうヤバいの。きみの言葉には、主語ってものが欠けてるのよ。仲間内なら通じるかも知れないけど、もういい大人なんだから」

手のひらで携帯の通話口を囲い、浅海さんたちに背中を向けて説教を始める。するとごそごそ気配があり、聞き慣れたバリトンの声に代わった。

「憂夜です。お仕事中に申し訳ありません」

「今度はなに？　また手塚くんに鼻で笑われたの？　じゃなきゃ、アフロ頭に白髪でも見つかったとか」

なぎさママの店での酒宴から間もなく一週間。ジョン太たちは憂夜さんを相手に、度々二部のホストや店の営業形態への不満を訴え続けているという。それだけでは飽きたらず、ジョン太は私や塩谷さんの携帯に電話をかけてきては、あれこれグチっている。

「いえ、そうではないんですが。高原《たかはら》オーナー、恐縮ですが店においでいただけませんか」

電話では話せないような事態が発生したということだ。確認するまでもなく、塩谷さんにも連絡済みだろう。

私は電話を切り、浅海さんたちには「他の出版社の仕事でトラブルがあった」と説明して渋谷に向かった。


重たい鉄のドアを押し開け、店内に入った。客席フロアに進むと、キャッシャー担当のジュンが振り返った。ロングドレッドの髪を太いヘアバンドで束ね、大きな窓に厚みのあるベルベットのカーテンを引いている。

「おはようございます」

「おはよう」

通路を歩く私に、ホストたちも次々に挨拶をしてきた。二部の営業が終わり一部の開店に備え、ホストたちが掃除をしたり、インテリアや照明を変えたりしている。

フロアはいくつかのコーナーに分けられ、それぞれのテーマに沿ったデザインのテーブルや照明器具が置かれている。しかし、ソファだけはすべて深く濃いブルーの布張り。21オンスの超ハードデニムだ。

通路の向かいを、若い女の二人連れが談笑しながら近づいて来た。揃って茶髪の巻き髪、ハイウエストのミニワンピースを着ている。まだ客が残っていたのか。私は目を伏せ、足を速めた。

「晶さん、どうもです」

肌は白く滑らか、腰も細いが声は明らかに男のものだ。よくよく見れば、二人とも二部のホストだ。ショータイムに女装コントでも披露したのだろう。手に小道具と思われるバッグや、パイプ椅子を抱えている。二人の肩越しに、別のホストがフロア中央で床にかがみ、折りたたみ式のステージを片づけているのも見えた。床は白を基調に様々な色をちりばめたモザイクタイルで、二階のオーナールームから眺めると、ある形に見えるように細工してある。

一年ちょっと前。ホストたちに熱望され、また二部制の導入が決まったこともあり、店の内装をリニューアルすることにした。工事期間中の仮店舗は、棚の引き出しからガのサナギとゲンゴロウのミイラが出てくるわ、改装を任せたインテリアデザイナーとそのスタッフを巡るトラブルに巻き込まれるわで一時はどうなることかと思ったが、なんとかリオープンに漕ぎつけ、客やホストたちの評判も上々だ。

螺旋《らせん》階段を上がり、バックヤードに向かった。オーナールームの半歩手前でドアが開き、王道系ホストファッションできめた憂夜さんが香水の香りを漂わせながら、恭しく頭を下げてくれるというのがいつものパターンだ。しかし、今日に限ってその気配はない。訝しく思いながらノブに手を伸ばしたとたんドアが開き、異様なものが現れた。

背の高い男の体に、真っ黒で大きな長方形ののっぺらぼうの顔がついている。一瞬ぎょっとしたが長方形はポリエステルで、下端中央部が凹形にへこんでいる。レジ袋の削減などを目的に発売されているショッピングバッグ、通称・エコバッグだ。さなざまな素材や形があるが、これはスーパーやコンビニのレジ袋を模したデザインで、小さく折りたたんで持ち歩くことができる。

男は腕を伸ばし、バッグの底をつかんで引っ張った。大きく盛り上がった頭を無理矢理押し込んだらしく、バッグはいびつに膨れ、なかなか外れない。じたばたと格闘した後、長い顔とひしゃげたアフロ頭が現れた。

「じゃ〜ん。びびったでしょ？」

「あのね」

言ってやりたいことは山ほどあるが、あまりにバカバカしくて言葉にならない。ドアが大きく開き、後ろから憂夜さんが出てきた。

「悪ふざけがすぎるぞ。高原オーナー、申し訳ありません」

派手なビーズ刺繍が施されたショート丈ジャケットに、腰から膝にかけて異様に膨らんだパンツという、バブル期に一世を風靡《ふうび》した某黒人ラッパー兼ダンサーを彷彿とさせる出で立ちの憂夜さんに案内され、室内を進んだ。オーナーデスクに座った塩谷さんが、パソコンの液晶ディスプレイから顔を上げた。

「おい、大変だぞ。渋谷《しぶや》川《がわ》の暗渠《あんきよ》には、体長五メートルの白いワニが棲んでるらしい。それに、ハチ公の銅像の折れた左側の耳に好きな相手の名前を囁《ささや》くと、両想いになれるんだとよ」

「はあ？　なに言ってるのよ」

塩谷さんの肩越しに、ＤＪ本気とアレックスも液晶ディスプレイを覗き込んでいる。中央のソファに目を向けると手塚くん、川谷くん、酒井くんという二部の売れっ子ホストトリオがちんまりと、身を寄せ合うようにして座っていた。小綺麗だが、いまいち男っぽさに欠ける容貌は相変わらず。しかし、手塚くんの眼鏡は片方のレンズにひびが入り、額に白いガーゼが貼り付けられている。さらに川谷くんは片腕の手首から肘にかけて包帯を巻き、酒井くんも外傷はないがげっそりとやつれ、青い顔をしている。

「どうしたの!?」

慌てて駆け寄ったが、三人とも目を伏せ中指で眼鏡のブリッジを押し上げるだけ。代わりに、向かいのソファに脚を組んで座る犬マンが答えた。

「川谷くんは一昨日《おととい》、愛用の自転車のブレーキ故障で転倒。捻挫《ねんざ》で全治一週間。酒井くんは昨日《きのう》、自宅玄関前に置かれてた指名客の手紙付き手作り弁当を食ったら腹を壊してピーピー。で、手塚くんはさっき同伴で客と座敷席の飯屋に行って、途中で便所に行こうと店のサンダルを履いたら、靴底が瞬間接着剤で床にがっつり貼り付けてあって、そのままぶっ倒れて額を二針縫うケガ」

「きみたち、何かやったの？」

話が終わるなり訊ねると、三人は即座に勢いよく首を横に振った。

「先ほど確認しましたが、指名客やホスト仲間とのトラブルはないようです。私生活での借金やいざこざも、見受けられません」

背後から憂夜さんの手が伸びてきて、私の前に大きな陶器の茶碗を置いた。カフェオレボウルかと思ったが、黒く重厚なつくりは茶道の抹茶茶碗だ。底の方に薄緑の液体がある。薄茶、しかも泡の具合からしてたったいま点《た》てられたものだ。

いつの間に？　どこで？　そして茶道の心得まで？　勢いよく振り向き、目が合うと憂夜さんはにっこりと微笑み返した。優美だが質問はもちろん、お茶を飲み残すことも許されなさそうな空気がびんびんと伝わってくる。仕方なく一口すすり、想像以上の苦さに顔をしかめた。犬マンが渡してくれたペットボトルのミネラルウォーターを飲み、落ち着いてから話を再開した。

「じゃあなんで。不幸な事故がたまたま三日連続で起きたってこと？　そんな偶然あり得ないでしょう」

「それが起きるのが呪い。あり得るのが都市伝説なんすよ。な？」

ソファの後ろに立ったジョン太はしたり顔で言い、手塚くんの肩を叩いた。笑い飛ばすかと思いきや、手塚くんはばつが悪そうに俯いたままだ。

「どういうこと？　手塚くん、ちゃんと説明して」

「この間なぎさママの店の飲み会で、愛梨さんて客の話が出たでしょう。あの翌日、愛梨さんと僕ら三人で宇田川町のバーにアフターに行ったんです。そうしたら愛梨さんが新しく仕入れたとかいう都市伝説を話し始めたんですけど、僕、正直その手の話題にうんざりしてて。ちょっと言い合いっぽくなって、『それなら伝説が本当かどうか確かめに行こう』ってことになっちゃったんです」

「伝説って？」

待ってましたとばかりに、DJ本気が進み出る。

「明治《めいじ》通り沿いの、cocoti ってブティックとかレストランとかが入ってるビル知ってます？　裏に、美竹《みたけ》公園って公園があるんですよ。そこに夜中に行くと、花柄のワンピースを着て頭にレジ袋形の黒いエコバッグをかぶって、首からペットボトルのキャップをつなげたネックレスを下げた女が現れるんです。その名もエコ女」

「エコ女？」

「エコ女は遭遇した相手に問いかけるそうです。子どもみたいな細くて高い声で――」

DJ本気が言葉を切り、ジョン太はじたばたとさっきのエコバッグを頭にかぶって、携帯に電話をかけてきた時と同じ声で言った。

「レジ袋、いりますか？」

「その時、『いりません』と返せばエコ女は立ち去るが、『いります』と答えると、女と同じバッグをかぶせられて、キャップのネックレスで首もしめられて殺されちまう。もし逃げきれても、呪いが降りかかるんだと。女の正体としては、レジ袋を作ってる工場の排煙が原因の病気で子どもを亡くした母親説と、カルト的な環境保護団体のメンバー説が有力らしい」

塩谷さんだ。液晶ディスプレイに表示された文章を読み上げている。どうやら私が来る前にホストたちから都市伝説のレクチャーを受け、関連ウェブサイトも紹介された様子だ。

ハマってどうするのよ。小さな目を爛々《らんらん》と輝かせてディスプレイに見入る四角い顔をひと睨みし、私は手塚くんに向き直った。

「で、四人で美竹公園に行ったのね。そのエコ女とかいうのは現れたの？」

「はい。噂通り、花柄のワンピースを着て頭にジョン太さんのと同じようなエコバッグをかぶってました。キャップのネックレスも話のまま。愛梨さんは騒ぐし僕も驚いたけど、どうせいたずらだろうと思った。だから『レジ袋、いりますか？』って訊かれた時に、『二枚でよろしく！』って答えちゃったんです。そうしたら、女はいきなり金切り声を上げて襲いかかってきました。ダッシュで逃げたんですけど、直後に川谷くんがチャリで事故って。偶然だと思ってたら、今度は酒井くんが食中毒を起こした。しかも確認したら、手紙の客は弁当なんか作ってないし、その日は海外旅行に行ってたんです。さすがに怖くなって、憂夜さんに相談しようとした矢先に」

手塚くんは左手で額のガーゼをさすり、右手で眼鏡のブリッジを押した。レンズが割れただけでなくフレームも歪み、押し上げてもすぐにずり落ちてくる。

「愛梨さんて客は無事なの？」

「今のところは。でも、『次は私だ』ってすごく怖がって、ノイローゼみたいになってます」

「ね、マジヤバいでしょ？　呪いっすよ。手塚くんが調子こいて余計なこと言って、エコ女を怒らせちゃったんすよ」

「バカバカしい。何が呪いよ。どうせ誰かのいやがらせでしょ。三人とも、客や周りの人とトラブルがなかったか、よく考えてみて。悪気がないってわかってるからこそ相手を傷つけたり、憎しみを増長させたりすることもあるの。それでもだめなら、警察に相談しましょう」

「先ほど、三人を連れて渋谷警察署に行きました。しかし、事件性が低いのと発端が都市伝説では、そうそう動いてはくれないようで」

憂夜さんが美しく整えた眉を寄せる。

「じゃあどうすれば……ねえ。この空気、ひょっとしていつものパターン？　みんなで犯人を見つけようっていうんじゃないでしょうね」

「お気持ちはわかりますが、ケガ人が出た以上、放ってはおけませんし。愛梨さんも心配です。ここは一つ、お力を拝借できませんでしょうか」

背筋を伸ばし、憂夜さんが私に一礼した。同情と憐憫に溢れる表情。しかし、目は笑っていない。

「いや、でも塩谷さんは」

助けを求め振り返ったが、塩谷さんは何も聞こえないようにDJ本気とアレックス相手に喋っている。「私、きれい？」「ポマードって三回唱えると逃げて行く」と漏れ聞こえたので、昭和を代表する都市伝説・口裂け女について解説しているらしい。

やる気満々だし。うなだれる私に、ジョン太が歩み寄りエコバッグを突き出した。

「晶さん、やりましょうよ。俺も本気たちも、がんばりますから」

「いきなりどうしたの。手塚くんたちにムカついてたんじゃないの？」

「そうっすよ。でも、愛梨ちゃんに手塚くんを紹介したのは俺だし。エコ女を捕まえれば、俺が伝説になれるし。何より、無実を証明したいし」

「無実？」

「あいつら、事故やら下痢ピーやらは俺らが仕組んだんじゃないかって疑ってるんすよ。だろ？　全部知ってるんだからな」

子どもじみた口調で言い、背後を睨んだ。ソファの三人は慌てて目をそらし、前髪をかき上げたり、眼鏡を押し上げたりした。

2

ベンチに座った若いカップルが、何やらひそひそと囁き合っている。視線の先にはアレックス。公園の出入口の前に仁王立ちし、太い腕を組んで園内に睨みをきかせている。歩み寄って、私は声をかけた。

「様子はどう？」

「とくに何も。平日だからか、人も少ないですね」

そこに、犬マンも合流する。

「園内の人と、客待ちのタクシーの運転手に訊いてみたけど、手がかりなしですね。向かいのコンビニの店員も、エコ女の噂を聞いたことはあるけど見たことはないそうです」

「噂を聞いても、実際に見た人はいない。絵に描いたようなデマ、流言飛語ってやつね」

「そんなことないですよ。目撃者ならここにいるし」

太い首をひねり、アレックスが背後を振り返った。出入口の短い階段の下に、手塚くんたちが立っている。調査を開始してから二十分ほど経つが、三人とも園内に入ろうとはしない。

「すみませんけど、僕らそろそろ帰ってもいいですか。明日は、仕事の前にバンドの練習があって。愛梨さんの様子も見に行かなきゃいけないし」

手塚くんは肩に背負ったエレキギターのケースを揺すり上げた。二部の営業が終わるのを待つ間に新調したらしく、眼鏡が替わっている。

「ふざけるな。誰のために調べてると思ってるんだ」

「それはそうですけど。でも、僕らがここにいても役に立てないし。だったら、自分のやるべきことをやった方がよくないですか」

「なんだと？　へりくつをこねやがって」

「帰っていいわよ。でも、何かあったら連絡するから、携帯の電源は切らないでね」

私は盛り上がった僧帽筋を叩いてアレックスをなだめ、手塚くんたちに告げた。返事と挨拶だけは丁寧にして、三人は立ち去った。

あの後、私は渋々承諾し、作戦会議に入った。伝説によると、エコ女は質問の答えを間違えて逃走した者には、一週間以内に呪いの制裁を下すという。手塚くんたちがエコ女に遭遇したのは四日前。その後、ホスト三人がケガを負い、病気になり、残るは愛梨一人。タイムリミットまで、あと二日しかない。

私たちはまず、club indigo のホストを愛梨のもとに向かわせ、身辺の警護にあたらせた。続いてネットや雑誌で情報を収集したところ、エコ女は身長一六〇センチ前後、細身で黒髪のロングヘア。声と体つきからして歳は二十代から三十代前半。長袖・膝丈の野暮ったい花柄ワンピースを着て、頭に黒無地でポリエステル製・レジ袋形の大きなエコバッグをかぶり、首からペットボトルのキャップをひもでつなげた、手作りのネックレスを下げているという。その後、午前一時の閉店を待ち、現場である美竹公園へと向かった。

明治通りの宮下《みやした》公園交差点から裏通りに入った場所にある美竹公園は、奥行き百五十メートル、幅二十メートルほどの長方形で、古ぼけた球形の遊具とベンチが数カ所、煉瓦造りの藤棚、公衆トイレなどがあり、奥には高いフェンスで囲まれたバスケットボールのコートも見える。周囲は再開発が進み、タワーマンションやオフィスビルなどが次々と建てられているが、深夜になるとひっそりとして通行人もまばらだ。

ジョン太とDJ本気が駆け寄って来た。

「大変です。さっきエコ女が出たそうっす。ただしここじゃなく、区役所の近くの北谷《きたや》公園。あっちにいるダンサーの友達が見たって」

早口で言い、ジョン太は背後を指した。公園に隣接する東京都児童会館の玄関前で、いくつかの若者のグループがダンスの練習をしている。

「確かな話なの？　さっきっていつよ」

「十一時すぎって言ってました」

「三時間近く前じゃない。もし話が本当でも、とっくに逃げてるわよ。でも、なんで北谷公園なの？　エコ女は美竹公園に出るんでしょう」

「ここ何日かで、急に出没スポットが増えてますね。いま聞いただけでも、東横線の高架下に円《まる》山町《やまちょう》のラブホ街。あと金王八幡宮《こんのうはちまんぐう》も」

DJ本気が、手にした懐中電灯で渋谷の地図を照らした。覗こうとホストたちも集まる。

「すげえな。エコ女も、いよいよストリートデビューか」

「よし、憂夜さんに報告だ。まだ店で明日の仕込みをしてるはずだぜ」

ため息をつき、私は傍《かたわ》らの球体の遊具に寄りかかった。コンクリート造りで、内部は曲がりくねった滑り台になっている。

「何がストリートデビューよ。こういうのを尾ひれがついたっていうの。噂はどんどん広まって大きくなってるけど、目撃者はいっこうに現れないじゃない」

「手塚くんたちがいるじゃないですか。あとはネットの掲示板とか。目撃者が大勢書き込みしてますよ」

アレックスが小鼻を膨らませる。

「ネットの掲示板。それこそが諸悪の根源。エコ女が実在するとしたら、その手の場所の住人よ。注目は集めたいけど、リスクは負いたくない。そこでエコ女に化けて出没、目撃者の報告を待つか、なければ自分で書き込んでご満悦」

「じゃあ、手塚くんたちのケガや病気はどう説明するんですか」

「彼らに恨みを持つ誰かの仕業《しわざ》で、エコ女とは無関係。だって呪いっていう割には、下痢ピーだの床にサンダルを接着だの、しょぼすぎるでしょう。タチの悪いいたずらか、いやがらせレベルだわ」

「確かに。でもエコ女の目撃と、いやがらせが始まったタイミングが合いすぎるんですよね。塩谷さん、どう思います？」

犬マンは振り向いたが、返事はなく、姿も見えない。みんなで周囲を見回すと、球体の反対側からくぐもった声が聞こえた。

「なるほど。もしエコ女を怒らせても、毛ノ国屋《けのくにや》スーパーのエコバッグを持ってれば許してもらえるのか。あとは、なになに……渋谷銘菓・モヤイ焼きを投げつけると逃げ出すって？　こういうアイテムがどんどん付加されていくのも、都市伝説のセオリー。俺らの時代と変わらねえなあ」

　みんなが近づいていくと、塩谷さんは背中を丸め、ひひひと笑った。滑り台の降り口に座り、携帯電話の画面を見ている。大方、都市伝説のサイトでもチェックしていたのだろう。私が文句を言うより早く、犬マンが振り返った。

「そうか。晶さん、エコ女の正体は、噂を利用して金儲けを企んでるやつかも知れませんよ。口コミやネットの噂がきっかけでバカ売れした食い物とか雑貨とか、結構あるんです。渋谷の噂ってだけで、若いやつらは注目するし」

「どっちみち、まともな連中じゃないってことね。わかったわ。憂夜さんにも相談して、調べてみましょう」

　眼前の建物を見上げ、私は間の抜けた声を漏らした。大きくはないが、真新しい鉄筋五階建てのビルで、一階には和菓子屋が入っている。外壁に掲げられた重厚な一枚板の看板には『御菓子司　ふたばや』とあり、ガラス張りの玄関には『渋谷名物　モヤイ焼き』と書かれた大きな紙と、店が紹介された雑誌の記事、バラエティー番組の取材で訪れたらしいタレントと店員たちの記念写真が貼り付けられている。

「立派になっちゃって」

井ノ頭《いのかしら》通りから、文化村《ぶんかむら》通りに抜ける狭い横道。ブティックやファストフードショップ、回転寿司などがぎっちりと建ち並んでいるが、十五年ほど前までは住宅を兼ねた小さな商店もぽつぽつと残っていた。ここもその一つで、他が次々と店をたたみ、立ち退いた後も木枠のガラス引き戸の奥に古びたショーケース、中に並ぶのは素朴な和菓子や菓子パンというスタイルで営業を続けていた。しかし二年ほど前、売り上げの低迷と店主の体力の低下などの理由で閉店することになり、記念にとハチ公の銅像に次ぐ渋谷のシンボル兼待ち合わせスポット、南口のモヤイ像をかたどった人形焼きを発売した。はじめは常連客が買うだけだったが、ある女性タレントがテレビの情報番組でお気に入りのスイーツとして紹介したところ大ブレイク。あっという間にハチ公サブレ、ハチ公ソースなどと並ぶ、渋谷みやげの定番アイテムになってしまった。店主は閉店を撤回してモヤイ焼きを売りまくり、デパートにも出店、店舗もビルに建て替えた。

ジャケットにフケや埃がついていないか確認し、私は後ろを振り返った。

「行くわよ」

「了解っす」

力みまくりで、ジョン太が頷いた。右肩には憂夜さんが手配してくれた、プロ仕様のごついデジタル一眼レフカメラを提げている。

自動ドアから店内に入った。正面に昔の店の二倍以上ある大きなショーケースが置かれ、商品がずらりと並んでいる。傍らにはモヤイ焼き専用の売り場があり、平日の昼過ぎにもかかわらず、数人が並んでいた。奥にはガラス張りの工房があり、白衣姿の職人が金型にカステラの生地を流し込んで餡やカスタードクリームなどの具を落とし、次々と濃い茶色のモヤイ焼きを焼き上げていく。

客が途切れるのを待ち、キャッシャーの若い女に声をかけた。女は奥に引っ込み、間もなく初老の男を連れて戻った。

「山崎《やまざき》社長でいらっしゃいますか。今朝ほどお電話差し上げました、《スイーツ☆一番星》編集部の高原と申します。急な取材のお願いで申し訳ありません」

「はいはい。あんまり時間ないけど、いいよね？」

慣れた様子で私が差し出した名刺を受け取り、山崎は売り場の端に置かれた竹の縁台に向かった。大昔に何度か買い物をしたことがあるので、この男の顔には見覚えがある。しかし、年季の入った銀縁眼鏡は派手なべっ甲縁に替わり、着ているものも古びてはいるが真っ白で糊のきいた白衣ではなく、襟元に黒真珠のループタイをしめたワイシャツだ。

「電話でもお話ししたとおり、今回全国のおいしいお菓子を紹介するウェブサイトを開設することになりまして。サイトの方はまだ工事中なんですが、オープニングに是非、ふたばやさんのモヤイ焼きを紹介させていただきたいとお邪魔しました。ちなみに社長さんは、よくご覧になるウェブサイトなどございますか？」

シミュレーション通りに説明し、企画書を山崎に手渡す。塩谷さんと憂夜さんの手を借りて作ったものだ。

「いや、全然。そういうのは全部息子に任せてるから。今日は小豆《あずき》の仕入れで岡山に行ってるけどね」

「そうですか。では、早速お話を伺わせて下さい。その間に、店内の写真を撮影させていただきますので」

「どうもっす。さくっと激写させてもらいます」

危なげな手つきでカメラを掲げ、ジョン太が山崎に笑顔を向けた。Tシャツにジーンズはいつもの通りだが、上にポケットがたくさんついたベストを着て、肩には何が入っているのか、重たそうなナイロンのカメラバッグを提げ、アフロ頭に無理矢理バンダナを巻いた上、小さなアルミの脚立まで携えている。これがジョン太にとっての、プロカメラマン像らしい。間違ってはいない。しかしこれは新聞や週刊誌など報道畑のカメラマンのスタイルで、店の取材やインタビューにこんな格好で来る人はまずいない。

昨夜あの後 indigo に戻り、塩谷さん、憂夜さんと話し合った。その結果、私が取材を装ってエコ女の噂に登場するアイテムの製造元を訪ね、ジョン太をカメラマン兼ボディガードとして同行させることになった。

店の歴史やモヤイ焼き誕生のいきさつなどを一通り聞き、本題を切り出した。

「ちょっと小耳に挟んだんですが、最近妙な噂が流れてるそうですね。エコ女とかいうお化けを撃退するのに、モヤイ焼きが効くとかなんとか」

「それなら、息子から聞いたよ。本当に効果があるのかとか、そのネコ女だかタコ女だかは何者なんだって訊いてくる客もいるらしい。迷惑な話だよ」

白髪交じりの太く立派な眉をひそめ、山崎は女店員が運んできたお茶をすすった。

「そうですよね。ふたばやさんが、エコ女と関係してるみたいだし」

「店の子には、噂のことを訊いてくる客には何も売らなくていいって言ってるんだ。モヤイ焼きをぶつけて撃退するんだろ？　食い物、しかも人が精魂込めて作ったものを粗末にするようなやつは客でもなんでもねえ。叩き出してやる」

語気が荒くなるにつれ、こめかみに血管が浮き上がる。切れて脳出血でも起こされたら大変だ。

私は慌てて笑みを作り、声のトーンも変えた。

「おっしゃる通りです。エコ女の件は、根も葉もない噂。とんだとばっちりってことですね」

「当たり前だよ。いいかい？　俺はね、いつもうちの職人たちに言って聞かせてるんだ。小豆一粒、砂糖一つまみムダにしたら許さねえ。ついでに、包装用のセロハンテープは一回三センチ以上使うな。ティッシュはなくなったら銀行に電話して持って来させろ。休憩中はエアコンも禁止」

「なるほど。ごもっともです。本日はお忙しい中、ありがとうございました。サイトのオープンが決まりましたら、連絡させていただきます。撮影は済んだかしら」

　小豆と砂糖の話はともかく、他はただのケチなんじゃ。胸の中で突っ込みながら、私は腰を上げてジョン太を振り返った。

「ばっちりっす。社長、これめちゃくちゃ旨いっすね」

　ジョン太はショーケースの前で、両頬をリスのように膨らませていた。片手で親指を立ててサインを送り、もう片方の手はモヤイ焼きより一回り小さな人形焼きをつかんでいる。その姿を見て、ショーケースの奥の女店員が笑う。得意のノリと話術で打ち解け、ちゃっかり商品を試食させてもらった様子だ。

「そうかい。新商品なんだよ。その名も『ガングロ焼き』。渋谷といえばガングロのねえちゃんだろ。そうだ、こっちも記事に書いてくれよ。焼きたてのを包ませるから」

「ありがとうございます。絶対売れますよ。素材選びから商品開発まで、ここまでこだわって個性的な人形焼きを作っているお店は、他にありませんから」

　サンダルの音を響かせ、小走りに工房に向かう山崎の背中に私は声をかけた。確かにガングロ、つまり日焼けサロンで顔や体を黒く焼いた女の子は渋谷センター街が発祥と言われて、日本中で大ブームになったけど。でも、それって十年近く前の話のはず。などという突っ込みは、当然おくびにも出さない。

困った時は「こだわり」と「個性的」でしのげ。褒めるなら、ナンバーワンよりオンリーワン。ライター業で身につけたテクニックだ。新人ライターの仕事として代表的なのが、「今が旬！渋谷・代官山《だいかんやま》スイーツガイド」「カワイイモノ戦線に異状あり！　雑貨ショップベスト50」等々の女性誌・情報誌の特集記事だ。かつては私も日本中を飛び回り、飲食店や雑貨屋、アパレルショップなどを取材してきた。しかし、この手の仕事はできて三十代前半まで。駆けだしなので当然だが、キツい割にギャラはあまりよくない。ゆえに、その後はインタビューや単行本などの、じっくり腰を据えてできる仕事へと移行していく。それでも食やファッションの仕事がしたいという場合、蓄えた情報や人脈を武器に、美食評論家やファッションジャーナリストを名乗って箔をつけ、ギャラを上げていくという方法もある。

「どうすか。収穫ありましたか」

人形焼きを咀嚼《そしゃく》しながら、ジョン太が小声で訊ねた。ぷんとカステラと餡の香りが漂う。

「なしね。社長さんは本気でエコ女に迷惑してるみたいだし、多少どうかと思う点はあっても、昔気質の真面目で潔癖な職人さんみたいだし。何より、これだけ繁盛してれば噂に頼る必要なんてないでしょう」

「ですよね。レジの女の子も同じようなこと言ってました。結局、アイテム関係は全滅か」

午前中、私たちは青山のスーパーマーケット・毛ノ国屋を訪ねている。噂によると、この店で売っているオリジナルのエコバッグを持っていれば、間違った答えをしてもエコ女から逃れられるらしい。ウェブマガジンの取材と称し話を聞いたが、毛ノ国屋といえば創業五十年を超える老舗中の老舗だ。不況などものともしない金持ちの顧客を大勢抱えており、経営は安定、応対した店長も噂の件は知らず、「エコバッグを若いお客様にアピールするとしても、都市伝説や噂なんて非効率的な手段には頼らない」と一笑に付された。

ふと傍らの壁を見ると、あるものが目に入った。

「すみません、社長。あれはなんですか？」

ガングロ焼きの箱を手に戻って来た山崎が、私の指さす方を見た。ポスターだ。中央に大きな円が描かれ、その内側に大小の円と四角が組み合わされ、それぞれの中には人物や風景などが描き込まれている。仏教の曼荼羅《まんだら》をモチーフにしたもので、珍しいデザインではないが、暗く古くさいタッチと色調は明るくモダンな店内とは不釣り合いだ。中央には、『劇団おとしあな公演ほっこりマダムはボリュームゾーンの夢を見るか』と書かれている。

「ああ、それね。気持ちが悪いから貼りたくなかったんだけど、『渋谷文化祭』の実行委員の人に頼まれちゃって」

「渋谷文化祭？」

「来年だか再来年だかにやるイベントで、渋谷の街を使って文化祭をやるんだって。この芝居も、それに関係してるとかなんとか」

「へえ」

見ると、確かにポスターの脇に『渋谷文化祭　プレ公演』とある。

「どうかしたんすか？」

「真ん中の小さい円」

ジョン太はもぐもぐと口を動かしながら、細い目をさらに細めポスターに見入った。数秒後、はっとして私を見る。

「エコ女だ」

小さな円の中には、女が描かれていた。細身で長袖のワンピースには、花柄かどうかはわからないが、細かな模様がある。胸まで垂れた髪は黒いストレート。頭はレジ袋形の黒く大きなエコバッグですっぽりと覆われ、首からキャップと思しきネックレスも下げていた。


「女子アナはどこだ」

塩谷さんが恨みがましく呟いた。左右を確認し、私は小声で返した。

「女子アナじゃなく、おとしあな。ボケもいい加減にしないと、本当に老化が始まったのかと思われるわよ。昼間電話で説明したでしょう」

不機嫌そうに鼻を鳴らし、塩谷さんは後ろの壁に寄りかかった。隣では、アフロ頭にバンダナ、ポケットが並んだベスト姿のジョン太がカメラを構えたまま固まり、両手で三脚を抱え、腰に大きなウエストポーチという格好の手塚くんも、戸惑い気味に眼前の光景を眺めている。

京王新線幡《はた》ヶ《が》谷《や》駅から徒歩三分、甲州街道《こうしゅうかいどう》沿いに建つビル内のレンタルスタジオ。床面積は広いものの、天井が低い室内の一方の壁際に折りたたみ式の長机とパイプ椅子が置かれ、数名の男女が座っている。机上に並ぶのは台本と書類、筆記用具、吸い殻が山盛りになった灰皿だ。

「言っただろう。これはなるべくしてなった結果だ。お前の心に巣くい、成長し、気配を窺《うかが》っていたもう一人のお前。それが目覚めたんだ」

中年男が、フロア中央に進み出た。Tシャツとナイロンジャージの上に濃紺の胸当てエプロンをしめ、金縁のだて眼鏡をかけている。背後の壁に張られた大きな鏡に、びっしょりかいた汗で

Tシャツをはりつかせた、小柄だが逞しい背中が映っている。

背後から女が駆け寄り、男にすがりついた。

「違うんです、店長。私は知りたかっただけなんです。エコバッグを作るのに、どれだけの石油原料が使われるのか。割り箸の材料のすべてがロシアの密輸木材なのか」

歳は二十代後半だろうか。目鼻立ちは地味だが、ノーメイクと思われる肌は白く滑らかで、額や鼻の下に浮いた汗も植物の葉についた露玉を彷彿とさせる。Tシャツに男と同じエプロン姿で、ジャージのハーフパンツから伸びた脚は長く、足首も締まっているが、ふくらはぎに筋張って固そうな筋肉ががっちりついている。俗に言う、ししゃも脚だ。二人の背後には、大きな電子レジスターを載せたテーブルと金属製のショッピングカート、プラスチックのレジかごなどが置かれている。

「黙れ、市子《いちこ》。この化け物が。これがお前の本当の姿だ！」

男は叫び、エプロンのポケットから取り出したものを広げた。大きく、黒い長方形。レジ袋形のエコバッグだ。男はカツラとおぼしき黒く長い髪を振り乱して暴れる女を押さえつけ、頭にエコバッグをかぶせた。天井のスピーカーから大きな衝撃音が響き、女は床にばったりと倒れた。そして静寂。張り詰めた空気の中、一人塩谷さんだけが壁にだらしなく体を預け、携帯電話を弄っている。

唐突に、女が起き上がった。頭を前に倒し、両腕を体の脇にだらりと垂らして肩を少し怒らせる。ぎこちない動きといい、操り人形のようだ。

「そう。私は聞いたの。太古からこの地球の大地に堆積し、化石燃料となった動物たち、植物たちの声を」

エコバッグを通して聞こえるくぐもった声。しかし、さっきまでとは声質もトーンも別人のように変わっている。女はうなだれたまま、ふらふらと前へ、私たちの方へと歩いて来た。五日前の恐怖を思い出したのか、手塚くんが中指で眼鏡のブリッジを押さえたまま顔を引きつらせ、ジョン太もきつくカメラバッグを抱いた。

「エコなのか。エゴなのか。それが問題だ」

女は言い、顔を上げた。

何それ。ハムレットのパクリ？　私の肩から、バッグのショルダーがずり落ちそうになる。しかし、場内の緊張はますます高まっていった。

エプロンの男が、おごそかに女に並んだ。こちらも、さっきまでとは打って変わった暗い目、生気のない表情だ。

「エコなのか。エゴなのか。それが問題だ」

見事な腹式呼吸の、空気を震わせるような声で男は復唱し、再び静寂が訪れた。

「はい、そこまで」

ぱちんと手を叩く音とともに、長机から男の声が響いた。緊張が一気にゆるみ、ざわめきが広がる。私は塩谷さんを促し、ジョン太たちも連れて歩きだした。長机の中央で、向かいに立つスタッフらしき女と話をしている男に声をかける。

「すみません。《エンタメ☆一等星》の者ですが」

「どうも。お待ちしてました」

ふかしていた煙草を灰皿に押しつけ、男は立ち上がった。歳は三十代前半。小柄小太りで、ボタンを律儀に一番上までとめたシャツの襟がきゅうくつそうだ。プレスされたシャツの袖と、スラックスの折りめが目にまぶしい。

私はバッグから名刺と企画書を取り出した。

「急なお願いで申し訳ありません。ライターの高原です。こっちは編集部の塩谷、カメラマンとアシスタントです」

「日下部《くさかべ》です。よろしくお願いします」

背筋を伸ばし、硬い仕草で一礼した。渡された名刺には、『劇団おとしあな主宰　脚本・演出日下部史章《ふみあき》』とある。

日下部は充血した大きな目をさらに見開き、覗き込むように私を見た。

「ウェブマガジンとおっしゃってましたよね」

「はい。創刊準備中のエンターテインメント情報誌です。創刊号は渋谷の最新カルチャーの特集で、この街に強いこだわりをもって活動されているおとしあなさんを、是非とも紹介させていただきたいと」

相手の目力の強さに、やや引き気味に答える。すると日下部は一転して目を細め、表情もゆるめた。

「いやあ、嬉しいな。取材はたくさん受けたけど、そういうのは初めてですよ。観客の動員記録とか、僕が演劇賞を取ったことばかりが注目されちゃって。参っちゃうんだよね」

「なるほど。おとしあなさんは、いま最も注目されている劇団ですからね」

参っちゃうんだよね、とか言って、うっすら自慢口調だし。突っ込みは浮かぶが、私も笑顔を返す。

ふたばやを辞した後、一旦 club indigo に戻り、ネット検索やエンターテインメント分野に強いライター仲間への電話で、劇団おとしあなについての情報を収集した。数時間後、仕事帰りの塩谷さんと合流し、手塚くんも連れてこの稽古場にやって来た。

劇団おとしあなは約五年前、渋谷・桜丘町《さくらがおかちょう》で日下部と数名の仲間によって旗揚げされた。世相や風俗を独自の視点で鋭く、かつシニカルに切り取った作風は話題となり、たちまち人気小劇団の仲間入りを果たした。劇団員は役者・スタッフを含め三十名弱。渋谷を拠点に活動し、公演は年に数回。次回作は『ほっこりマダムはボリュームゾーンの夢を見るか』。主人公はナチュラル・なごみ系のファッションや雑貨をこよなく愛する主婦・みどりで、パートで勤めたスーパーが推奨するエコ運動にも大いに賛同するが、「自然に優しい」「環境を守る」とされるアイテムや活動の裏側を知るにつれ矛盾を感じ錯乱、その象徴としてもう一つの人格・市子が誕生し、物語は現実ともみどりの妄想ともつかない世界に突入していく。初日は二週間後、恵比寿《えびす》の客席数百五十ほどの劇場だ。

「日下部さん、ちょっといいですか。今のシーンなんですけど」

台本を手に、スーパーの店長役の男が近づいて来た。みどり兼市子役のししゃも脚の女と、他の出演者たちも一緒だ。

「ごめん。取材中」

「そうか。すみません。お世話になります。店長役の橋本《はしもと》です」

タオルで額の汗を拭い、橋本は私に人なつこい笑顔を向けた。情報によると、この劇団の創立時からのメンバーで、テレビドラマや映画などにもちょくちょく出演している。

「こちらこそ、お邪魔してすみません。稽古は順調そうですね。よろしければ、後で出演者のみなさんのインタビューもお願いします」

「喜んで。なんでも訊いて下さい」

「みなさん、すごい気迫ですね。橋本さんの体のキレが素晴らしいです。あと市子も。圧倒されちゃって、まだ胸がドキドキしてます」

「おお。そうですか。やったな、岡井《おかい》」

「ありがとうございます。嬉しい。褒められちゃった」

岡井というらしい、ししゃも脚の女の顔がぱっと輝く。カツラを外したので、ミディアムショートヘアだ。汗で濡れた毛先が、剝きたてのゆで玉子のような質感の頰にはりついている。

「役作りの上で、ヒントにしたこととかあるんですか？　そのあたり、じっくり伺いたいです」

一転してきょとんとした顔になり、岡井は日下部に目を向けた。

「もう少し待って下さい。みどり役は、間もなく来るはずです」

「えっ。じゃあ、岡井さんは」

「代役です。今回の主演は星川《ほしかわ》ちな実《み》さんですから。まさか、ご存じない？」

また目を見開き、日下部が私を見た。まずい。確かに資料には、グラビア出身の新人女優を主役に抜擢とあった。

「もちろん知ってます。星川ちな実ちゃん、二十歳。身長一六二センチ、サイズは82・58・84のBカップ。趣味はショッピング。デビューは二年前で、写真集三冊とDVD一枚をリリース。水着はもちろん、メイド服やアニメキャラ等のコスプレグラビアには定評あり。舞台は今回が初挑戦ですね」

私を突き飛ばし、塩谷さんが進み出た。バッグから引っ張り出した写真集とDVDを、日下部の眼前に掲げる。表紙には、どれも茶髪レイヤーカットの痩せた女が写っている。ビキニ、メイド服、体操着にブルマーと格好は様々だが、アンニュイな眼差しと、グロスをたっぷり塗った半開きの唇は同じだ。かわいいことはかわいいし、エロいことはエロい。しかし切れ込みすぎの目頭と、不自然なほどくっきりした二重《ふたえ》のラインには、美容整形外科医による施術が疑われる。

「ええ。星川さんは、もともと舞台女優志望だったそうです。テレビの仕事で、稽古に遅れたり参加できない時もあるんですが、がんばってくれています」

「それは楽しみですね。でも、代役であの迫力ってすごいわ。さすがおとしあなさん。演技力には、定評がありますもんね」

「そうですか？　あれぐらい当然、基本でしょう。まあ、よそがどうかは知りませんけど。僕、他の劇団の芝居って見ないんですよね。演劇関係者の友達も全然いないし」

「それはそれは」

異端児で一匹狼な僕ってカッコいい、か。鼻白みながらも相づちを打つ。

面倒臭い主宰者と意味不明な作品タイトル、脚本もボケなのか本気なのか判断に迷う台詞《せりふ》が多々。どこがウケているのか理解に苦しむが、役者は実力派揃いのようだ。橋本と岡井、他の出演者たちは立ち去りながら真剣な顔で話し合っている。

「すごいっすね。俺、ちな実ちゃんの大ファンなんで、マジ楽しみ。でも、こいつが今回の公演のことで、変な噂を聞いたって言うんすよ」

ジョン太が本題を切り出し、手塚くんの肩を押した。

「噂って、ひょっとしてエコ女とかいうやつ？」

「えっ。はい。多分」

日下部に目をむかれ、手塚くんはうろたえ気味に頷いた。コットンニットのキャップを目深《まぶか》にかぶり、額のガーゼを隠している。

「それならネットの掲示板で見たよ。僕やうちのスタッフが話題づくりのために噂を流してるんじゃないかなんて書き込みもあって、笑っちゃったけど」

「そうすよね。笑っちゃいますよね。でもエコ女と、さっきの市子でしたっけ？　見た目はそっくりっすよね」

「まあね。でも、根底に流れるものは全然違うよ。市子って言葉には、巫女とかイタコって意味もあって、僕は彼女を万物の歴史の代弁者、未来の予言者、さらには世に蔓延する上っ面だけで、ウソばかりのエコイズムへのアンチテーゼと捉えてるんだ」

「はあ」

「知ってるかい？　自然に優しい、環境を守ると言われて日本中のスーパーやら、雑貨屋やらが売りまくっているポリエステル素材のエコバッグ。あれを作るためには、とても貴重で量も少ない石油成分が必要なんだ。対して悪者扱いされてるレジ袋は、昔は棄てられていた不要な石油成分を再利用したもの。本当にエコなのは、果たしてどっちかな」

「マジすか？　なんだよ。エコバッグとか言って、全然エコじゃないじゃん。なあ？」

「ええ。ショックです」

　ジョン太たちは感服したようだが、私と塩谷さんは同時に、小さく鼻を鳴らした。

　いかにも聞きかじりだし、善人ぶった態度も底が浅く薄っぺらい。これも若さと割りきるべきなのか。

「それにそもそも、『ほっこりマダム――』は、これが初演じゃない。旗揚げ当時から何度も再演してる、うちの代表作なんだ。固定ファンだって大勢いるし、今さら噂なんか利用して宣伝する必要はないよ。とくに今回は星川さんの事務所が制作面でも協力してくれてるから、チケットもほとんどは――」

はっとして口をつぐみ、日下部は私を見た。

「いや。とにかく、市子とエコ女はまったくの別物。公演とも無関係です。そろそろいいですか。稽古を再開するので。あと、原稿ができたらチェックさせて下さいね」

「それはもう。重々承りました」

明るく答えて身を引き、私は日下部の大きく見開かれた目から逃れた。単なる癖らしいが、薄気味悪いことこの上ない。

稽古場を出て、エレベーターに乗り込んだ。ドアが閉まるなり、塩谷さんが言った。

「なるほど。そういうからくりか」

「日下部さんが言いかけたこと？　星川ちな実の事務所が買い取ってくれるから、チケット販売の心配はないって意味よね」

「ああ。最近ちな実は落ち目だからな。ドラマやバラエティー番組に出たり、ＣＤデビューもしたが、どれもぱっとしない。そこで舞台、しかも大手興業会社主催のミュージカルや座長芝居じゃなく、小劇団だ。サブカルチックでしゃれたイメージもあるし、一発逆転をかけるにはうってつけだ」

「確かに最近、アイドルが小劇団の芝居に出るってパターン多いすよね。おとしあななら若手の映画監督やデザイナーのファンも多いから、上手くやれば次の仕事にもつながるし」

ジョン太が力強く頷く。視界を遮るアフロの髪を手のひらで押しのけ、私は続けた。

「日下部さんもメリットは大きいわよ。小劇団って、公演のチケット販売ノルマをこなすのが大変なんでしょう。それが免除されれば劇団員は芝居に集中できるし、いくら落ち目とはいえ、主演はグラビアアイドルよ。マスコミも注目するだろうし、名前を売るには絶好のチャンスだわ。でも、そうなると日下部さんとエコ女のつながりはゼロね。宣伝もちな実の事務所がやってくれるだろうし、『ほっこりマダム――』は再演だとも言ってたわ。それとも手塚くん、稽古場の中にエコ女に似た人がいた？」

「いや。いないというか、もうあんまり覚えてないというか。正直思い出したくもないし」

エレベーターの隅で身を縮め、眼鏡のブリッジを押し上げながらぼそぼそと答える。勢いよくジョン太が振り向き、またもやアフロが私の視界を遮った。

「それじゃ連れて来た意味ねえじゃん。てかお前、なんでもかんでもぶっちゃけすぎ。正直なのはいいけど、言い方ってもんがあるだろ。オブラートに包むとか、奥歯に物を挟むとか。人間関係の八割は、言い方と思いやりでできてるんだよ」

奥歯に物を挟むは使い方が違う気もするが、ジョン太にしては至極まっとう、上出来の発言だ。自分でもそう思っているらしく、誇らしげに小鼻を膨らませているが、手塚くんは俯いたままノーリアクションだ。

一階に到着し、ロビーに出た。ガラスのドア越しに見える街は、とっぷりと日が暮れビルには明かりが灯っている。

「ごめん。ちょっとトイレ」

断って、私は廊下を進み、女子トイレのドアを押した。意外に広く、手前には鏡とカウンター、椅子を備えた小さなメイクスペースもある。

「何それ。あり得ないんだけど」

尖った声に、奥の個室に向かいかけた私の足が止まった。メイクスペースに若い女が座り、傍らにもう一人の女が立っている。

「約束と違うじゃん。もう嫌だよ、あんなの。そっちの問題は、そっちで片づけてよ。そもそも、飯沼《いいぬま》さんが『絶対大丈夫。上手くいく』って言うから、ＯＫしたんだよ。わかってる？」

機関銃のように捲《まく》し立てるが、視線は鏡の中の自分に注いだまま。リボン模様の派手なスカルプチャーをつけた指でマスカラを持ち、根元から反り返った睫《まつげ》毛に重ね塗りしていく。一度見たら忘れられない、不自然な目頭の切れ込みと二重のライン。星川ちな実だ。デニムのショートパンツから伸びた脚は細く長くまっすぐだが、膝を左右に開いて足癖は悪い。

「もちろんわかってるし、ちな実には本当に申し訳ないと思ってるわよ。ねえ、とにかく落ち着いて。稽古に行かなきゃ」

後半は声を潜め、飯沼と呼ばれた女はちらりと私を見た。歳は三十代前半。小綺麗だが冴えない髪型と化粧、パンツスーツで肩に大きなバッグを提げ、右手に携帯電話を握っている。マネージャーだろう。

私は足早に個室の一つに入った。施錠し、ドアの隙間に身を寄せて聞き耳を立てる。

「もうやだ。行きたくない。叱られてばっかだし、浮いてるし、夜は夜でバカみたいな格好でうろうろ。ねえ、あれってホントに効果あんの？　てか、あたしがやる意味なくね？」

「しっ。声が大きい。そんなことないわよ。ちな実がやるからこそ、効果も意味もあるの。それに、あれを始めてから演技がすごくリアルになって、迫力も出てきたじゃない。しんどい思いをしたぶん、身についてるものがあるのよ。何より、この舞台は絶対成功させなきゃ。今がふんばりどころよ」

「わかってるけど。でも、こんなの二度とごめんだからね。ちゃんと社長に言っておいてよ。寝不足で、肌も髪もぼろぼろなんだから」

「わかったわかった」

飯沼にせき立てられ、ちな実が腰を上げる気配があった。二人が立ち去り、室内に静寂が戻るのを確認してから私は個室を出た。メイクスペースに歩み寄ると、カウンターには丸めたティッシュが放置されたまま。長い茶髪も数本散乱している。

気を配るのは、鏡の中の自分にだけか。この惨状を写メに納め、実名入りでネットに流してやろうか。エコ女なんかより、はるかに話題になるかも。邪悪な衝動を押しとどめ、私はバッグから取材ノートとペンを取り出した。忘れないうちにいまの会話の概略を書き留め、用を足すために改めて個室に向かった。


客と同伴するというジョン太と渋谷駅前で別れ、三人でclub indigoに向かった。出迎えてくれた憂夜さんに、私は日下部と稽古場の様子、さらにさっきトイレで聞いた星川ちな実とマネージャーの会話を報告した。

「先ほどお電話で一報をいただいてから、心当たりを二、三当たってみました。どうやら、『ほっこりマダムはボリュームゾーンの夢を見るか』のチケットは、売れ行きが伸び悩んでいるようですね」

香水の芳香を漂わせながら身をかがめ、憂夜さんは応接テーブルに鮮やかな色遣いの金魚が描かれた陶器の蓋碗《がいわん》を置いた。

「でも、ちな実の事務所って売れっ子のグラビアアイドルとかモデルを抱える大手のプロダクションでしょう」

「ええ。しかし、小劇団やインディーズ映画などのサブカルチャーには独特のノリや客層があります。それを上手く把握できず、売り込みルートも確保できていないようです。頼みの綱のちなみファンも、反応は芳しくない様子ですし。物語が難解でシリアスな上、後半ちな実はほとんどエコバッグをかぶったままでしょう」

「そうか。本人を生で見られるっていうのが、舞台の魅力だものね。顔も見えないのに、四千円近く払って恵比寿まで行く価値はないってことか」

苦笑し、私は茶碗に手を伸ばした。また苦い薄茶を飲まされるのではと恐る恐る蓋を開けたが、烏龍茶風の濃い茶色の液体。一口飲むと漢方薬のような匂いと味はきついが、まずくはない。

「面白い味ね。中国茶かしら」

「はい。チュウフンチャといいます。善玉菌が多く含まれ、疲労回復や二日酔い、整腸などの効果があると言われています」

「チュウフン？　どんな字？」

「虫の糞と書いて虫糞。その名の通り、ガの幼虫の糞と茶葉、蜂蜜を5：1：1の割合で混ぜ合わせ、煎《い》ったもので――」

二口目を噴き出しかけ、私は慌てて口を押さえて茶碗をソーサーに戻した。憂夜さんは構わず、朗々と虫糞茶の解説を続けている。シングルの一つボタンのスーツに、白いマオカラーシャツ。これとそっくりな格好をした竹内力《たけうちりき》がジャケットを飾るVシネマのＤＶＤを、レンタルビデオショップで見たことがある。

「ビール。つまみは枝豆と酢の物」

いばりくさった声がオーナーデスクで上がった。塩谷さんが黒革の椅子にふんぞりかえって座り、長くもない脚を机上に投げ出している。顔の前に広げているのは、星川ちな実の写真集だ。表紙には稽古場で見た時にはなかった、『塩谷馨《かおる》さんへ♡』という宛名入りのサインがある。トイレから出てきたのをつかまえて、書いてもらったのだろう。こういうところだけは目ざとく、ぬかりない。

塩谷さんの命を受け、傍らに立っていた手塚くんがジョン太に押しつけれたカメラやバッグ、三脚を抱えたまま、机上の電話をつかんだ。

「ちな実の事務所の社長は、ヤバいって話じゃねえか」

かったるそうに写真集のページを捲《めく》り、塩谷さんが言った。

「はい。やり手なのは確かですが、仕事をとったり所属タレントを売り込むためなら手段は選ばないという評判です。タレントやマネージャーに写真集やＤＶＤの販売ノルマを課し、果たせない者を脅したり首を切ったりすることもあって、過去には警察沙汰になっています」

「それ本当？　ねえ、ひょっとして」

「社長にプレッシャーをかけられた飯沼が、市子に扮したちな実を夜の渋谷に出没させて、話題作りを狙った。つまり、エコ女の正体は星川ちな実」

結論を横取りし、塩谷さんは写真集の脇から四角い顔を覗かせてこちらを見た。

「可能性はありますね。それなら、高原オーナーがトイレで聞いた会話とも一致します」

「そうそう。『バカみたいな格好でうろうろ』って言ってたし。『あたしがやる意味なくね？』は、頭にエコバッグをかぶるなら、自分じゃなくてもいいだろうって言いたかったんじゃない？」

場が盛り上がったその時、手塚くんがのろのろと手を挙げた。

「一言いいですか」

「なんだ。言ってみろ」

「ちな実がエコ女っていうのは、ありかなしかと言えばありだと思います。でも、僕たち三人の身に起きたことはどう説明するんですか」

事件発生以来、初めての自発的発言だ。しかし目を伏せ、無表情で突っ立ったまま。言葉にも依然、犬マンの言うなにげに上から目線が感じられる。さっき、別れ際にジョン太に「俺の代わりに作戦会議に出て、一つでいいから必ず意見を言え。さもないと、手足をふん縛って、『お好きにどうぞ』のカードつきでなぎさママの家の前に放置してやる」と脅されたのを受け、仕方なくなのだろう。

「確かに。いくら客寄せとはいえ、目撃者にケガをさせるのはやり過ぎかも。万が一警察に捕まれば傷害罪で、一発逆転どころか、ちな実のタレント人生も危うくなるわ」

「どうしましょうか。犯人が伝説に忠実に手塚くんたちを襲っているなら、タイムリミットまであと一日です。今のところ、愛梨さんの身に異状はないようですが」

「身辺警護を強化すれば？　明日一日やり過ごせば、タイムオーバーでしょう。呪いもチャラだわ」

「甘い」

オーナーデスクで、鼻を鳴らす音と本を閉じる音が同時にした。

「じゃあ、どうするの。ちな実は怪しいけど、エコ女だっていう証拠はないのよ」

「尾行して現場を押さえましょうか。スケジュールなら、割り出せます」

憂夜さんがジャケットのポケットから携帯電話を取り出す。この手際よさ。逆に、この人に割り出せない情報や秘密はあるのか。あるとしたらなんなのかを知りたくなる。

「その必要はない。とっておきの手があるじゃねえか」

カビのような無精ヒゲに覆われた顎を上げ、塩谷さんはひひひと笑った。

3

オーナーデスクで、どよめきと笑いが起きた。見ると、ホストたちが机を取り囲み、パソコンの液晶ディスプレイを覗いている。真ん中には、革張りの椅子に座った塩谷さん。小さな目を光らせ、一心不乱にキーボードを叩いている。間もなく、塩谷さんの隣に立つDJ木気がこちらを振り返った。

「完了です。星川ちな実のブログと事務所に、今日の計画を書いて送りました。思いっきり派手に、煽る感じで」

「足がつかないように、細工はしたな？」

「完璧です。メアドはフリーメール、IPアドレスも追跡できないようにしてあります」

「よし。そっちはどうだ」

憂夜さんは、ソファの犬マンに目を向けた。私の向かいに座り、携帯電話を弄っている。その様子を、両隣のジョン太とアレックスが見守っている。

「OKです。匿名掲示板と都市伝説関連のサイト、あと念のため、ふたばやと毛ノ国屋にもメールしときました。日下部の方はどうなってます？」

「さっき劇団の公式サイトにメールして、掲示板にも書き込みをした。高原オーナー、準備が調いました。お願いします」

恭しく一礼し、足音を立てずに下がる。肩パッド入りの縦縞スーツは珍しくないが、ノーネクタイで白い開襟シャツの襟をジャケットの襟の上に広げている。昔の日本映画に出てくる冷徹な刑事、またはその筋の人を彷彿とさせ、いやがうえにも緊張が高まる。オーナールームには、一部二部の主要ホストが勢揃いしていた。

「さっきも説明した通り、今日がエコ女の呪いのタイムリミットなの。みんなが護ってくれたお陰で愛梨さんは無事だけど、『今日が何事もなく終わっても、エコ女を退治しない限り安心できない』って言ってるそうよ。店としても責任があるし、手塚くんたちが被害に遭ってる以上、見すごせないわ。そこで、こちらから仕掛けることにしたの。計画はネットの掲示板や関係サイト、これまでの調査で浮かんだ人たちにも告知済み。煽られて必ずエコ女、というか手塚くんたちを襲った犯人が姿を現すはずよ」

「計画って何をするんですか？」

オーナーデスクの脇で、ホストの一人が手を挙げた。私の目配せを受け、犬マンが立ち上がる。

「エコ女の出没スポットを、手分けして見張るんだ。店の方は、憂夜さんや他のみんながフォローしてくれるから大丈夫。後で各スポットの地図と、出没時の状況をまとめたものを配る」

「題して、『目指せリビングレジェンド！　エコ女生け捕り大作戦』。エコ女の正体を暴いて、俺らが伝説になろうぜ」

ジョン太が拳を突き上げた。ホストたちから奮起の声が上がり、拳も突き出された。

「おい、お前ら。なんだその態度は」

野太い声が響き、ホストたちがぴたりと黙った。アレックスだ。肩を怒らせ、上目遣いに私の背後を睨んでいる。振り向くと、手塚くんたちがいた。川谷くんと酒井くん、二部のホスト数名も一緒だ。身を寄せ合うようにして立ち、俯いて黙り込んでいる。

「どうした。言いたいことがあるのか」

憂夜さんに促され、仕方なくといった様子で手塚くんが口を開いた。

「計画って、要は愛梨さんをおとりに使うんですよね。ヤバくないですか？　何かあったら、これまでボディガードをした意味がなくなる。それと趣旨が微妙にズレてませんか。確かに発端は僕だけど、生け捕りとか伝説とか全然望んでないっていうか、僕らの仕事じゃないっていうか。せっかく盛り上がってるのに、申し訳ないんですけど」

「なんだと。言わせておけば、この野郎」

詰め寄ろうとしたアレックスとジョン太を、犬マンは抑えた。二人がソファに戻るのを確認してから、改めて手塚くんたちに目を向ける。

「確かに一理あるな。で、お前はどうしたいんだ」

「えっ」

「お前なら、どうオチをつけるって訊いてるんだよ。けなすだけなら、そこらのガキにだってできるだろ」

ジーンズの脚を組み、いつも通りのリラックスした様子。それでも、全身からオーラと説得力が滲んでいる。

「いや。だから」

それ以上、手塚くんの言葉は続かない。助けを求めるように左右を見たが、仲間は目を合わせず押し黙ったままだ。

「まあ、俺らだってそこらのガキだけどな。常にプランを持ってる訳じゃないし、答えだって見えねえよ。だから取りあえず動く。首尾よくいけば旨い酒が飲めるし、ダメならダメで、持ちネタが一つ増えたと思えばいい。それが俺らのルールだ」

最後の一言だけ力を込め、犬マンはきっぱりと言いきった。両隣で、ジョン太とアレックスが深々と頷き、オーナーデスクのＤＪ本気はぱちぱちと手を叩いた。周囲のホストたちからも、拍手や賛同の声が上がった。手塚くんは居心地が悪そうに背中を丸め、しきりに眼鏡を押し上げている。

「つき合ってくれよ。一度だけ」

な？　と付け足し、おどけて首を傾けた。それを見て、みんなが笑う。

「返事は？」

心持ちドスを利かせ、私は手塚くんに訊ねた。沈黙の後、迷いと不満、怯えも含んだ答えが返ってきた。

「……はい」

遅れて、仲間たちの頼りない「はい」が続く。腕時計を覗くと午後十時すぎ。いい時間だ。

美竹公園は、前日とほとんど変わりがなかった。園内を行き来する人々、ベンチで語らうカップルと若者のグループ、児童会館の玄関で踊るダンサーたち。違っているのは、時間が早いので人が多く、その中にデジカメやビデオカメラ片手の、明らかに挙動不審な若者が数人交じっている。私たちが流した情報を見て、エコ女捕獲の瞬間に立ち会おうと集まってきたらしい。

「おお。すげえぞ。この公園の様子を、掲示板に実況書き込みしてるやつがいる。お前のことも書いてあるぞ。『四十前後の見るからに気の強そうなおばさんが、若い男にあれこれ指示してる。微妙に目つきが悪いし、何者?』だとよ」

不愉快な忍び笑いとともに、塩谷さんが肩をついてきた。携帯電話の液晶バックライトの青白い光が、無精ヒゲに覆われた顔をさらに不気味に、鬱陶《うっとう》しく照らしている。

「うるさいわね。そっちこそ、『やさぐれてくたびれた雰囲気が場違い』って書かれてたわよ。変質者と間違われて通報されないでよね」

言い返し、横目で睨み合う。そこにジョン太が駆け寄って来た。

「ぐるっと回ってみましたけど、異状なしです。本気からは連絡ありましたか」

「うん。金王八幡宮の境内を愛梨さんに歩いてもらって、物陰から様子を見ていたけどそれらしい女は現れなかったって」

「てことは、次は東横線の高架下ですね」

タイミングよく、私のジャケットのポケットで携帯電話が振動した。

「もしもし」

「犬マンです。愛梨ちゃんに高架下を二往復してもらいました。二度目に男が話しかけてきてひやっとしたけど、ネットを見て来た野次馬で、愛梨ちゃんをエコ女だと勘違いしたみたいです」

「そう。でも、油断は禁物よ。野次馬に化けて潜り込んでる可能性もあるし」

「了解。アレックスがやる気満々のすごい顔で張り付いてるから、愛梨ちゃんがビビっちゃって。手塚くんたちが必死にフォローしてますよ」

笑い交じりに告げ、犬マンは電話を切った。

その後も他の出没スポットを回り、愛梨に歩いてもらったがエコ女は現れなかった。スタート地点である美竹公園に愛梨が戻って来たのは、タイムリミットの午前零時前だった。

「大丈夫？　顔色が悪いわよ」

私は愛梨の顔を覗き込んだ。公園の出入口近くのベンチに、手塚くんや他のホストたちに取り囲まれて座っている。

「気分でも悪いの？　夕飯はindigoの厨房で作ったものを食べてもらったのよね」

俯いたまま、愛梨はこくりと頷いた。小柄でややぽっちゃり、地味だが仕立てのいいブラウスとスカート姿。聞けば、某県の県議会議員のご令嬢だという。白くふっくらとした手は、手塚くんのシャツの袖をしっかりとつかんで放さない。私と塩谷さんのことは、「都市伝説に強いジョン太の知り合い」と説明してある。

「じゃあ、何か仕込まれたってこともなさそうだし。逆にお腹が空いたとか？　サンドイッチでも買って来ましょうか」

体を硬くしてふるふると首を横に振り、愛梨は私を見た。小さく丸い鼻と、ややめくれ気味の上唇。いかにも甘えん坊の箱入り娘だ。愛梨が何か言いかけ、ホストたちもずいと身を乗り出した。しかし、また俯いて身を縮こまらせ、裾にレースをあしらったレギンスに包まれた太めの脚をもぞもぞと動かした。

「おい。見回りだ」

塩谷さんにつつかれ、ホストたちに後を頼んで歩きだした。

「どうも怪しいな。あの愛梨とかいう女、何か隠してるんじゃねえか」

「それはないと思うけど。でも、確かにさっきここを歩いてもらった時はもう少し元気で、お喋りもしてたのよね」

バスケットボールコートのフェンスの脇を抜け、奥の出入口の前を曲がって敷地の反対側に向かう。人通りは減り、野次馬たちもいつの間にかいなくなっていた。

「案外、あの子がエコ女だったりしてな。ことがデカくなっちまって、焦ってるとか」

「そんなバカな。手塚くんたちがエコ女に遭遇した時、愛梨さんも一緒にいたのよ。それに、さっきの様子は怪しいっていうより——そうか。もしかしてあの子」

ふと気配を感じ、私と塩谷さんは横を向いた。私たちが歩く道と平行して、児童会館の敷地の端に幅五メートルほどの通路がある。そのがらんとした空間の街灯の下に、人影がある。女だ。すらりと背が高く、長袖・膝丈のワンピース姿、柄はわからないがシルエットはいかにも古くさく、野暮ったい。肩から胸にかけて長い黒髪が垂らされ、その上の顔は黒く大きな、レジ袋形のエコバッグで覆われていた。キャップかどうかは不明だが、首にはネックレスも見える。

「でで出た」

思わず取り乱し、振り返ったが塩谷さんの姿はない。へっぴり腰ながら、既に数メートル後ろに逃げている。こういう時の素早さだけは、トップアスリート並みだ。

私は視線を巡らせ、ジョン太たちを捜した。しかし、生い茂った木立が邪魔して見えない。声を上げようとした時、女が動いた。手首をだらりと垂らしたまま両腕を前に伸ばし、すり足で休を左右に揺らしながら近づいて来る。バッグの下からは、低いうめき声のようなものも聞こえた。

あれ。「レジ袋、いりますか」って訊いてくるんじゃないの？　それに、このベタでおざなりな動きはなに？　浮かんだ突っ込みを口に出す間もなく、女はうめき声を上げ、ぎくしゃくと、しかしまっすぐに近づいて来る。さすがに怖くなり、助けを求めようと振り返った瞬間、塩谷さミミズクは両手でつかんだものを掲げた。片手に持つのは濃緑の長方形。エコバッグらしく、中央に『KENOKUNIYA』の大きなロゴが印刷されている。もう片方の手が握る焦げ茶の塊は、ふたばやのモヤイ焼きだ。

いつの間に。一人だけ助かる気満々だし。脱力のあまり、恐怖も焦りも吹き飛ぶ。

「うわ。出た」

「おい。エコ女が現れたぞ」

背後で声が響き、どたばたという足音も近づいて来た。とたんにエコ女はうめくのをやめ、回れ右をして逃げ始めた。

「待て!」

アレックスが私の傍らを駆け抜け、ジョン太と数人のホストが続いた。ジョン太が先回りして行く手を遮り、女が足を止めたところを、アレックスたちが取り押さえにかかる。女は金切り声を上げ、手足をばたつかせて抵抗した。よく見ると、袋には視界と呼吸を確保するための小さな穴が開いている。

「いてぇ!」

ジョン太が顔をしかめ、後ずさった。頬に二筋の線が走り、みるみる赤く腫れていく。その眼前に伸びるのは、派手なリボン模様のスカルプチャーをつけた爪。細い手首は、アレックスのごつい手にがっちりとつかまれている。

あの爪、ひょっとして。私がはっとするのと同時に、ホストの一人が女の頭のバッグをつかみ、勢いよく引っ張り上げた。バッグはするりと抜け、白く小さな顔があらわになった。乱れた髪の間から、不自然に切れ込んだ目頭が覗く。

「やめて下さい！　ちな実に触らないで」

切羽詰まった声とともに、通路の奥から飯沼が駆け込んで来た。小綺麗だがパッとしないパンツスーツとバッグは、昨日と同じものだ。

「えっ、ちな実ちゃん!?」

ジョン太が頰を押さえて騒ぎ、アレックスはちな実の拘束《こうそく》を解いた。転がるように飯沼の後ろに逃げ込み、ちな実は太めに描かれた眉をつり上げてジョン太たちを睨んだ。

「何すんのよ、変態」

「変態って、そんな格好してどっちが。やっぱ、ちな実ちゃんがエコ女だったの？　マジ？」

「はあ？　エコ女？　何それ。てかそのデカアフロ、見覚えがあるんだけど。そっちのじじいも。昨日稽古場でサインしてやった」

飯沼の肩越しに首を突き出し、ちな実はジョン太と塩谷さんを交互に見た。

「じじいだと？　おっさんですらねえってか」

毒づき、塩谷さんが睨み返す。両手にはエコバッグとモヤイ焼きを握ったままだ。そこへ後ろ手にちな実の体をしっかりと抱いた飯沼が割り込んできた。

「どういうことですか。あなたたち、取材だって言ってましたよね」

いきさつを話すか、事情を聞くのが先か。逡巡《しゅんじゅん》していると、ポケットで携帯が振動した。

「もしもし」

「犬マンです。高架下にエコ女が現れました」

「高架下に!?　捕まえたの？」

「はい。でも、男ですよ。しかもおっさん。自分は橋本っていう、劇団おとしあなの役者だって言ってます。確かに、劇団のサイトで見たのと同じ顔してますけど」

「それ本当？　なんで橋本さんが」

するると、場違いなメランコリックなメロディーが流れ始めた。レミオロメンの『粉雪』。ジョン太がばたばたと携帯電話を取り出す。二言三言話してから、私を見た。

「本気からです。金王八幡宮でエコ女発見。身柄確保。四十代前半の女で、自称・女優。所属は劇団おとしあな」

言葉を失い、私と塩谷さんは顔を見合わせた。その後も次々とみんなの携帯電話が鳴り、各スポットを見張るホストたちからエコ女発見の知らせが入った。取り押さえた人物は全員、劇団おとしあなの役者だと言っているらしい。

「どういうこと？」

呟いて、私はちな実を見た。落ち着きを取り戻してカツラも外し、不機嫌そうに髪を整えている。私の視線を遮るように、飯沼がちな実の前に立った。

「今日、稽古の後で劇団員の方が『日下部さんに内緒で夜中に市子の格好で街に出て、公演のゲリラパフォーマンスをしよう』って言いだしたんです。みなさん大賛成だし、主役が断る訳にもいかないから仕方なく参加して、割り振られたのがこの公園でした。ちな実には、一切責任はありません。それよりあなた方、なんなんですか。説明して下さい」

「私たちはclub indigoというホストクラブの者で、訳あって都市伝説のエコ女を追っています。昨日偶然、私が稽古場のトイレであなた方の話を聞いて、宣伝のためにエコ女の噂を流し、出没しているのかと思ったんです。失礼ですけど、チケットはあまり売れていないんですよね」

不満の声を上げ、飯沼の制止を振りきってちな実が顔を出した。

「何それ。バカじゃね。チケットが売れてないのは本当だよ。だから社長の命令で毎晩金持ちのオヤジと飲みに行ったり、成金社長が集まるパーティに出たりして、買い取ってもらえるように媚び売りまくってるんじゃん」

「えっ。じゃあ『バカみたいな格好』って言ってたのは」

「コスプレだよ。それが一番ウケるからって、メイド服や体操着で、オヤジ連中の相手をさせられてるの。せっかく女優宣言したのに、これじゃ意味ないじゃん」

グロスのはげた唇を尖らせ、横目で飯沼を睨む。その姿を呆然と見つめる私に、手塚くんが遠慮がちに囁きかけた。

「話の真偽はともかく、ちな実さんはエコ女じゃないですよ。僕らが遭った女は、もっとオーラがあって動きも鬼気迫ってた」

確かにそうだ。さっきのちな実の演技力で「レジ袋、いりますか」と問われても、コントとしか思えない。ふと、私の脳裏にある光景が蘇った。昨日の劇団おとしあなの稽古場だ。張り詰めた空気と、何かに憑かれたような役者たちの演技。中でもとりわけ――。

「ゲリラパフォーマンスを提案した劇団員って誰ですか。大事なことなんです。教えて下さい」

「そう言われても……誰だっけ」

うろたえ、飯沼は背後を振り返った。みんなの視線が集まると、ちな実はつんと顎を上げ、もったいぶった仕草で肩に乗った髪を払った。

「誰って、それは――」

「あれ。愛梨さんがいない」

手塚くんの一言で、みんなの視線はちな実から外れ、愛梨を捜し始める。素早くジョン太とアレックスが駆けだし、手塚くんや他のホストも続いた。私と塩谷さんも加わり園内をぐるりと回ったが、姿は見えない。

「どうしよう。携帯も通じませんよ」

「様子がおかしかったし、怖くなって逃げたんじゃないか」

焦るホストたちを落ち着かせようとした時、さっき塩谷さんに言いかけたことを思い出した。

「トイレよ。愛梨ちゃんはトイレに行きたいのに、言いだせなくてそわそわしてたの」

園内を横ぎり、出入口の近くにあるログハウス風のピンクの小さな建物を目指した。女子トイレは建物の奥だ。先頭のホスト数名が、ドアのない出入口から中に飛び込む。しかしそれきり、なんの声も音も聞こえない。遅れて到着した私と塩谷さんは、硬直したように突っ立っているホストたちを押しのけ、屋内に進んだ。トイレは横長で、片側に個室のドアが三つ並び、向かい側に小さな洗面台が設けられている。掃除は行き届いているが、かすかなカビの臭いをはらんだ濁った空気が立ちこめていた。

「助けて！」

裏返り気味の悲鳴と、パンプスの足がタイルの床を蹴る音が響いた。愛梨は洗面台の下に仰向けで、こちらに横顔を見せて倒れている。その上に馬乗りになっているのは、長袖・膝丈、ダークな色合いの花柄のワンピース、頭に黒いエコバッグ、首にキャップのネックレスの女。愛梨の腕を押えつける手の片方には真新しく、大きなハサミが握られている。周囲には、女が切り落としたとおぼしき愛梨の髪の毛が散乱していた。

突っ立ってないで、なんとかしなさいよ。思いはしたが、私も動けなかった。女が漂わせる猛烈な気迫と緊張感、そして狂気。ワンピースの裾からは、見覚えのあるししゃも脚が覗いている。

間違いない、岡井だ。だが今この体に取り憑き、支配しているのは別の誰か。

「手塚くん、助けて！」

身をよじり、愛梨が叫んだ。肉付きのいい頬を涙が伝う。私の背後で、息をのむ気配がした。手塚くんだ。焦りと葛藤も伝わってくる。しかし、足がすくんでしまったのか動けない。

それでも男か。二部のナンバーワンか。胸に情けなさが押し寄せ、一瞬恐怖が薄らいだ。私が行くしかないのか。そう思った時、誰かに背中を突き飛ばされた。

「うちの客に何しやがる！」

アフロ頭の、縦に長く横に細い体が飛び出し、岡井に体当たりを食らわせた。奥の床に倒れた岡井に、アレックスが意味不明の英語、恐らく放送禁止レベルの卑語と思われる言葉を吐きながらつかみかかる。しかし岡井はエコバッグの下で獣のようなうなり声を上げてハサミを振り回し、足をばたつかせた。慌てて数人のホストが加勢して岡井を取り押さえ、手塚くんたち三人も愛梨を救い出す。

「おい。警察だ」

トイレを出たところで塩谷さんにつつかれ、私は慌てて携帯電話を開いた。

「愛梨ちゃん、大丈夫？　ケガはない？」

ジョン太が愛梨に駆け寄る。アフロはひしゃげ、岡井に引っかかれたのか、ちな実にやられたのとは反対側の頬にも筋状の傷がある。

「大丈夫だけど、髪が」

手塚くんに支えられて歩きながら、愛梨が声を震わせた。軽くカラーリングしたセミロングの髪は、片側のフェイスラインのひと束がばっさりと切り落とされている。岡井はまだトイレの中だ。エコバッグと黒髪のカツラを脱がされたとたんおとなしくなり、がっくりとうなだれてホストたちの監視つきで個室の洋式便座に座っている。

「平気平気。そんなの全然大したことないよ。気になるなら、俺がいいヘアサロンを紹介するし。いっそ俺と同じ髪型にしちゃう？」

「……やだ」

テンポよく繰り出される言葉につられて、目を潤《うる》ませ鼻声ながらも愛梨は笑った。

「やっぱ？　だよね～」

調子を合わせた後、ジョン太は手塚くんを見て、ニカッと笑った。細い目がますます細くなり、薄い唇から白い歯が覗く。左右の頬には大きな引っ掻き傷。手塚くんはその笑顔を愛梨の肩を抱いたまま無言で、しかし吸い寄せられるように見つめていた。

4

BGMが途切れて間もなく、場内の明かりが落ちた。客席のざわめきが引き、ステージに小さくスポットライトが当てられた。ライトの下には頭に黒いエコバッグ、首にキャップのネックレスの女。ワンピースの裾からは、ししゃも脚が伸びている。私の隣で手塚くんがぎくりとし、その横の川谷くん、酒井くんも身を硬くしたのがわかった。

顔を上げ、女は話し始めた。

「私は市子。この地球に積み重なり、つながってきたあらゆる命の声を聞き、伝えるために生まれた。でも、ある時からもう一つの名をさずけられた。エコ女。エコ女がどこから来て、ここに辿り着いたのか。そのすべてを明かしたいと思う」

　暗転し、ステージ上を複数の人が走り回り、物を移動させる気配もあった。間もなく明かりが灯され、ステージを照らした。芝居の稽古場らしく、十名ほどの男女がジャージ姿で柔軟体操をしたり、発声練習に励んだりしている。中には、岡井と橋本の姿もあった。

　舞台袖から、男が出てきた。小柄小太り。ボタンを全部とめたシャツに、折り目もまぶしいスラックス。日下部だ。

「次の公演が決まったぞ。三カ月後、場所はシアター恵比寿。演目は『ほっこりマダムはボリュームゾーンの夢を見るか』。主役のみどりを演じるのは……岡井郁子《いくこ》、お前だ」

　通りのいい声で告げ、丸めた台本で岡井を指した。むいた目は演技なのか、地なのか。ステージ上の役者たちにどよめきが起き、岡井も目を見開き、立ち上がった。

「私がみどり？　信じられない。本当ですか」

「お前の才能と実力、芝居にかけるひたむきさはみんなが認めてる。それだけに役にのめりこみすぎて浮いてしまい、活躍の場を作ってやれなかった。しかし、今回は違う。俺も腹をくくった。好きなだけ暴れろ。お前のみどりを、そして市子をみんなに見せてやれ」

「はい。私やります。みどりも市子も、演じきってみせます」

「やったな、岡井。がんばれよ」

　どこかで聞いたような台詞とともに、橋本が岡井の肩を叩く。他の役者たちも岡井を取り囲み、祝福と激励の言葉をかけた。岡井は首にかけたタオルの両端を握りしめ、大きく頷いた。

「ありがとう。私がんばる。今まであきらめないで、本当によかった。このチャンスは絶対に逃さないから」

　再び暗転して場面転換。ステージにはベンチと張りぼての木立、球形の遊具などが置かれている。美竹公園、照明の具合からして夜のようだ。そこに岡井登場。Tシャツにミニスカート姿でデイパックを背負い、手にコンビニのレジ袋を提げ、舞台袖に向かってしきりに頭を下げている。

「店長、売れ残りのお弁当、もらっていいんですか？　いつもすみません。助かります。じゃあまた明日」

　身を翻《ひるがえ》し、人気《ひとけ》のない公園を歩きだす。

「あ〜疲れた。生活のためとはいえ、深夜のバイトはきついわ。さて。これからアパートに帰って稽古か。でも、狭いし大きな声を出せないし、いまいち感じがつかめないのよね。他にどこかいい場所が――そうだ」

　ステージ中央で足を止めた。デイパックからワンピースを出してTシャツの上に着込み、頭にエコバッグをかぶる。首にはネックレスもかけた。

「うん。いい感じ。人もいないし。ここならばっちりだわ」

　頷くと足を肩幅に開き、腕をだらりと垂らして首を前に突き出した。とたんに全身から生気が抜け、異様なオーラが漂う。その姿勢のまま、岡井はぶつぶつと台詞らしきものを呟いた。そこに手をつないだ若いカップルが通りかかり、ぎょっとして足を止めた。

「うわっ。なんだあれ」

「やだ怖い。お化け？　変態？」

「えっ。あの、違うんです。ごめんなさい。私は」

　岡井は慌ててエコバッグを脱いで歩み寄ろうとしたが、カップルは悲鳴を上げ、舞台袖に走り去った。ぽかんと見送った後、岡井は肩をすくめ、にやりと笑った。

「なんかわかんないけど、面白い」

そして再び、エコバッグをかぶり稽古を始めた。現れた若者のグループが、カップルと同じように驚き、逃げる。すると岡井は、さらに首を突き出し、体も前後に揺らし始めた。乾いた音を立てて、ネックレスのキャップがぶつかり合う。エコバッグ越しに漏れる台詞は次第に大きく、熱を帯びていった。

三度ステージは暗くなり、また稽古場に戻った。しかし日下部は気まずそうに岡井から顔を背け、劇団員たちはいくつかのグループに分かれ、呆然と佇む岡井を横目で見ながらひそひそと囁き合っている。

岡井が日下部に駆け寄った。

「どういうことですか。主役は星川ちな実さんに変更で、私には代役をやれ？　あんまりだわ」

「だから説明したじゃないか。ちな実の事務所の社長さんには、いろいろお世話になってるんだ。それにチケットを全部買い取ってもらえれば、みんな楽になるし、すぐに次の公演が打てる。その時は必ずお前を主役にするから。ここは我慢してくれ。頼む」

頭を下げる日下部からふらふらと離れ、岡井はステージの端に歩いた。明かりが落ち、再びスポットライトが岡井を照らす。

「ひどい。これまで必死にがんばってきたのに。目先の利益のために、私から役を奪うの？　ステージから追い出すの？」

泣きじゃくり、床に倒れ込んだ。しかし沈黙の後、ゆっくり顔を上げる。

「それならそれでいい。私にはもう一つの役、別のステージがある。エコ女。渋谷の街のみんなが私をそう呼び、待っている。誰にも渡さない。演じきってみせるわ。この役を」

ポケットから出したエコバッグを掲げ、胸にひしと抱きしめた。ステージ脇のスピーカーからものものしい音楽が流れ、暗転する。


「こんなこったろうと思ったよ」

暗闇の中、手塚くんとは反対側の隣席で塩谷さんが鼻を鳴らした。後ろでは、ジョン太が憂夜さんを相手に興奮した様子で喋っている。

美竹公園での騒動から、二週間が経過していた。あの後、岡井は駆けつけて来た警官に身柄を拘束され、愛梨と私たちも渋谷警察署で事情聴取を受けた。取り調べに対し、岡井は自分がエコ女だと言い、罪も素直に認めたという。

おおよその事態を把握した私たちは親の手前、ことを荒立てたくないという愛梨の意を汲み、被害届は出さないと決めた。結果、岡井は厳重注意を受け釈放されたが、星川ちな実は舞台を降板。公演も中止になるものと思いきや、日下部は脚本を大幅に書き換え、岡井を主役に戻して『ほっこりマダムはボリュームゾーンの夢を見るか』の幕を開けると宣言した。同時に事件の真相が舞台で明かされるらしいという噂が流れ、これにマスコミが飛びついてチケットも完売。初日の今日を迎えた。私たちは「ご迷惑をおかけした、せめてものお詫びに」と日下部に招待された。

その後、ステージで明かされた顚末もほぼ私たちの想像通りだった。

役を奪われた岡井は、エコ女にますますのめりこみ、次第に理性を失い、現実との境目を見失っていく。一方で、昼間はいつもと変わりなく振る舞い、ちな実の代役を演じた。

そんなある晩、美竹公園に佇む岡井の前に、四人の若者が現れた。手塚くんたちだ。「レジ袋、いりますか」と問いかける岡井。これはネットの書き込みをもとにエコ女のイメージを膨らませ考えた台詞で、先に試した遭遇者はすべて「いりません」と答えている。しかし、手塚くんから返ってきたのは「二枚でよろしく！」という想定外の言葉。焦りながらも、奇声を上げて手塚くんたちを追いかけ、振りきられたと見せかけて一人の後をつけ、彼らの身元を調べた。その後、役を全うするため、観客である街の若者たちの期待に応えるために手塚くんたちを襲っていった。しかし、どんなに役にのめりこんでも岡井本来の真面目さ、優しさは消し去れず、呪いと呼ぶにはお粗末な制裁しか下すことができなかった。さらに最後の一人・愛梨にはボディガードがつき、エコ女を包囲する動きも感じられる。そうこうしているうちにタイムリミットが近づき、焦った岡井はネットでエコ女捕獲計画を知るや、劇団の仲間たちにゲリラパフォーマンスを持ちかける。どさくさにまぎれて愛梨を拉致し、髪の毛を切り落とすという制裁で呪いに終止符を打とうと図ったのだ。

芝居は一時間半ほどで終了した。拍手の中、下りた幕の前に日下部と岡井が出てきた。待ち構えていたように、カメラを構えた男たちがステージ下に集まる。

むいた目で客席と報道陣をぐるりと眺め、日下部はマイクを手に話し始めた。

「本日はご来場いただき、誠にありがとうございました。この公演にあたっては批判もあり、ご迷惑をおかけした方々も多く、劇団員一同とても悩みました。しかし岡井の、演じることでみなさんに真実を伝え、お詫びをしたいという気持ちに動かされ、上演を決めました。岡井は間違ったことをしました。しかし、彼女を追い込んだのは僕です。そこで、次回はこの事件を僕の側から描いた作品を上演したいと思います」

すかさず、岡井が手にしたポスターを広げる。謝罪と見せかけて宣伝？　しかも、ポスターまでできてるし。私は呆れかえったが、カメラマンは殺到しフラッシュが焚かれた。

日下部に促され、岡井はマイクを握った。エコ女の衣装のまま。艶《つや》やかだった頬はこけ、眼差しもさっきまでとは別人のように弱々しく、不安げだ。

「この度は本当に申し訳ありませんでした。言いたいことは、全部いまのお芝居に込めました。でも私がやったのは、人としても演劇人としても許されないことです。だからこの公演を最後に役者をやめ、ご迷惑をおかけした方々へのお詫びとしたいと思います。本当にすみません。ごめんなさい」

声を詰まらせ、深々と一礼した。客席にどよめきが起き、さらに激しくフラッシュが焚かれた。本気なのか、冷やかしなのか「やめないで」「郁子ちゃんの芝居が見たいよ」等々の声も上がる。

「まあ当然ちゃ当然か」

塩谷さんは狭いスペースに顔をしかめ、シワだらけのチノパンの脚を組んだ。

「でも、ちょっともったいない気もする。そう思わない？」

「はあ」

私に同意するともしないともつかない返事をし、手塚くんはほっそりとした指で眼鏡のブリッジを押し上げた。川谷くんと酒井くんはノーコメントだ。すると、後ろで動きがあった。ジョン太が席を立ち、ステージに向かう。報道陣をかき分け、岡井の足元まで行って紙片のようなものを差し出した。一瞬怯えるような様子を見せた岡井も巨大アフロを覚えていたのか、身をかがめて受け取る。その耳元に、背伸びをしたジョン太が二言三言囁いた。岡井はぽかんとして紙片とジョン太の笑顔を見比べている。その間もフラッシュの瞬きと、客席の「やめないで」の声は続いている。岡井は考え込むようにしてから、体を起こした。

「ありがとうございます。とにかく今はこの公演をがんばります。先のことはわからないけど、もう一度よく考えてみます」

　声は不安定だったが視線は客席に向けられ、手にはジョン太が渡した紙片をしっかりとつかんでいた。

　興奮気味に言葉を交わす観客たちと、カメラやマイクを手に行き来する報道陣の間を抜け、次回公演のチケットを売ろうと声を張り上げポスターを掲げる劇団おとしあなのスタッフの前も通って、劇場を後にした。明治通りに出て、夜の街を渋谷に向かう。

「岡井郁子ちゃん、どうなるんでしょうね」

　携帯電話の電源を入れ、留守電をチェックしながら、ＤＪ本気が言った。トレードマークのオールインワンは、どこで手に入れたのか某引っ越し会社のユニフォーム。劇場でもムダに目立っていた。

「本人も言ってた通り、先のことはわからないわよ。でも、岡井さんは才能のある役者だと思う。そんな自分をコントロールできなくて、今回の事件は起きた。つまりはプロじゃないってことね。それでも続けようとするなら、背負わなきゃならないものは少なくないけど、その分おいしいとも言える」

「幸も不幸も取り交ぜて、なんでも飯のタネにしちまうのがアーティストってやつだからな。それにまあ、あのギョロ目の小太り、日下部だっけ？　その手のやつの扱いには長《た》けてそうだし、なんとかなるんじゃねえのか」

　私と塩谷さんのコメントに、憂夜さんが頷く。彼にしてはおとなしめなデザインのダークスーツだが、腋の下には上部中央に輝く金のブランドロゴがまぶしい、ヴァレンチノのセカンドバッグを挟んでいる。

「なるほど。適材適所というやつですね。ところでジョン太。さっき岡井さんに何を渡したんだ？」

「ああ、あれすか。club indigo の初回限定割引券。俺も晶さんに賛成で、郁子ちゃんには役者を続けて欲しいんすよ。エコ女の件も、悪気はなかったんだし。そもそも、こいつらが都市伝説をコケにして、つまんない返事をするからだし」

煙草をふかしながら答え、横目で手塚くんたちを睨む。その通りというようにアレックスが頷き、犬マンは我関せずといった様子で、通りを走り抜けていく車を眺めている。

「でも、なんで割引券なの？　あと彼女に囁きかけてたけど、あれはなに？」

「俺らのことなら、もう気にしなくていいよ。どうしてもっていうなら、早く売れっ子女優になって indigo に来て、手塚くんたちをばんばん指名してやってよって言ったんすよ」

「え〜っ」

「勘弁して下さいよ」

川谷くんと酒井くんが騒ぐ。しかし手塚くんは額にかかった髪を払い、ジョン太を見た。

「それがジョン太さんのオチのつけ方、ルールってやつですか」

「おう。そうだよ。文句あるか？」

威勢よく返し、ジョン太がニカッと笑う。隣のアレックスが威圧するように腕を組み筋肉を盛り上がらせ、DJ本気が手を叩く。犬マンは煙草に火をつけ、勢いよく煙を吐いた。その様子を眺めた後、手塚くんは肩を揺らし小さく、しかしとても楽しそうに笑った。

「ありかなしかと言えば、まあ、ありですね」

「またかよ、上から目線。お前な、何度も言うようだけど、そういうのは……ダメだ、腹が減った。晶さん、仕事の前にラーメン屋に寄ってもいいすか？　この先に旨い店があるんすよ。麺は細麺、スープは豚骨魚介のこってり動物系。生ビールとの相性も最高。みんなも行くよな。手塚くんたちは……いいよ。帰れよ。どうせ『プライベートでは酒は飲まないんです』だろ？」

「いえ、いいですよ。どっちみち飯は食うし。でも、ラーメンはちょっと」

「出た。『いいですよ』」

即座に私の胸に花岡の一件が蘇り、ジョン太たちからもブーイングが起きる。しかし手塚くんは、素知らぬ顔で続けた。

「近くに最近オープンした、有機野菜のレストランがあるんですよ。川谷くん、店が載った雑誌持ってたよね？　酒井くん、席を確保してくれるかな」

すかさず川谷がバッグを探り、酒井が携帯電話を取り出す。絶妙のコンビネーション。そして三人同時に、中指で眼鏡のブリッジを押し上げる。

「うわ。なんかもう、どこがどうとかわかんねえぐらいムカつく。お前ら、じっくり話し合って今日こそカタをつけようぜ」

長い脚の大きなストライドでどんどん歩いていく三人を追い、ジョン太は走りだした。指の関節を鳴らし、英語で何やら呟きながらアレックスが続く。目を輝かせたＤＪ本気も犬マンを引っ張り、跳ねるように歩いていく。

私と憂夜さんは顔を見合わせて苦笑し、塩谷さんも鼻を鳴らした。私たちは通りの先に並んだ、高さも幅もばらばらの若い背中を眺めながら、ゆっくり後をついていった。

サクラサンライズ

1

車内に響くエンジン音が、不吉に転調した。ルームミラー越しに、手塚くんが顔を強《こわ》ばらせるのがわかる。路肩に寄ると尻の下で破裂音が二つして、車は停まった。

「おいおい。またかよ。どうなってんだよ」

早速ジョン太が騒いだ。私は狭いスペースで身をよじり、視界を遮り頬をぞわぞわと刺激するアフロ頭から逃れた。

「すみません。今日は調子がよくないみたいで」

手塚くんが中指で眼鏡のブリッジを押し上げた。エンジンキーを回しているが、乾いた音がするだけでかからない。

「今日は、ってなんだよ。お天気屋さんか？　わがまま子猫ちゃんか？　まったく。生意気に外車を買ったっていうから乗ってみりゃ、超ポンコツ。こんなんでも、百万やそこらはしたんだろ」

「百八十八万です」

「マジ!?　バカじゃねえの。ボロいわ、狭いわ、エアコンないわ。おまけに天井なんて布だぜ」

「布って。これはキャンバストップといって」

「ボケ。んなこと知ってるっつうの。シャレだよ、シャレ」

「まあまあ。好意で車を出してくれたんだし、文句を言わないの。性能はともかく、かわいい車じゃない。これ、フィアット五〇〇でしょ？　『ルパン三世　カリオストロの城』で、ルパンと次元《じげん》が乗ってたやつよね。ヒロインのクラリスが乗ってた、シトロエン2CVもおしゃれだった。あの映画、大好きで何度も見たから知ってるの」

取りなすつもりで私は車内を見回した。四人乗りの丸みを帯びた小さなボディで、ヘッドライトも丸い。生産されてから三十年は経っているはずだ。

「ごひゃくではなく、チンクェチェント。イタリア語読みです。ツーシーブイも、正しくはフランス語読みでドゥシュヴォー。念のため」

キルティングジャケットの背中をこちらに向け、手塚くんが訂正した。口調は丁寧だが、言葉に遠慮はない。

「出た。なにげに上から目線。チンチクリンだかフォンドボーだか知らねえけど、いい加減にしろよ。そりゃ歳はお前よりお前のお袋さんに近いけど、晶さんだって女なんだぜ。『親しき仲にも性別《いへ》あり』って、いつも憂夜さんに言われてるだろ」

フォローの意味をなしていないが、悪意もないらしい。手塚くんがなにげに上から目線なら、ジョン太はさりげに論点ずれまくり。これがclub indigo 一部二部きってのナンバーワンホスト。頼もしい限りだ。

ようやくエンジンがかかった。ジョン太が当てつけがましく拍手し、私は息をついた。騒ぎをよそに、助手席でノートパソコンを弄《いじ》っていたＤＪ本気が振り返った。

「晶さん。ＯＳはＸＰじゃだめですか？　出たばっかりなんで、Windows Vista 搭載マシンは高いんですよ。その代わり、XPなら予算内でハードディスクが一六〇GBのを売ってる店を見つけました」

「よくわからないけど、とにかく操作が簡単で壊れないやつ」

「そういうイージーな注文が一番困るんだよなあ。てかそれ、うちのお袋が初めてパソコン買った時と同じ台詞《せりふ》だ」

ぼやいて、金髪マッシュルームの頭を掻く。

三日前。ライター業の原稿を書いていたら、突然パソコンが動かなくなった。取りあえずサブマシンを使い、修理に出そうかとも考えたが、五年近く使っている古いモデルでもあり、これを機に買い換えることにした。アドバイスをもらおうと軽い気持ちでDJ本気に電話をしたところオタク魂に火をつけたらしく、indigo の開店前に一緒に秋葉原に行くことになり、荷物運びとして手塚くんを引っ張り出し、ついでにジョン太もついて来た。

「イージーで悪かったわね。とにかく、またエンストする前に車を出しましょう。本気、このままま っすぐでいいのよね？」

「はい。突き当たりを左折して——なんだあれ」

みんなが一斉にフロントガラスに目を向けた。車は神田明神《かんだみようじん》通りを東に進み、突き当たりには家電販売店のビルがずらりと並ぶ秋葉原《あきはばら》のメインストリートがある。しかし、前方にはパトカーが数台停まり、行き交う警察官の姿も見える。交通事故かと思ったが、近づいてもそれらしき車両は見えない。スピードを落とし、脇を抜けると路肩で立ち話をしていた男たちが振り返った。スーツ姿で目つきは鋭く、片耳にイヤホンをはめている。刑事だろう。素早く車内に視線を巡らせ、会話に戻る。

ていく。


「何かあったのかしら」

「さあ。このあたりは歩行者天国だの、イベントだのでしょっちゅう交通規制がかかってますからね。でも駐禁がうるさそうだから、パーキングに入れた方がいいな。駅前に出よう」

頷き、手塚くんは車のスピードを上げた。対向車線を、サイレンを鳴らした白バイが走り抜けていく。

DJ本気の蘊蓄《うんちく》とジョン太の的外れな合いの手、それを放置してちゃっかり自分の買い物を済ませる手塚くんに翻弄《ほんろう》されながらも、なんとかパソコンを購入し、店を出た。

「まだいる。数もなにげに増えてね？」

眉をしかめ、ジョン太はくわえかけた煙草を箱に戻した。通りを制服警官と無線機を手にした刑事が、慌ただしく駆けていく。反対車線には数台のパトカーとルーフに赤色灯を載せた警察車両が停められ、頭上からはヘリコプターの音も聞こえる。買い物客と、メイド服姿でビラを配る若い女がそれを不安げに眺めている。

「事件があったんじゃないか。最近このあたりで、オタク狩りが頻発《ひんぱつ》してるらしいし」

ショッキングピンクの風船ガムを膨らませ、DJ本気はポケットに両手を入れた。オールインワンはシンプルなヒッコリーストライプだが、重ね着したナイロンジャンパーの背中にはでかでかと『埼玉県警』とプリントされている。無論レプリカだろうが、さっき通りかかった警官は、何か言いたげな顔で本気の背中を凝視していた。

「オタク狩り？」

「アキバとか大阪の日本橋《にっぽんばし》とかの電気街で、ゲームやアニメグッズを買いに来たオタクをターゲットにした恐喝事件が起きてるんです。確実に金を持ってるし、抵抗もしなさそうだし、いいカモでしょ。犯人も、同世代のヤンキーみたいです」

「ふうん。それにしては、やけに物々しいわね」

「確かに。強盗とか、もっとデカい事件かもですね。それより晶さん。この先に旨《うま》いとんかつ屋があるんですよ。希望通りの買い物もできたことだし」

「わかったわよ。おごればいいんでしょ、おごれば」

「やった。俺、ヒレかつ。その後メイド喫茶に行きたい。耳かき店も。浴衣《ゆかた》美人が膝枕で耳掃除をしてくれるんだって。雑誌に出てた。手塚くん、つき合えよな」

返事を待たずにジョン太が駆けだし、ＤＪ本気も続く。

「まあ、どうしてもと言うなら」

いかにもいやいやといった表情の手塚くんだが、私のノートパソコンの箱を提げて歩く足取りは、露骨に軽やかになっている。

中央通りをしばらく進み、脇道に入った。一方通行の狭い通りに、小さなビルが並んでいる。平日の昼過ぎだが人通りは多く、路肩にはみ出すように陳列されたパソコンのパーツやゲームソフトなどを眺めている客の姿も目立つ。

前を歩くＤＪ本気が角を曲がり、さらに狭く薄暗い通りに入った。

「この先です」

眼鏡の奥の目を輝かせて振り返った時、ばたばたと足音が近づいて来た。振り返る間もなく、男の一団が私の肩をかすめ、追い越していった。先頭はベースボールキャップを目深《まぶか》にかぶった青年。手足の長いすらりとした体をチェックのネルシャツ、ジーンズにフリースジャンパー、スニーカーで包み、背中には大きなデイパック、手にパソコンショップの紙袋を提げている。ここに来るまでに、似たようなコーディネートの若い男を大勢見かけた。わずかな距離を空け、数名が続くが、こちらはオーバーサイズのジーンズやナイロンジャージの上下に、シルバーのアクセサリーをじゃらじゃらとつけるという、気恥ずかしいほどのヤンキーぶりだ。

足を止め、ジョン太が男たちの背中を眺めた。

「なんだあれ」

「オタク狩りだろ。噂をすればだな」

「感心してる場合じゃないでしょ」

「あ。コケた」

手塚くんの声に目を向けると、三十メートルほど先の路上にベースボールキャップの青年が倒れていた。紙袋がアスファルトを滑り、CDとDVD、携帯電話が飛び出した。青年が、それを慌ててかき集める。追いついたヤンキーたちは青年を取り囲み、中の一人が短く何か言った。片手で青年の襟をつかみ、もう片方の手を青年が胸に抱える品々に伸ばした。青年は身をよじり、腕を振り回して必死の抵抗を試みる。

「どうしよう。助けなきゃ」

「でも、あいつらナイフとか持ってるかも知れないすよ。せめてアレックスがいたらなあ」

「そうそう。腹は減ってるし」

「パソコンも持ってるし」

こういう時だけ同調し、頷き合う。

じれて、私は走りだした。慌ててジョン太たちも後を追う。ヤンキーたちが、一斉にこちらを見た。私が口を開くより早く、ＤＪ本気は叫んだ。

「動くな！　警察だ」

立ち止まり、くるりと身を翻《ひるがえ》して背中の文字を見せる。ぽかんとした後、ヤンキーたちの一人が進み出た。

「なんだ、お前ら」

田舎くさい目鼻立ちと、細く鋭角的に整えた眉のギャップがもの悲しい。仲間たちも殺気だった顔で歩み寄る。

手塚くんが動いた。段ボール箱を両手でつかみ、頭上に振り上げる。

「ちょっと。何するのよ」

ぎょっとして、私は制止した。手塚くんはへっぴり腰で、顔も強ばっているが箱の総重量は三キロ近くあるはずだ。察知したのか、ヤンキーたちも足を止めた。

「おまわりさ〜ん、こっちこっち。事件発生っすよ」

今度はジョン太だ。ヤンキーたちに背中を向け、わめきながら両手を振り回す。その肩越しに、表通りを歩く警官の姿が見えた。

誰かが短く声をかけ、ヤンキーたちは青年を突き飛ばして通りの奥に走り去った。私は手塚くんからパソコンの箱を奪い、青年に向き直った。

「大丈夫？」

返事はない。青年は腰を浮かせ、駆けだそうとした。

「おいおい。落ち着け。もう大丈夫だって」

ジョン太の声に足を止め、通りの左右に視線を走らせる。安堵したように体の力を抜き、振り向いた。

「ありがとうございました」

頭を下げたが、動きはどこかぎこちなく、言葉のイントネーションもおかしい。こちらの気持ちが伝わったのか、青年はキャップのつばを上げた。面長で茶褐色の肌。黒い眉は放っておいたらすぐ左右がつながってしまいそうなほど太く、鼻梁がしっかりして、横に広がり気味の鼻の下には黒々としたヒゲを蓄えている。しかし、くっきりした二重《ふたえ》の大きな目は幼く、不安と怯えが見て取れる。色は灰色がかった青だが、明らかに昨今若者に人気のカラーコンタクト、デザインコンタクトのたぐいではない。


『テスト』。キーボードに指を走らせ、件名の欄にそう打ち込んで自分宛にメールを送った。続けて受信トレイを開き、送受信ボタンをクリックする。小さくチャイムが鳴って、件名『テスト』のメールを受信した。ほっと息をつき、肩の力も抜けた。

これでメールはつながった。ネット検索ができるのも確認したし、ワープロソフトとウィルス対策ソフトもインストール済み。一通りのセッティングは完了だ。

首を回して凝りをほぐし、机上のプラスチックケースを開いた。ぎっしり詰まったフロッピーディスクから、一枚を抜き取る。前面に貼られたラベルは『東豊書院【名づけの鉄人・最新赤ちゃん名前辞典】』、目下執筆中の原稿だ。フロッピーの中には、陸《りく》、陽菜《はるな》といった人気ランキング上位のもののほか、騎士《ないと》、叶成太《かなた》、心杏《ここあ》、姫心愛《あまね》といった、方向の正否はさておき、親の愛情と思い入れだけはいやというほど感じられる名前が収められている。

「あれ」

パソコンの脇を覗き、私は呟いた。逆側も覗いたが目当てのものはない。ボディを持ち上げ、手前と後ろ、底まで調べたが見つからなかった。仕方なく、机上に散乱したパソコンの取り扱い説明書や各種書類を引っ搔き回し、携帯電話を探した。背後のベッドと畳の上には段ボール箱と緩衝材、ビニール袋などが転がっている。

「もしもし」

「本気？　昨日はありがとう。早速パソコンをセッティングしてなんとか使えるようになったんだけど、フロッピーディスクを入れる穴が見つからないのよ。どこにあるの？」

早口で伝えると、DJ本気は黙り込んだ。

「もしもし？　聞こえてる？」

「聞こえてますけど、マジですか。そのパソコン、てか最近のマシンはほとんどフロッピーには対応してませんよ」

「ウソでしょ。二十万近くしたのに、そんなのあり？」

「いや、だから……取りあえず、外付けのＦ　Ｄ　Ｄ《フロッピーディスクドライブ》を買えば大丈夫ですよ。でもいい値段するし、これを機にＵＳＢメモリに切り替えた方が」

「ＦＤＤ？　ＵＳＢ？　何それ。日本語で説明して」

「いいけど、もっと何それになると思いますよ。今から店に来られませんか。直接説明した方が早いと思うんで」

「indigoにいるの？　まだ三時過ぎよ。ずいぶん早いじゃない」

「ええまあ。それも含め、来てもらえると。塩谷さんにも連絡しておきます」

「それも」の「も」ってなに？　なんで塩谷さん？　持って回ったような表現に苛立ちと不安を

覚えたが、ここで突っ込むとさらに訳がわからなくなるのがＤＪ本気だ。私は電話を切り、身支度を始めた。

　ドアを押し開けたとたん、大音量のカラオケの音楽と歌声が耳に飛び込んできた。パイプハンガーにずらりと並んだ客預かりのコートを整理していたジュンが振り返り、いつもより大きな声で挨拶をした。

「おはようございます」

「おはよう。誰が歌ってるの？」

　レジカウンターに身を乗り出し、ドレッドの髪の間からのぞく耳に口を寄せて訊ねた。ジュンはいたずらっぽく笑い、自分の目で確かめろと言うように、手のひらで奥を示した。

　通路の端を進み、素早く客席を見渡した。客の入りは八割。カーテンが開け放たれた大きな窓から、午後の黄色みを帯びた日が差し込んでいる。接客中のホストたちが、会釈や目配せを送ってきた。立ち上がっておどけたポーズを取ったり、投げキスを送る者もいてはらはらさせられるが、客たちの視線はフロア中央のステージに釘付けだ。流れる曲に合わせて手拍子し、歓声を送る者もいる。

　二部営業、通称・アフタヌーンパーティの目玉がこのショータイムで、ホストたちがダンスやコント、バンド演奏などを披露する。カラオケで歌う者も多いが、いま流れているのは『抱きしめて TONIGHT』、田原俊彦《たはらとしひこ》の八〇年代後期のヒット曲だ。ホストも客も二十歳《はたち》そこそこの店内では、異色のチョイス。しかもこの曲は、難易度の高い激しいダンスが売りだ。八〇年代アイドル歌謡をこよなく愛し、カラオケに行けば振り付けつきで延々歌い続けられる私も、これだけは手を出せない。

どよめきが起き、歓声がさらに大きくなった。曲はラストのサビ近くになり、振り付けはいっそう激しく、細かくなる。しかしステージ上の男の動きに乱れはなく、手足のキレやターンのスピード、ジャンプの高さも完璧。そのうえ、歌は発音が少しおかしかったり、不明瞭な箇所はあるが伸びやかで艶《つや》もあり、田原俊彦本人より数倍上手い。新入りホストか物まね芸人でも招いたのかと思えば、見覚えのあるフリースジャンパーとネルシャツ。

軽くパニックを起こし、巡らせた視線が吹き抜け上部の大きな窓に留まる。窓の向こうはオーナールームだ。下ろされたブラインドの一部が押し開かれ、蛍光緑のセルフレームの眼鏡が覗いている。隣には、細い目と巨大アフロのシルエットも見えた。私はバッグを抱え、通路を駆け抜けステージ裏の螺旋《らせん》階段を登った。

廊下を走り、ドアノブを握る憂夜さんの前を素通りしてオーナールームに駆け込んだ。

「どういうこと？　あれ、昨日オタク狩りされた子でしょ。なんでここにいるの」

「まあまあ落ち着いて。それを説明するために来てもらったんですから」

あっけらかんと、DJ本気が答えた。オーナーデスクに座り、パソコンを弄っている。

「そうそう。取りあえず座って下さい」

ソファに座り、ジョン太が向かいを指す。振り向くと、ドアを閉めながら憂夜さんも頷いた。

昨日あれから、私たちは青年に事情を聞こうとした。ケガや盗られたものはない様子だったが、ショックからかひどく取り乱し、「秋葉原を離れたい」と訴えた。しかし、手塚くんの車は四人乗り。仕方なく、後をDJ本気たちに託して私はタクシーで帰宅、それからはパソコンにかかりきりで、青年のことはすっかり忘れていた。

「車を走らせてるうちに落ち着いてきたんで、事情を聞いたんすよ。名前はカリーム。歳は二十一。三カ月前に、バラダイから留学して来たって」

「バラダイ？」

「アラビア半島の西側にある小さな国です。人口約四十万。公用語はアラビア語で、国教はイスラム教。絶対君主制ですが、石油や天然ガスなどの天然資源が豊富で観光収入も多く、国情は安定しています」

出入口近くの流し台から、憂夜さんが解説してくれた。よどみのない、知っていて当たり前のような口調。国名や首都を当てるクイズ大会に出場すれば、クイズ王や天才小学生とも互角に張り合えること間違いなしだ。シンプルなスーツ姿だが、左の胸から肩にかけ、日本画の鯉の滝登りがモチーフと思われる大きな魚が、躍動感と威圧感溢れるタッチで刺繍されている。

「でも、ちょっと前にルームシェアしてた友達と仲違《なかたが》いして、部屋を追い出されちゃったそうなんすよ。新しいアパートを借りたくても留学生の部屋探しっていろいろ大変で、友達の家を転々としてるって。そのうえ、気分転換しようと買い物に出ればオタク狩りに遭っちゃうし。俺らなんか気の毒になっちゃって、昨夜店がはねた後に飲みに連れていったんすよ。そしたら手塚くんと意気投合して、『しばらくうちに泊まればいいじゃん』てことになって」

「泊まるって、大丈夫なの？」

「金はないけど、真面目で礼儀正しいやつっぽいすよ。日本が大好きで、歴史とか文化とか俺らより詳しいぐらいだし」

「それはいいとして、なんで『抱きしめてTONIGHT』を歌い踊ることになるの」

「俺らがホストやってるって話したら興味持ったみたいなんで、店に連れて来たんすよ。うろうろしてたら、お客さんに新入りホストと間違われちゃって。でもイケメンだし、キャラも新鮮らしくて大ウケ。本人も気をよくしたのか、『ここで働きたい』って」

「働く!?」

香水の芳香とともに、テーブルにティーカップが置かれた。憂夜さんだ。カップは耐熱ガラスで、見慣れない深紅の液体が注がれている。

「ありがとう」

憂夜さんは笑みを浮かべ、優美に返礼したが下がる気配はない。私がお茶を飲むのを見届けるつもりらしい。仕方なく、カップを取り湯気の立つ液体をすすった。酸っぱい。思わず顔をしかめると、ジョン太もつられて眉間にシワを寄せた。しかし、すっきりとして後味はいい。ケーキなどの甘いものと合いそうだ。

「おいしいわね。このお茶、なんていうの?」

「カルカデといいます」

後ろにカリームが立っていた。隣の手塚くんに促され、歩み寄って来た。

「エジプトのお茶で、ハイビスカスの花のがくを乾燥させて作ります。肌が綺麗になるので、クレオパトラも飲んでいたそうです」

「ふうん」

「カリームです。昨日は助けていただいて、ありがとうございました」

ソファの脇で一礼した。堂々として姿勢もよく、こちらに向けられた眼差しにも曇りや迷いは感じられない。

「どういたしまして。この店で働きたいんですって? 留学生って話だけど、どこの学校かしら」

カリームはジーンズのヒップポケットから財布を出し、横長のプラスチックカードを抜き取った。左端に顔写真、中央に横書きの文字が並んでいる。学生証だ。千代田《ちよだ》区にある私立大学の国際コミュニケーション学部に在籍とある。脇から、憂夜さんが一枚の紙を差し出した。学生証のコピーで、以前店にいた同じ大学に通う学生のものだ。じっくり見比べてみたが、偽造したような形跡はない。

「でも、留学生は風俗営業の店では働けないはずよ。皿洗いとか掃除とか、接客をしなくてもダメで、警察に見つかれば強制退去。店も営業停止になるわ」

「お金はいりません。手塚くんやみなさんに、お礼をしてあげたいんです。なんでもしますから、お願いします」

もう一度、大きな体を折り曲げ、カリームは頭を下げた。

「お礼をしてあげたい」じゃなく、「お礼をしたい」もしくは「させてもらいたい」。外国人とわかっていても、つい訂正したくなる。続けて、手塚くんも一礼した。

「お願いします。十日、いや一週間で構いません」

戸惑い、二つの頭の微妙に質感の異なる黒髪を眺める私に、憂夜さんが言った。

「高原オーナー。ジョン太たちや二部のホストの中にも、手塚くんの自宅はもちろん、携帯番号すら知らされていない者が大勢いるそうです」

いかにもな話だ。手塚くんのガードの堅さは有名で、気が合うとはいえ初対面、しかも外国人を居候《いそうろう》させるというのは異例、大きな進歩ともいえる。

携帯の着信音が流れた。慌ててフリースジャンパーのポケットを探ったのは、カリームだ。昨日秋葉原の路上に落としたもので、色は黒、ストラップはつけていない。

「俺と一緒じゃん。お揃お揃」

ジョン太が自分の携帯を差し出した。確かに同じモデルだが、指名客からのプレゼントとおぼしきストラップやアクセサリー、マスコット人形などがじゃらじゃらとぶら下げられている。カリームは携帯の液晶画面を一瞥《いちべつ》し、私たちに断って部屋を出た。

「事情はわかったけど、塩谷さんがなんて言うかしら」

息をつき、私はカルカデをすすった。するとＤＪ本気が挙手し、机上の液晶ディスプレイをくるりと回転させた。画面の中央に大きなウィンドウが開かれ、見覚えのある四角い顔が大写しになっている。

「塩谷さん!?」

「おう」

スピーカーから、少しくぐもった声が流れた。席を立ち、ＤＪ本気がディスプレイの上に取り付けられた小さな球体を指す。

「テレビ電話です。校了で会社を抜け出せないって言われたんで、セットしてみました。これと同じレンズが塩谷さんのノートパソコンにもついてて、お互いの顔を見ながら会話ができる仕組み」

「そんなもの見たくもないけど」

「それはお互い様だ」

すかさず応酬し、輪郭が不明瞭でいつもにも増してむくんで見える顔が、かくかくと小刻みに動く。一応気を遣い、会社の人気《ひとけ》のない場所にいるらしく、背後には積み上げられた段ボール箱や事務机が見える。

「話は全部聞いてたのよね。どうする？」

「短期間ならいいんじゃねえか。国際交流、人類はみな兄弟《きょうだい》だ」

「柄にもないこと言って。どうせ裏があるんでしょ」

「上手くすりゃ、アラブ系美女を紹介してもらえるかも知れねえしな。あの、なんとかいうベールで顔を隠してるところがそそるんだよ。そのくせベリーダンスをさせりゃ、へそを出して腰をこうぐりんぐりん」

言いながら腰をスライドさせているらしく、画面がぶれ、ひひひと下卑《げび》た笑い声が重なる。呆れかえり言葉を失った時、カリームが戻って来た。

「言いたいことはわかったから。後でまた話しましょう」

電話を切り、改めてカリームと向き合った。何をどう話そうかと思案していたら、ふと思い出した。

「なんで『抱きしめてTONIGHT』なの？　さっき歌ってたでしょう。ダンスも上手いし、どこで覚えたの」

「日本の音楽が大好きなんです。最近のも悪くはないけど、一九八〇年代のアイドルの曲は素晴らしいです。ポップなのにメランコリック。歌詞にもドラマがある。松本隆《まつもとたかし》さんとか森浩美《もりひろみ》さんとか、大ファンです」

「悪くはない」は、正確には褒め言葉じゃないけどね。口に出す気はなくても、勝手に突っ込みが浮かぶ。物書きと今時の若者相手のオーナー業。裏表双方の仕事で染みついた、因果な習性だ。

「そうそう。よく知ってるわね。松本隆は、作曲家の筒美京平《つつみきょうへい》とのコンビが有名だけど、私は山《やま》下達郎《したたつろう》と組んだ曲が好き。近藤真彦《こんどうまさひこ》の『ハイティーン・ブギ』とか『MOMOKO』とか。最近だと、KinKi Kidsの――」

「『硝子《ガラス》の少年』」

「そう！　名曲よね。大好き」

　叫んだ後で我に返った。オーナールームは静まりかえり、みんなが口を半開きにして私とカリームを見ている。

2

「なになに。『横浜銀蝿《よこはまぎんばえ》公式サイト』に、『八〇年代ディスコシーン回想録』。『なめ猫グッズの通販サイト』では……うわ。缶ペンケースとクリアファイルを買ってるよ」

「あり得ね～」

　オーナールームのドアを開けたとたん、どっと笑いが湧いた。ジョン太が応接ソファに転がり、犬マンとアレックスも前屈みになって爆笑している。真ん中にはＤＪ本気。膝に載せているのは私のノートパソコンだ。

「ちょっと、なに見てるのよ」

　駆け寄ってパソコンを奪い返した。案の定、インターネットブラウザの左端に『お気に入り』のリストが表示されている。私がトイレに行った隙に、登録サイトをチェックしていたのだろう。

「プライバシーの侵害、ルール違反よ。ネットワークエチケット、略してネチケットとかいうのがあるんでしょ。パソコンオタクのくせして、知らないの？」

「俺はマニアであって、オタクじゃありません。それにネチケットも、正しくはそういう意味じゃなくて」

金髪マッシュルームカットを揺らし、平然と返す。私は横目でガンを飛ばして、オーナーデスクに座った。

「頼んだことは全部やってくれた？」

「はい。メールソフトのアドレス帳登録、ワープロソフトの単語登録、デスクトップのカスタマイズ、その他もろもろご希望通りに」

「ありがとう。助かるわ。使い始めると細々と気になってくるんだけど、下手に自分でいじるととんでもないことになっちゃうから」

「お役に立てて何より。それはそうと、道玄坂《どうげんざか》に新しい焼き肉屋ができたそうですよ」

「俺、壺漬けカルビ！　行きましょうよ。この間のおごりも、オタク狩り騒動でチャラになったまんまだし」

「お前らはこれからアフターだろう。お客様がお待ちかねだぞ」

自分の机で書類を整理しながら、憂夜さんが告げる。分厚い肩パッドの入ったスーツの背中が、着ぐるみかアニメのロボットのようだ。

子どもっぽく口を尖らせてジョン太がドアに向かい、DJ本気たちも続いた。唐突に、音楽が流れ始めた。アップテンポで時代がかったメロディー。聞き覚えがある。私は革張りの椅子を回転させ、窓のブラインドを押し広げた。

午前一時を過ぎ、客席フロアはがらんとしている。照明も落とされ、フロア中央のスポットライトがいくつか残っているだけだ。その小さな明かりの下に人影がある。セットされたドラムを叩くのは、臙脂《えんじ》の眼鏡をかけた若い男、川谷くんだ。数歩前にはベースを提げた銀縁眼鏡の酒井くんと、猫背気味にギターを弾く手塚くん。二人の前には、マイクスタンドもセットされていた。時々、二部のホストたちが閉店後の店内でショータイムの出し物の練習をしている。

席を立ち、ぽかんと突っ立っているジョン太たちの前を抜けてオーナールームを出た。この曲なんだっけ。子どもの頃、NHKの『レッツゴーヤング』でよく流れてた。小走りにフロアを抜け、螺旋階段を半分まで下りた時、私の脳裏に両肘を体の脇で曲げ、人差し指で左右を指しながら、両足でアイルランドのリバーダンスを思わせるステップを踏む若い男の姿が浮かんだ。

「わかった！『Deep』。渋谷哲平《しぶやてっぺい》」

フロアに飛び出すと、正面のソファに塩谷さんがいた。テーブルに脚を投げ出し、厨房からくすねたとおぼしきビールを飲んでいる。据わった小さな目は、手塚くんたちに向けられていた。

間もなくイントロは終わるはずだが、三人とも演奏に熱中している。インストゥルメンタルのアレンジなのかな。そう思った時、塩谷さんがすっくと立ち上がった。手にはマイク。

「Deep……青い海……泳ぐ君の影」

あんたが歌うのか。がっくりとうなだれたが、手塚くんたちは当たり前のように演奏を続け、コーラスもつけている。

「だめだ。ストップ」

マイクを下ろし、塩谷さんが手のひらを横に振った。演奏が止まる。

「歌いだしのところ、一拍置かねえと入りずらいぞ。それと、コーラスの声は高くテンポよくって言ったろ。こう、波間をはねるトビウオみてえに――おう。来てたのか」

「それはこっちの台詞よ。何をしてるの」

「仕方がねえだろ。頼まれたんだよ。客ウケがいいから、カリームをこいつらのバンドの――なんて名前だっけ。マキロンカスタネダ？　〈金田中《かねたなか》〉か」

「マカロンカスタネットです」

　淡々と訂正し、手塚くんは前髪をかき上げた。他の二人も、無表情に眼鏡を押し上げたり、楽器を弄ったりしている。

「そのカスタネットに入れて、ショータイムで昭和の歌謡曲を歌わせるコーナーを作るんだと。カリームは松本隆が好きなんだろ。なら、七〇年代にも名曲はたくさんあるぞって紹介したら、面倒を見るはめになっちまったんだよ」

「なるほど。確かに七〇年代後期はアイドル冬の時代でメガヒットは少ないけど、いい曲がたくさんあるのよね。作詞は松本隆じゃないけど、石野真子《いしのまこ》の『失恋記念日』とか、石川《いしかわ》ひとみの『くるみ割り人形』とか」

「倉田《くらた》まり子を忘れるな」

　唸るように呟き、横目で睨む。どうやらファンだったらしい。わざとらしい咳払いに振り向くと、いつの間にか、ジョン太たちと憂夜さんが立っていた。

「それで、肝心のカリームはどうしたのよ」

「客とアフターです。もうすぐ来ると思いますけど」

　手塚くんの答えに、アレックスが栗毛色の眉をしかめた。

「またかよ。ここんとこ毎晩じゃねえか。酒も飲めねえのに何やってんだ」

「そうか。イスラム教って、アルコールは御法度《ごはっと》だものね。でも、カリームたちの仕事が終わるのって六時でしょう。延々七時間以上、よく場が保《も》つわね」

「場も何も、あいつはクラブとかディスコ専門すから。店がはねると、タクシーで六本木《ろっぽんぎ》や麻布《あざぶ》に直行して、夜中までバカ騒ぎ」

「見た目や話すことは、アキバ系なのにな。妙に神経質だし」

「そうなの？」

私の問いかけに、犬マンが頷いた。

「ええ。この間ジョン太が、『お揃いだよな』ってあいつの携帯を触ろうとしたら、すごい勢いで振り払われて。電話やメールもしょっちゅう来るけど、そのたびに席を外して、こそこそ話したり返信したりしてるし」

「俺らと街を歩いてても、妙にきょろきょろおどおどしてる。とにかく変なやつっすよ」

「ふうん」

カリームがindigoで働き始めて、五日が過ぎた。エキゾチックな顔立ちと、しなやかな肢体。礼儀正しく日本語も流暢《りゅうちょう》だが、繰り出される話題は昭和の芸能事情やマイナーなアニメ、B級グルメというキャラクターが受け、あっという間に二部の人気ホストになってしまった。聞けば子どもの頃、同じ学校に日本人商社マンの息子がいて、その影響で日本文化のファンになったらしい。その子はすぐに帰国したが、インターネットなどで情報を収集し、言葉も独学で身につけたという。

「それは偏見じゃないですか」

手塚くんだ。眼鏡を押し上げ、ジョン太たちを見る。

「カリームは、僕らとは全然違う環境で育ったんですよ。常識とか、ものの受け止め方とかに差があって当然じゃないですか」

「偏見はどっちだよ。俺は外国人とか日本人とか関係なく、変だから変て言ってんの。てかお前、あいつのこと甘やかし過ぎなんじゃねえの。部屋探しなんて全然してねえし、大学も休んでばっかじゃん」

驚き振り向いた私に、憂夜さんは一礼した。

「ご報告申し上げようと思っておりました。ってのある不動産屋を二、三紹介したのですが、コンタクトを取った形跡はありません。勤務態度は良好ですし、無給なので扱いに迷う部分もありまして。申し訳ございません」

ジョン太たちと入れ違いで、カリームが現れた。煙草と香水の入り交じった匂いが漂う。ギターを下ろし、手塚くんが歩み寄った。

「遅いよ。携帯の電源切ったまんまだし」

「ごめん。なかなかタクシーがつかまらなくて。それより、さっきお客さんに六本木のドン・キホーテに連れていってもらったんだけど」

子どものように目をきらきらとさせ、デイパックから何かを取り出して広げた。パンツだ。昨今若者を中心に人気のボクサータイプ。真っ赤で、後面のど真ん中に大きなライオンの顔のイラストがプリントされている。

「タカアンドトシ。手塚くん、この間テレビを見て『気になる』って言ってただろ。穿《は》きなよ」

「それはそうだけど。『気になる』と『気に入った』じゃ、全然意味が違うんだって。取りあえずしまおうよ、そういうものは」

わかりやすく狼狽し、パンツを引ったくって丸める。

「なんで？　面白いじゃない、『欧米か』。僕は好きだよ。ほら」

さらにもう一枚、パンツを取り出す。同じくライオンのバックプリント。こちらは黒だ。

「こういうのをお揃いっていうんでしょ。あれ、違う？」

「わかったわかった。でもお前、無駄遣いするなよ。金ないんだから」

うんざりしながらもカリームが掲げたパンツを取り、丁寧にたたんでデイパックにしまってやる。

もともと面倒見はいいのかも知れないが、この受け入れの速さは意外だ。川谷くんたちも驚いて見守っている。

塩谷さんに向き直り、カリームはぺこりと頭を下げた。

「遅くなってすみません。提案なんですけど、イントロのステップダンスを手塚くんと酒井くんも足だけ踊ったらどうでしょう」

「マジ!?」

手塚くんたちが目を見開き、私と塩谷さんは噴き出した。

「それいい。ナイスアイデア」

「絶対ウケるぞ。どうせなら、衣装も作っちまえ。テカテカの白パンタロンだ」

「勘弁して下さいよ」

「大丈夫だよ。絶対にできる。一度オリジナルの振り付けを見てみなよ。ネットで検索すれば見つかるんじゃないかな。でも、パソコンがないのか」

「オーナールームのを使ったら」

つい乗せられ、申し出てしまう。カリームは目を輝かせ、礼を言って螺旋階段に向かった。

「それはなに？」

カリームの問いかけに、みんなの視線が手塚くんに集まる。練習を終え、店を閉めてエレベーターの到着を待っていた。結局、一晩カリームたちにつき合い、塩谷さんと二人で歌とダンス、衣装のアドバイスをしてしまった。

手塚くんは背中のギターを揺すり上げ、ジャケットの袖をめくった。手首に、小さく透明な平《ひら》珠《たま》の石の連なりがはめられている。

「数珠だよ。もとは仏具なんだけど、ブレスレットとしてつけるのが流行ってるんだ。水晶とかアクアマリンとかのパワーストーンや、ウッドビーズなんかが人気あるよ」

説明を受け、川谷くんと酒井くんも手首を見せた。材質や珠の大きさの違う数珠がはめられている。

「ふうん。イスラム教にも、似たようなものがあるよ。ミスバハっていって、信仰の証としていつも身につけてるんだ」

カリームは言い、フリースジャンパーのポケットから玉の連なりを取り出した。

「本当だ。数珠そっくり。あれでも、玉の数が違う。僕のより少ないな」

「仏教の数珠は人間の煩悩の数と同じ一〇八個だが、持ちやすいように数を減らしたものもある。お前のは、半分の五十四だな。さらに半分にした二十七のものもある。イスラム教では九十九個だったな。確か、祈りの言葉を九十九回繰り返して唱える時に、珠を一つずつ移動させて数えるのに使うとか」

またもや知っていて当然の口調で、憂夜さんが解説した。開いたドアを押さえ、私と塩谷さんをエレベーターに誘導する。続いて乗り込みながら、カリームは頷いた。

「ミスバハも、珠の数を三分の一の三十三個に減らしたものがあります。これがそうです」

「呼び名は違うけど、似たような道具が使われてるってことね。なんだか不思議」

「はい。それにちょっと嬉しいです」

ミスバハと、手塚くんの数珠を見比べて微笑んだ。厚めの唇から、白く並びのいい歯が覗く。

ふいに、手塚くんがこちらを振り返った。

「さっきの衣装の件ですけど、アイテムを一つ追加してもいいですか。四人でお揃いの数珠をつけたいんです」

「でも、お客さんには見えないんじゃない？」

「そこがいいんですよ。知る人ぞ知る、わかる人にだけわかればいい。僕らのバンドのコンセプトにも通じるし」

「それはそれは。でも、またジョン太たちが騒ぐわよ」

「なら、ジョン太さんたちにも作ってあげればいいじゃないですか。いいよな？」

川谷くんと酒井くんが頷く。

「うん。ジョン太さんたちも、前からスタッフグッズを作りたいって言ってたしな」

「そうそう。でもTシャツとかキャップとか言ってて、ラーメン屋や居酒屋じゃないんだからと思ってたんだ。数珠ならさりげないし、おしゃれだよ」

「色はインディゴブルーで決まりだな。ガラスやプラスチックじゃなく、天然石がいい」

「ブルーの石っていうと、ターコイズに青メノウ、アクアマリン……ラピスラズリは？」

「いい！　それでいこう。晶さん、塩谷さん。いいですよね？　迷惑かけないし、僕の知り合いのアクセサリー屋なら、安くしてもらえるから大丈夫ですよ」

「……いいわよ。やってみれば」

「いいわよ」の前に「どうでも」をつけないのが、ぎりぎり大人のプライドだ。無礼千万、勘違いの雨霰《あめあられ》。しかし、当人たちには悪意の欠片もないのだ。憂夜さんがいかにも申し訳なさそうに私を見、塩谷さんはエレベーターの壁に体を預けてあくびをした。

エレベーターが一階に着いた時、私はカリームのミスバハを改めて眺めた。粒の揃った艶やかな石で、淡いピンクをしている。

「綺麗ね。なんの石かしら」

「日本語では珊瑚《さんご》、でしたっけ。僕の国でたくさん採れます」

「珊瑚？　アラブの国っていうと、砂漠にラクダ、灼熱の太陽ってイメージだけど」

私が首を傾げると、手塚くんは小さく笑った。

「まあ一般の人はそうですよね。でもバラダイは紅海《こうかい》に面していて、特に首都のサルダンは、デカい客船とかタンカーも出入りする貿易港なんですよ。珊瑚は特産品の一つで、住宅の壁材にも使われてます。写真を見せてもらいましたけど、真っ白ですごく綺麗ですよ。なあ？」

「うん。ハードコーラルという珊瑚を砕いて、粉にしたものを壁に塗ります」

「ふうん」

一般人、市井《しせい》の臣《しん》で悪うございましたね。さすがに本気でムカついてきたが、カリームはにこにこと嬉しそうだ。

ビルを出ると、既に明るくなり始めていた。真冬の青く澄んだ空気が、私たちの頬を冷やし肺を満たしていく。

渋谷川にかかる狭く短い橋を半分渡ったところで、私は足を止めた。

「すごいわね」

みんなも立ち止まり、同じ方向を見る。東の空だ。ビルの谷間の、縦長に切り取られた空間に引きちぎった綿のような雲が浮かび、ビルの影からさす日差しに淡いピンクに輝いている。

「東京でも、あんなに綺麗な朝焼けが見られるんですね。あの色、カリームのミスバハと同じだな」

キルティングジャケットの襟を合わせて白い息を吐き、手塚くんが隣のカリームを見た。

「本当だ。コーラルピンク。バラダイのナショナルカラーだよ」

「そうなの。日本では、桜色っていうのよ」

「桜!?　僕の大好きな花です」

「嬉しい偶然ね。よかったじゃない」

「嬉しい偶然って、いい言葉ですね。日本では、人と人の縁や出会いをすごく大事にしますよね。そういうところ、素晴らしいです。一期一会とか、合縁奇縁《あいえんきえん》とか」

「ことわざなら、袖すり合うも多生《たしょう》の縁」

「はい。僕の国も、同じようになったらいいなと思います。地球には数えきれないぐらい大勢の人がいるんだから、家族でも友達でも、そこに生まれて、巡り合えたのはすごい偶然と幸運。小さな奇跡ですよ。だから、バラダイに帰ったら国民たちに――」

「国民たちはないだろ。どんだけ上から目線なんだよ。そういう時は、国の人たち。じゃなきゃ、国のみんなかな」

私も思っていた通りの訂正を、手塚くんがしてくれた。しかし、「お前が言うな」と言えなくもない。

「そうか。でも、僕がindigoのみなさんと知り合えたのも、手塚くんと友達になれたのも、嬉しい偶然。これは間違ってないよね？」

不安げに、隣に囁《ささや》く。手塚くんは照れ臭そうに目を伏せ、眼鏡を押し上げた。

「まあ、取りあえずいいんじゃない」

カリームは目を輝かせて頷き、空を見上げた。つられて、私たちも顔を上げる。そのまましばらく、みんなで白い息を吐きながら朝焼けの空に見入った。

3

明治通りに街灯が灯り始めた。歩道を行き交う人がぐっと増え、歩調もせわしくなる。声をかけられ、振り向くとジョン太とＤＪ本気がいた。

「おはよう。わざわざ悪いわね。みんな集まりそう？」

「どうしてもキャンセルできない同伴とかのあるやつ以外は。アレックスたちも、もうすぐ来るはずすよ」

「塩谷さんは会社を抜けられないそうなので、またテレビ電話で参加ってことで」

ＤＪ本気が、ガムをくちゃつかせる。

「数珠を渡すだけなのに、大事《おおごと》になっちゃったわね」

「手塚くんの魂胆はわかってますよ。みんなにアピールする気なんだ。一挙に世代交代を図ろうってか。そうはさせねえぞ」

「まあでも、丸一日で全員分の数珠を用意させたのはすごいわよね。一人一人の名前も彫ってあるらしいし。サンプル画像を送ってもらったけど、綺麗な石だったわよ。しらっとしてるようで、やればできるタイプなのね」

「俺、そういうやつ嫌い。やりたいことしかやんないってことでしょ。ただのガキじゃないすか」

言い合いながら脇道に入り、渋谷川にかかる橋を渡る。

「何すんのよ！」

indigoのビルの前に着いた時、女の声が上がった。三人同時に通りの先に目を向ける。上を東急東横線が走る、落書きだらけの短いガードだ。頼りないオレンジの照明の下に、人影が見える。目をこらすと、真ん中に見覚えのあるネルシャツ。

「カリーム！」

数名の男がカリームを取り囲んでいる。揃ってスーツ姿。体格がよく、無表情だが目つきは鋭い。一人は外国人で、坊主頭に彫りの深い浅黒い顔、鼻の下と顎に手入れの行き届いたヒゲを蓄えている。カリームと同じアラブ系のようだ。後ろには若い女が二人。非難の声を上げながら男たちの背中を叩いたり、腕を引っ張ったりしている。

加勢に向かおうとしたとたん、カリームは叫んだ。

「来ちゃダメです！」

男たちにねじ伏せられ、無理矢理に顔を上げて私を見ている。外国人の男がカリームの前に立ち、きつく速い口調で何か言った。カリームも言い返し、男を睨む。

ぼこんと音がして、誰かがうめいた。カリームを拘束《こうそく》していた男の一人が、体を折って後頭部を押さえている。傍《かたわ》らには女。握りしめたショルダーの下で、サマンサタバサの白いキルティングバッグが揺れている。みんなが呆気《あっけ》に取られ、もう一人の女はガードを抜けて奥の通りに駆け出た。

「助けて！」

金切り声で叫ぶ。仕事帰りのサラリーマンやＯＬたちが、ぎょっとして目を向けた。

「早く。あそこだ」

今度はジョン太だ。渋谷川にかかる橋をこちらに向かって走っている。いつの間にか来た道を戻り、加勢を呼びに行っていたらしい。隣にはアレックス。縦にも横にも大きな体を揺らし、駆け寄って来る。後ろには犬マンの姿も見えた。

アレックスはガードの手前で立ち止まり、手にした革ジャンをアスファルトに叩きつけた。肩を怒らせ、両拳を体の前で握る。腕の筋肉がみるみる盛り上がり、Ｔシャツの袖がはち切れんばかりに広がった。顔は真っ赤、鬼のような形相だ。ひるんだ様子で顔を見合わせる男たちを睨みつけ、アレックスは叫んだ。コンクリートの壁と天井に、低く太く、怒りに満ちた声がわんわんと響く。奥の通りには、野次馬も集まってきた。

外国人の男が何か言い、男たちはカリームの拘束を解いた。追いかける間もなく、野次馬たちを押しのけて走り去る。

「おい。大丈夫か」

「どうしたんだよ。あいつら、何者だ」

「きみたちも。ケガはない？」

みんなでカリームを助け起こし、女たちも一緒にindigoのビルの前に移動した。

「すみません。お客さんとアフターに行こうとしたら、急にあの人たちに取り囲まれて。チンピラっていうんでしたっけ？　お金を盗ろうとしたみたいです」

「本当かよ。チンピラはあんなにいいスーツ着てねえぞ。明らかにお前のことを知ってるみたいだったし」

「特にヒゲの外国人な。あいつとなんか喋ってただろ」

ジョン太とＤＪ本気が問いかける。言い返そうとしてやめ、カリームは黙り込んだ。女たちは少し離れた場所で、携帯電話で話したり、メールを打ったりしている。揃って二十歳そこそこ、ロングの茶髪に真冬だというのに胸元の大きく開いたニットとデニムのミニタイト、ムートンのブーツという出で立ちだ。

「別にあなたを責めてる訳じゃないの。事情を知りたいだけ。とにかく、店に行きましょう」

「カリーム、まだ？」

「早く行こうよ。無事だったんだから、いいじゃん」

女たちが小首をかしげ、グロスでギラつく唇を尖らせた。

「そういう問題じゃないでしょ」

「じゃあどういう問題？　てか、おばさん誰？」

怒るな。怒ったら負けだ。必死に言い聞かせ拳も握りしめたが、頰は引きつり、鼻息も荒くなる。それを見て、アレックスが怯えたように身を引き、ジョン太と犬マンも何やら囁き合っている。

進み出て、カリームが言った。

「お客さんだし約束もしたし、行かせて下さい。明日全部話します」

「明日？」

「はい。必ず」

私はカリームの目をまっすぐに見た。見返す眼差しに、曇りはない。

「わかったわ。明日、オーナールームで待ってるから」

頷き、歩きだそうとしたカリームを犬マンが止めた。

「その格好で行くつもりか。埃だらけだし、泥もついてる。どこに行くのか知らねえけど、入店を断られたら女の子たちに恥をかかすことになるぞ。貸してみろ」

言うが早いか、フリースジャンパーを脱がせる。受け取ったジョン太は、DJ本気と小走りで橋に向かい、ジャンパーをはたいて川に埃を落とした。

「これから、みんなに数珠を渡すのよ。楽しみにしていたんでしょう」

「さっき、特別に手塚くんからもらいました」

無邪気に笑い、左手首を見せた。深い青の珠を連ねた数珠がはめられている。戻って来たジョン太が、ジャンパーを差し出す。礼を言い、カリームは女たちに左右から腕を取られて明治通りに歩き去った。


階下から、女のけたたましい笑い声が聞こえた。尖った神経を逆なでされ、私は息をついて脚を組み替えた。

「逃げたな」

隣で犬マンが煙草をふかし、呟いた。反対側の隣では、アレックスが力強く頷く。向かいのソファで、手塚くんが身を乗り出した。

「違います。きっと事情があるんです」

「その事情が問題なんだろ」

犬マンにクールに切り返され、手塚くんは黙り込む。憂夜さんが進み出てきた。

「いかがなさいますか」

「どうする？」

塩谷さんに振る。オーナーデスクに、脚を投げ出して座っている。

「一緒にアフターに行った客には、確認したのか」

「それが、お二人とも昨日新規にご来店のお客様でして。友達から噂を聞いたとのことではじめからカリームをご指名でしたので、他に連絡先を知っている者がおりません」

鼻を鳴らし、塩谷さんは革張りの椅子をゆらゆらと揺らした。静まりかえったオーナールームに階下の喧噪が響く。午後三時の開店から一時間近く経過したが、カリームは出勤せず、連絡もつかない。手塚くんのアパートにも帰宅しなかったという。

「残るは大学か。問い合わせて、ダメなら仕方がないけど警察ね」

「待って下さい。もう一度電話してみます」

慌ただしく、手塚くんはジーンズのヒップポケットから携帯電話を取り出した。受話口から呼び出し音が漏れ流れた直後、ドアの外で着信音がした。足音も近づいて来る。

「カリーム！」

手塚くんが転がるように駆けだし、私たちも続いた。ノブを回すのももどかしくドアが開かれ、着信音も大きくなる。

「えっ、なんで。僕はいま、カリームに電話したんですよ」

手塚くんが携帯を突き出して騒いだ。ドアの外にはジョン太とＤＪ本気。ジョン太は何も答えずに手の中の携帯を操作し、着信音を止めて室内に進んだ。

私はジョン太の携帯電話を眺めた。アクセサリーやマスコット人形をじゃらじゃらとぶら下げた黒いボディ。見慣れたものだが、何か引っかかる。ふいに、昨日の記憶が蘇った。

表情を読んだのか、ジョン太はにやりと笑った。

「カリームの携帯すよ。昨日、ジャンパーの埃を払うふりして俺のと交換したんす。ちなみに、言いだしたのは犬マン」

「勝手なことしてすみません。でも明らかに様子がおかしかったし、この携帯も訳ありっぽかったから」

集まった視線を受け、淡々と説明する。

「早速調べてみたんすけど、はじめに飲んだ時にあいつ、日本に来て三カ月って言ってたんすよ。でもケー番もメアドも、登録はぎっしり五十人以上。しかも名前とか露骨に怪しいし」

差し出された携帯を取り、液晶画面を見た。手塚くんと憂夜さんも寄って来て覗き込む。スクロールさせると、確かに「あず」「モエ」「なおてぃ」といかにも適当な名前ばかりで、中には「一ノ橋 Jct」「鼻くそホクロ」等々意味不明のものもあった。

「そしたら、登録されてる一人から電話がかかってきたんすよ。でも言ってることは訳わかんねえし、カリームのことも知らないみたいだし。あれこれ訊いたら、いきなり切られて着信拒否」

「ひょっとしてこの携帯、名義はカリームじゃないのかも。盗んだり、偽装した身分証で買った携帯が裏で転売されてるって聞いたことありますよ」

犬マンが憂夜さんを見る。

「いわゆる『とばし』の携帯か。なぜカリームがそんなものを。不法入国をした外国人がその手の携帯を使うことはあるが、あいつは正規の留学生で身元も確かだろう」

「身元を知れちゃまずいことをやってるからでしょ。ちなみに俺ら、ここに来る前にクラブとかディスコの裏情報に詳しい人に会って話を聞いてたんすけど、カリームが通ってたのって、ドラッグの売買とかパーティとかの噂がある店ばっかりすよ」

「何それ。まさかカリームが」

「いい加減にしろよ！」

尖った声が響いた。手塚くんだ。細い肩を力ませ、ジョン太を睨んでいる。

そうか。怒鳴るとこういう声なんだ。ぼんやりそう思った。みんなも呆気に取られている。

「証拠もないのに、よってたかって犯罪者扱いかよ。そんなにあいつが嫌いなのか。あいつがあんたらに何かしたのかよ」

「してねえよ。変わってるけどいいやつだし、疑いたくなんかねえ。でも、俺にはこの店を守る義務があるんだよ」

ジョン太が応戦すると、手塚くんはまた黙り込んだ。ＤＪ本気が私の手から携帯を取り、親指で操作ボタンを押した。

「はい。証拠」

手塚くんの眼前に携帯を突き出す。画面には、受信したメールらしき文章が表示されている。『はっぱありますか(•∀•)/』。差出人は「ルカ」とある。みんなが口を開く間を与えず、ＤＪ本気は画面を切り替えた。『あるよ。1g 3000 円』。ルカへの返信だ。やり取りされた日付は、二週間ほど前。

はっぱは大麻の隠語、一グラム三百円は乾燥大麻の値段だろう。その後も次々にメールを見せられたが、どれも売買を匂わせるものばかりだった。

「まずいわね。警察に知られたら、カリームだけじゃなく店も徹底的に調べられる。万が一店の中で大麻を売ってたりしたら、営業停止よ」

「私が見る限り、その様子はありませんでしたが。しかし、おかしいですね。これだけの顧客を抱えていれば、売人だけで十分稼げるでしょう。なぜわざわざ無給でホストなど」

憂夜さんが首をひねった。しかし、日焼けした額に一房垂らされた前髪はぴくりとも動かない。ペットボトルのミネラルウォーターを一口飲み、犬マンが答えた。

「隠れ蓑が必要だったたんじゃないんですか。昨日の男たちの様子からして、トラブルを抱えてるっぽいし。もしかするとあいつ、故郷《くに》でヤバいことやって日本に逃げて来たのかも」

「どっちにしろ、早く居所を突き止めないと。ちょっと、大丈夫？」

私は手塚くんの顔を覗き込んだ。白い顔からますます血の気が引き、前屈みになっている。

「マジかよ。てか、なんでこんなにショック受けてるんだろう」

早口の、よくわからないテンションだった。かける言葉を探していると、手塚くんは顔を上げた。

「僕、なんであいつと仲良くしてるのかわからないんですよ。いいやつだし、一応音楽ってツールもあるけど、細かい趣味とか全然違うし。でも、話してると妙に心地がいいんです。リアクションは正反対でも、引っかかるものやツボが同じっていうか。根っこの部分が一緒、つながってるみたいな」

「わかるぞ」

太く低い声。アレックスだ。胸の前で太い腕を組んでいる。

「生まれた国も、肌の色も違う。つき合いだって長くない。それでも、通じ合える相手がいるんだ。でも、みんながそういう相手に出会えるとは限らないし、出会えても気づかずに別れてしまうこともある。soul mate だ」

「ソウルメイト？」

「ああ。日本語だと、どう言うのかな。魂のツレとか？」

「心友《しんゆう》とか」

「ナチュラルボーンマブダチとか」

混ぜ返すＤＪ本気とジョン太を、手塚くんは呆然と見返した。眼鏡に前髪がかかっているが、かき上げる気配はない。しかし右手は、左手首を上からしっかりと押さえている。そこには、深く青い石の並んだ真新しい数珠。

「おい。見てみろ」

ぶっきらぼうに呼びかけられ、オーナーデスクを振り返った。塩谷さんがカリームの携帯電話を持ち、脇から憂夜さんが覗いている。ぞろぞろと、みんなで移動する。

「この携帯、通話もメールもお前は猿かってぐらい使いまくってる。しかしあいつがここで働き始めてからは、着信は多いが発信は店の関係者を除くと一人の相手だけだ」

「誰？」

「さあな。番号が残ってるだけで、名前は登録されてない」

「試しに、その番号にかけてみましょう」

携帯を取り、私は通話ボタンを押した。呼び出し音が鳴り、みんなが耳を寄せて息を詰める。しかし、すぐに留守番電話に切り替わってしまった。

「ダメか」

「留守電にメッセージを残せば、かけ直してくるかも」

「でも、なんて言うんですか」

「待って。いま考えるから」

頭を巡らせ始めたとたん、手の中で携帯が鳴った。画面には、ジョン太の携帯番号が表示されている。

「もしもし」

「カリームの仲間か？」

男だ。低く押し殺し、声質や歳がわからないようにしている。

「そうよ。そっちは？」

「カリームの命を助けたければ、すぐにその携帯を持って麻布の〈VS《バーサス》〉ってクラブに来い」

「携帯？　どうして？　カリームは無事なの？　声を聞かせて」

矢継ぎ早の質問に、男は舌打ちをした。しかしわずかな沈黙の後、懐かしい声に代わった。

「もしもし。手塚くん？」

「カリーム！」

手塚くんに携帯を引ったくられた。慌てて背伸びをし、私は携帯に耳を寄せた。

「ごめんね。来ちゃダメだよ。僕は大丈夫だから」

「バカ。どこが大丈夫なんだよ」

「短い間だけど、すごく楽しかった。ありがとう。手塚くんやみんなのことは、一生――」

声が途切れ、男が電話口に戻った。

「わかったろ。さっさと来い。警察に知らせたら、こいつをぶっ殺すからな」

お約束の台詞を吐き、男は電話を切った。

「行かなきゃ」

私たちを押しのけ、手塚くんが歩きだした。動作は荒っぽいが、顔は引きつり目も虚ろだ。その肩をむんずとつかみ、アレックスが鼻息を荒くした。

「お前じゃ、携帯を取り上げられてボコられて終わりだ。俺が行く」

「落ち着け。下手に動くと、かえってカリームが危険だ」

言い含め、憂夜さんが二人を押し戻す。

「バーサスとかいうのは、どんなクラブなんだ」

塩谷さんの問いかけに、ＤＪ本気が挙手する。

「オープンは去年で、ジャンルはトランス系。内装も機材もありきたりで、百五十人も入ればいっぱいの小箱だけど、不定期でやるパーティがヤバいって噂です。客に売人が紛れ込んでて、トイレとか物陰でドラッグを売る」

「昨日の男たちがそのパーティの関係者ってこと？　じゃあ、あの外国人はなんなのかしら。どうしよう。情報はあっても、つながりが見えない」

「うろたえるな。そんなタマじゃねえだろ。いや、一応女だし、玉《たま》はねえのか」

「セクハラ。オヤジジョーク。どっちみち寒い」

塩谷さんを睨み、手塚くんの手から携帯を奪い返した。さっきかけた番号を呼び出し、通話ボタンを押す。呼び出し音の後、あっけなく留守電に切り替わった。案内の無機質な女の声を聞いていたら、無性に腹が立ってきた。

「もしもし。どこのどいつか知らないけど、そこにいるんでしょ」

メッセージ吹き込み開始の合図音が鳴るなり、私は捲《まく》し立てた。

「あんた、カリームの知り合いなのよね。あの子がまずいことになってるの。あんたも関係があるんでしょ。あの子が殺されてもいいの？　万が一、そんなことになったらどんな手使ってでも捜し出して、生まれてきたことを後悔するような目に遭わせてやるからね」

なぎさママをイメージしながら啖呵《たんか》を切り、電話も切った。後ろで、塩谷さんが鼻を鳴らした。

「キレやがって。俺は知らねえぞ」

「そうですよ。あんなこと言われたら、絶対連絡なんかしてきませんよ。唯一の手がかりだったのに、どうするんですか」

「いや、待て。キレた晶さんて、痛いけど妙に説得力あるから。北関東の国道沿いのファミレスで、夜中にヤンキーの先輩が後輩にする説教みたいな」

「ちょっと本気。それ、どういうたとえよ」

収拾がつかなくなりかけた時、また携帯が鳴った。今かけた相手からだ。

「もしもし？」

「あんた、誰だ。カリームが殺されるって、マジなのか」

切羽詰まった様子で男が言った。まだ若い。

「マジよ。きみはカリームの友達？」

沈黙。拒否と警戒の気配が伝わってくる。切られたら終わりだ。私は声のトーンを変えた。

「私も同じよ。お店をやってて、カリームに働いてもらってるの。でも昨夜飲みに行ったまま行方不明で、いまカリームを助けたければ、麻布のバーサスって店に来いって連絡が——」

ぶつり。電話は切れた。すぐにかけ直し、メッセージも吹き込んだが、返答はなかった。

4

後を憂夜さんに任せ、店を出た。タクシーに分乗し、日の暮れかけた明治通りを進む。天現寺《てんげんじ》橋《ばし》交差点の先で左折し、裏通りに入ったところで車を降りた。

ＤＪ本気を先頭に、小走りで細く入り組んだ通りを進んだ。高級マンションや大使館、学校、商店などが雑然と並んでいる。しゃれたレストランやバーなどもあり、ユニフォーム姿の店員が看板を出したり、店の前を掃除したりしている。

最後尾の犬マンがみんなを追い越し、ＤＪ本気に囁きかけた。足を止めず後方にちらりと視線を走らせ、ＤＪ本気が頷く。何事かと見守っていると、背後の十字路を大きなトラックが横ぎった。

「今だ」

犬マンが告げ、ＤＪ本気は身を翻し脇道に走った。ジョン太とアレックスも続く。

「晶さんたちも。早く」

せかされ、塩谷さんとともに従う。ホストたちはビルの外壁に身を寄せ、表通りの様子を窺《うかが》っている。その後ろにつき、首を突き出した。足音がして、スーツ姿の一団が表通りを走っていった。慌てて左右を見回したり、携帯電話をかけたりしている。

「あれ、昨日の男たちよね？」

「ええ。店からずっとつけられてたみたいです」

「自分らで呼び出しておいて後をつけるって、訳わかんねえな」

「警察に知らせてないか、見張ってたんじゃないの」

「そんなのどうでもいいです。早くカリームのところに行かないと」

飛び出しかけた手塚くんを、ホストたちが引き留める。背後で大きな声がした。振り向けば、昨日の外国人。しかも、同じアラブ系外国人の男を数名従えている。

ヒゲの男は私たちを見据え、鋭く何か言った。訛《なま》りはあるが、英語のようだ。すかさずアレックスが言い返す。短いやり取りがあったが交渉は決裂したらしく、外国人たちは不穏な空気を漂わせ、近づいて来た。

「ここは俺らがなんとかします。先に行って下さい」

アレックスが振り返った。やる気満々で、体は既にファイティングポーズを取っている。

「無茶しちゃダメよ」

言い残し、塩谷さんと二人で表通りに飛び出した手塚くんを追った。

バーサスは小さな雑居ビルの一階にあった。落書きだらけのシャッターが半分下ろされ、奥にピアノの椅子に使われるような、ボタンを並べた黒革のドアが見える。

「携帯持って来た？　見せて」

どこからともなく、女が二人現れた。ロングの茶髪に濃い化粧、無闇に派手で露出の多いファッション。この手の若い女はごまんといるが、一人が肩にかけた白いキルティングバッグに目が留まった。

「あなたたち、昨日カリームとアフターに行ったお客よね。なんでここにいるの？　まさか」

「おばさん、聞こえなかった？　携帯見せて」

一度ならず、二度までも。怒りを伴った邪悪な衝動が頭をもたげたが、手塚くんにせかされ、渋々カリームの携帯電話を見せた。女の一人が、自分の携帯をかける。

「来たよ。三人。携帯も持ってる――うん。わかった。おばさんだけ、うちらと来て」

「ダメよ。行くなら三人一緒。じゃなきゃ携帯は渡さない」

携帯をポケットに戻し、年長者の意地とプライドを込めてきっぱりと言い渡した。女は鬱陶《うっとう》しそうにライトブラウンの眉をひそめ、背中を向けた。

「三人じゃなきゃいやだって。他の二人？　じじい。あと、痩せた眼鏡」

「じじい。四十余年の俺の人生が、たったの三音か」

仏頂面で、塩谷さんが呟く。ぼそぼそと話した後、女は電話を切った。

「いいよ、三人で。でも、変なことしたらカリームを殺すから」

だらけたトーンで物騒なことを告げ、店に向かう。シャッターを開け、歩み寄ると同時に内側からドアが開いた。

狭いエントランスを抜け、ダンスフロアに出た。配管むき出しの天井に、薄暗い照明。壁際には小さく背の高い円テーブルと椅子が並び、奥にカウンターバーとＤＪブース。クラブに詳しい訳ではないが、確かにありきたりな印象だ。

フロアを横ぎり、カウンターバーの脇の通路に入る。先頭を歩くのは、ドアを開けた男。中肉中背で黒いジャケットとパンツ姿だが、暗くて顔も歳もわからない。突き当たりに、厚く大きなカーテンが見えた。先頭の男と女たちはカーテンを開け、奥の部屋に進む。

がらりと雰囲気が変わった。足元には毛足の短い絨毯が敷かれ、壁にも色違いの絨毯が張られている。壁際に並んだL字形やコの字形のソファは、出入口のドアと同じ黒革にボタンだ。VIPルームだろうか。奥に、カーテンで三方を囲まれた小部屋があった。先頭の男と女たちは中に入って行く。よく見れば、カーテンは小さな金具を縦につなげ細長い糸状にしたもので、それが天井から隙間なく垂らされている。奥には小さな明かりが灯され、人影も見えた。軽く乾いた音がしてカーテンが小さく開き、女が手招きをした。手塚くんの後につき、小部屋に進む。

金属製のオブジェのようなシャンデリアが低い位置に吊され、下には円形のガラスのローテーブル。一際大きなソファには、数名の男が腰掛けている。てっきり、スーツの男たちとそのボスが待っているのだろうと思っていたが、全員二十歳そこそこの若者だ。着ているものもオーバーサイズのジーンズにトレーナーやパーカ、ナイロンジャージの上下。腰回りや手にはプラチナやシルバーのチェーンや指輪、ブレスレットなどをじゃらじゃらとつけている。

私たちを見るなりカリームはわめき、立ち上がろうとした。ソファの真ん中に、揃えた両足首を粘着テープでぐるぐる巻きにされて座っている。口にもテープ。後ろに回された両腕も、同じテープで拘束されているのだろう。見開かれた目の脇には、殴られたような痕もあった。隣の男がカリームの肩をつかみ、ソファに引き戻した。もう片方の手には、大きなナイフが握られている。

「携帯を渡せ」

男の一人が口を開いた。ニットキャップを目深にかぶっているが、田舎くさい顔立ちには見覚えがある。

「オタク狩りのヤンキー」

私が言い、手塚くんも呆然と頷く。気に障ったのか、ニットキャップの男は私を睨みつけた。

隣にはさっきの女たち。この男がボスらしい。

「聞こえねえのか。携帯を渡せっつってんだよ」

「渡すわよ。ただし、カリームが先」

「ふざけんな」

「どっちが」

ニットキャップが舌打ちをした。他の男たちも殺気だつのがわかる。携帯を渡しても、この連中が素直にカリームを返すとは思えない。アレックスたちが追いつくまで、なんとか引き延ばさなくては。

「携帯は調べさせてもらったけど、なかなか面白かったわよ。すごい秘密も発見しちゃったし」

「適当なこと言いやがって。その手に乗るかよ」

「本当よ。ねえ？」

すぐに展開に行き詰まり、塩谷さんに押しつける。うらめしげな目でこちらを一瞥した後、塩谷さんは喋りだした。

「おお。カリームのやつ、あんなお宝を隠し持ってたとはな。警視庁、厚労省、インターポールが騒然。アッラーの神も真っ青。無修正・高画質・高純度。一発昇天間違いなしの、超レアもののブツが――」

「ブツだと？」

ニットキャップの目が光る。機転を利かせ、塩谷さんは続けた。

「そうだ。お前らの目当てはあれか。なるほどな」

「やっぱりお前が持ってたのか。とぼけやがって」

隣に座った男がカリームの胸ぐらをつかみ、ナイフを突きつけた。

「やめろ！」

手塚くんが騒ぎ、私と塩谷さんは顔を見合わせる。

「そうなりゃ話は別だ。すぐにブツを持って来い。カリームはブツと携帯と交換だ」

「なに言ってるのよ。取引や交換ってものは、双方に同等の利益があって初めて成立するの。そんな子どもじみたちゃらんぽらんが通ると思ったら大間違いで」

くすり。誰かが笑った。キルティングバッグの女だ。

「ちゃらんぽらんだって」

「何それ。長崎名物？　リンガーハット？」

「それはちゃんぽん」

テンポよく掛け合い、笑い転げる。状況は一切無視。しかも大して面白くもない。しかし、男たちは薄ら笑いでつき合い、私にさげすむような視線を向けた。

邪悪な衝動はさらに膨らみ、熱も増した。どう反撃してやろうかシュミレーションしていると、どたどたと足音がして人影が飛び込んで来た。

「やめろ。カリームを放せ」

男だ。歳はソファの男たちと同じぐらい。小柄小太りで、毛先をすき、前髪は額に斜めに下ろした流行の髪型。頰や顎にも肉がついているが、目鼻立ちは整っている。「痩せればかっこいいのに」と陰で噂されるタイプ。切羽詰まった口調は、さっきの電話の男か。カリームが一段と大きくわめき、飛び出そうとした。隣の男はその首に腕を回し、喉元にナイフの刃先を突きつける。

ニットキャップの男が、勢いよく立ち上がった。

「駿平《しゅんぺい》。てめぇ」

「ブツは持って来た。全部返す。ほら」

慌ただしく、駿平と呼ばれた男は体に斜めがけにしたボディバッグからビニールの包みを取り出した。中には枯れ草のような固まりが詰まっている。

男の一人が腕を伸ばし、包みを奪おうとした。そこに塩谷さんが割り込み、こういう局面での見せる俊敏さで包みを引ったくり、カーテンの外に転がり出た。

「じじい、何しやがる」

「じじい上等。悔しかったら、ここまで来やがれ」

鼻を鳴らし、小さな目をギラつかせる。険しい顔で、男たちが一斉に動いた。私は手塚くんの腕を引き、カーテンをはねのけた。塩谷さんの隣に駆け込むと同時に、ポケットからカリームの携帯を引っ張り出した。

「ストップ！　動くとこの携帯をへし折るわよ」

ボディを開き、両手で連結部分の上下をつかむ。

「ふざけんな。カリームがどうなってもいいのか」

「よくないわよ。だから取引しようって言ってるの。こっちは携帯と大麻を渡す。そっちは何がどうなってるのか説明して、カリームを返しなさい」

「調子こいてんじゃねえぞ。マジぶっ殺す」

ニットキャップがわめいた。別の男が持ち上げたカーテンの隙間から、怒らせた貧相な肩が見える。ナイフを突きつけられたまま、中腰でこちらを見つめるカリームと視線がぶつかった。

返事の代わりに、私は携帯を握る手に力を加えた。みしりとボディが軋《きし》む。同時に、横目で背後を窺った。アレックスたちは、何をもたついているのだろうか。

カーテンが揺れ、駿平がじたばたと小部屋を出てきた。

「わかった。教える。教えるから、やめてくれ」

「てめぇ、ふざけんな」

「仕方がねえだろう。携帯をぶっ壊されたら、俺もお前らもお終いだ。握ってるカードは、向こうの方が上なんだよ」

早口で返し、ニットキャップが言葉に詰まった隙に喋り始めた。

「俺らは、このクラブのスタッフと客だ。自分らで使うためにネットで種を手に入れて、はっぱを育ててたら周りの連中からも注文が来て、売るようになった。でも俺、ちょい前に株で大損して、借金までできちまった。だから売り払って返済に充《あ》てるつもりで、顧客のデータが入った携帯と、栽培部屋のはっぱを持って逃げたんだ。すぐこいつらにバレて、留守電やメールで『電波をたどって見つけ出して殺してやる』って脅された。俺、恐くなって、ちょうどその時アキバで友達と会う約束をしてたから、待ち合わせ場所の店に『少しの間預かって欲しい』ってメモをつけて、バイク便で携帯を送ったんだ。でも、こいつらに嗅ぎつけられて」

「その友達がカリームで、逃げ回っているところを私たちがオタク狩りと勘違いしたのね。なるほど」

「納得してる場合じゃないでしょう。あんた、言ってることめちゃくちゃなんだけど。わかってる？　カリームは全然関係ないじゃん。なのに、そんなヤバいものを押しつけて自分はバックレ。あり得ねえだろ。どんな友達なんだか」

刺々《とげとげ》しく、手塚くんが駿平を責める。

「わかってる。俺だってカリームを巻き込むつもりはなかったんだ。ガキの頃、バラダイのみんなは俺にすげえ親切にしてくれた。だからカリームにも、日本で最高の思い出を作ってやろうと思ったんだ。なのにこんなことになって。ごめん、カリーム」

ライトグレーのピーコートに包まれた肩を震わせ、駿平はすがるような眼差しをカリームに向けた。顎をそらしてナイフの刃先から逃れ、カリームは必死で首を横に振った。

「じゃあ、カリームが日本びいきになるきっかけを作った同級生って」

「俺だよ。日本に戻ってからも、ずっと連絡を取り合ってたんだ。携帯を預けたのだって、カリームなら絶対安全だし、こいつらも手出しできないって思ってたからで」

「絶対安全？　手出しできない？　何を根拠に」

つかみかかろうとした手塚くんを、私と塩谷さんが携帯と大麻を手にしたまま、必死に止める。

「いきさつはわかったわ。でも、あのスーツの男たちは何者？」

「結局ヤクザってオチなんじゃねえか。調子に乗って、連中のシマでも荒らしたんだろ」

塩谷さんの言葉に、ニットキャップの男は薄笑いを浮かべた。

「やっぱりじじいだな。そんなヤバい真似するかよ。俺らがはっぱ売るのは、この店の中、しかも信用できる相手にだけ。仲間うちで楽しめて、そこそこ小遣いが稼げりゃそれでいいの。下手にヤクザなんかと関わって、おまわりに捕まったらどうすんだよ。せっかく決まった就職が、チャラになっちまうじゃねえか」

「就職？　よくもまあ、いけしゃあしゃあと」

「いけしゃあしゃあ？　何それ。てか、いつの言葉？」

「昭和？　明治？　江戸だったりして」

またもや女たちが笑う。

黙って聞いてりゃ、この小娘が。衝動は、一気に沸点も臨界点も突破した。鼻息を荒くして、へし折らんばかりに携帯を握りしめる私を、今度は手塚くんが止める。その手を振り払い、女たちに向かって行こうとした時、背後で複数の足音と男の声がした。アレックスたちだ。そう思い、ほっとして振り向いた私の眼前で何かが破裂し、大きく強い閃光と白煙が上がった。耳鳴りがして、視界が真っ白になる。大勢の人が脇をすり抜け、室内になだれ込む気配があった。誰かが私の肩をつかみ、強い力で脇に押す。ぼんやりとした頭の中に、男の怒声とガラスの割れる音がかすかに聞こえた。

ようやく意識がクリアになった時、私は男に肩を抱きかかえられ、店のダンスフロアをドアに向かっていた。がっちりとして背が高く、地味だが仕立てのいいスーツ。私たちを尾行していた男の一人だ。慌てて逃れようとすると、男は私を引き寄せ、耳元で言った。

「大丈夫です。警察です」

よく見ると、男の耳には無線のイヤホン。さらに向かいから、大勢の制服警官が駆け込んで来る。

呆然としたまま、外に出た。すっかり暗くなっていたが、街の明かりと店を取り囲むように停まったパトカーと警察車両の赤色灯がまぶしく、目を背けてしまう。

「高原オーナー！」

「晶さん！」

憂夜さんとジョン太たちが駆け寄って来た。

「ご無事ですか」

「目がよく見えないの。耳鳴りもするし」

「恐らく音響閃光弾を投げ込まれたのでしょう。手榴弾の一種で、閃光と音響によって一時的にショック状態になります。耳鳴りはしばらく続くかも知れませんが、視力は間もなく回復するはずです」

「はあ」

目をしょぼつかせ、憂夜さんの解説に応える。この人は兵器にも精通しているらしい。

「すみません。助けに行こうとしたんですけど」

アレックスが申し訳なさそうに頭を下げた。綺麗にアイロンがけされたハンカチを私に差し出し、犬マンが話を引き継ぐ。

「外国人の連中と睨み合ってたら、おまわりとパトカーがバーサスの方向に集まりだしたんです。連中も俺らを放置してそっちに行っちゃって、慌てて追いかけたらさっきのスーツ軍団に囲まれて、『仲間を助けたかったら、事情を話せ』って警察手帳を見せられました。仕方なく全部話したら、あっという間に突入ですよ」

「あの人たち、刑事だったのね。それより、みんなは？」

「大丈夫。手塚くんは店から連れ出される時にコケて、また眼鏡を壊してましたけど。事情聴取を受けるとかで、塩谷さんと一緒に警察に行きました」

「カリームは？」

一転して口をつぐみ、みんなも顔を見合わせる。

「どうしたの。まさかケガとか」

「いいえ。真っ先に連れ出されたんですけど」

含みのある口調で、ＤＪ本気が店の前に横付けされた車を見た。濃紺のワンボックスカーで、ルーフに赤色灯を載せている。まだ少しぼやける視界に目をこらしたが、ドアは閉じられ、後部座席の窓にはスモークフィルムが張られている。

「睨み合いになった時に、ヒゲの男がいろいろ言ってたんですけど、訛ってる上にお前、頭は大丈夫か、みたいな内容で」アレックスが困惑気味に説明する。

するとワンボックスカーのドアが開いた。降りて来たのは、ヒゲの外国人とその部下。鋭い目で周囲を確認し、野次馬たちの視線を遮るようにドアを囲む。ややあって顔を出したのは、ネルシャツにフリースジャンパーの男。

「カリーム！」

私の呼びかけに、車を降りようとかがめた頭をはっと上げる。目の脇の傷には、絆創膏《ばんそうこう》が貼られている。口を開こうとしたカリームに、ヒゲの男が厳しい顔で囁きかけ、腕を引いて車から降ろした。そこに音もなく、黒塗りの大型セダンが滑り込んで来た。駆け寄った部下の一人が後部座席のドアを開け、ヒゲの男が押し込むようにカリームを乗せる。セダンは呆然と立ちつくす私たちの前を抜け、通りの奥に走り去った。

「すみません。署までご同行願います」

さっきの刑事が近づいて来た。それを無視し、私はアレックスを振り返った。

「何あれ」

「さあ。俺にも何がなんだか。でもヒゲの男はカリームのことを、Your Royal Highness って呼んでましたよ」

5

「ふんふん。《ティーンズロード》二十冊セットに、映画『ハイティーン・ブギ』のビデオ。他には……マジ？　三原《みはら》じゅん子のベストCDを、七千八百円も出して落札してるよ」

「きっつ～」

ぴったり耳を寄せた隙間から、笑い声が聞こえた。私は勢いよくドアを開け、オーナールームに駆け込んだ。案の定、ソファで私のパソコンを操作するＤＪ本気の周りに、ジョン太たちが集まっている。

「まったく。おちおちトイレにも行ってられないんだから」

ジョン太のアフロ頭を押しのけ、パソコンを奪い返した。液晶ディスプレイには、インターネットのオークションサイトが開かれ、私が落札した品の履歴が表示されている。

「塩谷さんも。黙って見てないで、注意しなさいよ」

オーナーデスクを睨んだが、リアクションはない。机上に脚を投げ出し、スポーツ新聞を広げている。大方アダルト面でも熟読しているのだろう。

私はソファに腰掛け、画面をワープロソフトに切り替えた。

「本気、原因はわかった？　故障？　それとも初期不良ってやつかしら」

「それ以前の問題ですね。晶さん、画面表示の設定を弄りませんでした？」

「うん。気分転換に、背景の色を変えてみようかと思って。でも白以外は書きにくくて、すぐに元に戻したのよ。なのに、キーを打っても文字が出てこなくなっちゃったの。メーカーのカスタマーサービスに電話しても全然つながらないし、パニックよ」

「それだ。画面を白に戻した時に、文字の色も白にしちゃったんですよ。白い画面に白い文字。そりゃ、どんだけ打っても見えませんよ」

ガムをくちゃつかせ、淡々と説明する。ジョン太がソファに寝転がって笑い、アレックスと犬マンも噴き出した。とどめにオーナーデスクから新聞越しに、小馬鹿にしたように鼻を鳴らす音が聞こえた。

我慢だ。一つの恥が、人間を一歩成長させる。怒りを堪《こら》え、私はパソコンを閉じた。午後四時過ぎ。階下からは二部営業の喧噪が流れてくる。間もなく目玉のショータイムだ。

「とにかくありがとう。助かったわ」

「どういたしまして。お礼は焼き肉と、スタッフグッズでいいですよ」

「スタッフグッズって？」

「やだな。さんざん話したじゃないすか。店のみんなで、揃いのTシャツかキャップを作ろうって」

「この前数珠を作ったばかりじゃない。気に入らなかったの？」

「そんなことないすけど。手塚くんにしちゃ、いいチョイスだと思うし」

少し悔しそうに、ジョン太はシャツの袖を捲《めく》り上げた。手首には、ラピスラズリの数珠がはめられている。ほかの三人の手首にも同じ数珠、アレックスだけは少しきつそうだ。

「でも、どうしてもこの間の事件を思い出しちゃうんすよ。俺ら、全然納得してないし。言いたいことも山ほどあるし」

「それはわかるけど」

「そうそう。事件といえば」

ＤＪ本気がオールインワンのポケットを探った。今日は黒地にカラフルな水玉模様。赤い付け鼻をすれば、すぐにピエロとしてサーカスやマジックショーのステージに立てそうだ。

取り出したのは新聞の切り抜き。モノクロの小さな写真に、外国人の男が写っている。カリームだ。しかし身につけているのはネルシャツにジーンズではなく、詰め襟の白くたっぷりとしたワンピース風のシャツに共布のパンツ。頭にも同じ白い布をかぶり、額にはめた黒いリングで留めている。どれも作りはシンプルだが、素材と仕立ては一流だとわかる。国の正装なのか、後ろにややピンぼけで写っている男たちも同じ格好をしている。中には、あのヒゲ男の姿もあった。

「別人みたいだな」

アレックスが呟いた。写真のカリームは凜として品格と威厳《いげん》に溢れ、昭和のアイドル歌謡を熱く語り、『抱きしめてTONIGHT』を歌い踊っていた人物とは思えない。記事には先頃バラダイで即位式が行われ、カリーム・アシュラフ・ムハンマド皇太子が国王の座についたと書かれていた。

麻布のクラブで音響閃光弾を浴びてから、間もなく二カ月になる。あの後、事情聴取を受けた警察では駿平とその仲間たちの大麻売買についてのみ訊かれ、カリームの身元や安否についてはいくら訊ねても教えてもらえなかった。マスコミの報道も一切なく、事情説明を求めバラダイ大使館に出向いたホストたちは、門前払いを食らわされたという。しかし、憂夜さんが表裏の人脈を駆使して情報を収集した結果、いきさつはじょじょに明らかになった。

東京の駿平とバラダイ王宮に暮らすカリーム。この十余年、二人はメールや電話で親交を温め、カリームは何度かお忍びで来日もし、観光やショッピングを楽しんだ。ところが半年前、カリームの父親が体調を崩し、王位を退くことになった。国王となってしまえば、これまでのように駿平と連絡を取ることはもちろん、日本に行くこともできなくなる。そこで側近に頼み込み、縁のある都内の大学に研究施設を寄付し、記念講演をするという公務のもと来日を果たす。そしてあの日、側近とSPの目を盗んで宿泊先のホテルを抜け出し、あらかじめ用意しておいた服に着替え、最後の思い出を作るつもりで、秋葉原に向かった。しかし待てど暮らせど駿平は現れず、代わりにバイク便が携帯電話を届けに来る。そのうえ見知らぬ若者たちまで現れ、逃げ回っているところを私たちに助けられたのだ。

携帯の履歴から事情を察知したカリームはindigoのホストに身をやつし、アフターを装ってドラッグ売買の噂のあるクラブやディスコを回り、駿平を捜した。それを目撃した駿平の仲間たちは、メンバーの女をindigoに送り込んでカリームをおびき出し、アジトであるクラブに監禁したのだ。駿平は素直に罪を認め、仲間たちも逮捕されたとたん大人しくなったという。全員がドラッグには二度と手を出さないと誓い、またカリームも裏で手を回してくれたらしく、なんとか起訴猶予処分となった。ちなみに、入店時にカリームが見せた学生証は本物で、記念講演をした際に、感謝のしるしにと名誉学生の称号とともに大学側から授与されたものらしい。

手塚くんを伴い、憂夜さんがオーナールームに入って来た。お馴染みのマオカラースーツ。しかし、デニム地で今時ケミカルウォッシュ。左右の肩とパンツのポケット回りは、スパンコールやラインストーンで飾られている。それが照明を反射しきらめく様は、さながら人間ミラーボール。

「失礼します。手塚くんが、体調が優れないので早退したいそうです」

「またかよ。接客も全然身が入ってねえし、もうやめちまえ。ナンバーワンは店の顔だぜ。外で何があろうと、表には出さない。顔で笑って心で泣く。鉄仮面って言われるぐらいでちょうどいいんだ。ねえ、晶さん」

それを言うなら、鉄面皮《てつめんぴ》。鉄仮面じゃスケバン刑事《デカ》だから。突っ込みは飲み込み、ジェスチャーでジョン太をなだめる。

「早退は構わないけど、大丈夫？　思いきってしばらく休むっていうのも、一つの方法よ」

「それもありだと思います。でも、余計面倒なことになりそうで。みんなが騒いでるような、利用されたとか挨拶がないとかは僕的にはどうでもいいんです。ただ、着地点が見えないっていうか。一連の出来事を上手く咀嚼《そしやく》できないんです」

「けっ」、ジョン太が顔をしかめた。上から目線は健在だが、声は細く、新品の眼鏡のブリッジを押し上げる仕草もどこか頼りない。一回りほっそりした手首の上を、青い数珠が上下する。

カリームからは、あれきり連絡はない。ホストたちは憂夜さんがなだめて言い含め、最近では話題に上ることも少なくなった。しかし手塚くんだけは、そうもいかないようだ。

「要はふんぎりがつかないってことだな」

犬マンが脚を組み、天井に煙草のけむりを吐いた。一言でまとめられ、手塚くんはうろたえ気味に前髪をかき上げた。

「まあ、そうとも言えますけど、僕的にはもっと」

「おい。これを見てみろ」

ぶっきらぼうな声に、みんながオーナーデスクに目を向けた。いつの間にか新聞を片づけ、塩谷さんはパソコンの液晶ディスプレイを眺めている。どやどやと集まり肩越しに覗き込むと、インターネットのニュースサイトだ。中央にはカリームの写真。さっきの記事の写真と同日に撮影されたものなのか、白装束で石造りの大きなテラスのような場所に立っている。テラスの下には浅黒い顔に太い眉、ヒゲを蓄えた男と頭と襟元をすっぽり布で覆った女たちが詰めかけ、笑顔で手を振ったり、印刷されたカリームの肖像画を掲げたりしている。カリームはテラスの縁に立ち、集まった人々に手を上げ、笑顔で応えている。

「『国民たち』って、そりゃ言いますよね。次期国王なんだから」

自虐的に笑い、手塚くんは目をそらして場を離れようとした。その足を、塩谷さんの一言が止めた。

「手だ」

据わった小さな目は、画面に向けられたままだ。みんなの視線が、カリームの上げた右手に移動する。

「そっちじゃねえ」

言葉に従い、視線は画面を滑る。カリームの左手は、色鮮やかなタイルが張られたテラスの縁に乗せられている。

「なんか持ってるな」

「小さくてわかんねえけど……これ、数珠じゃね？」

「そうだよ。間違いない。店で作ったラピスラズリの数珠だ」

ホストたちが色めきだち、身を乗り出した。確かにカリームは左手に青い数珠をつかんでいる。

「でもこれ、俺らのと違くね？　スカスカっていうか、珠がちょっと少ない？」

「本当だ。不良品かな。でも、ちゃんと確認して渡したんだろ」

手塚くんの返事はなかった。後ろから呆然と、画面のカリームを見つめている。

「ミスバハ……そうか。珠の数を減らして三十三個に。あいつ、やったな」

次第にテンションを上げ、最後は声を立てて笑った。

「なるほど。上手いこと考えたわね」

私の脳裏にも、あの朝エレベーターの中で交わした言葉が蘇った。塩谷さんも気づいたらしく、鼻を鳴らす。

「てか、超罰当たりじゃないですか。いいのか、国王が」

突っ込む手塚くんの声は震え、眼鏡の奥の目にうっすら涙も滲《にじ》んでいる。

「ええと、俺ら話が全然見えないんすけど」

「後で全部説明してやる」

ジョン太の疑問には、憂夜さんが目配せとともに答える。みんなが口をつぐみ、手塚くんの横顔に見入った。

嬉しい偶然。私が教えたその日本語を、カリームはとても喜んでくれた。短い間ではあったが、あの日々は確かに嬉しい偶然、彼の言葉を借りるなら「小さな奇跡」だった。これから私たちはそれぞれの場所、空の下で新たな出会いとすれ違いを繰り返し生きていく。手にはお揃いの、カリームだけ微妙に数の違う数珠。いつかまた、嬉しい偶然が私たちを巡り合わせてくれる。そう信じて。

「晶さん。あいつ、あの時と同じ目をしてますよ」

指先で素早く涙を拭いながら、手塚くんは笑みを浮かべた。

「そうね」

私も笑った。

その通り、民衆に向けられたカリームの灰色がかった青い目はあの朝と同じように輝き、力に溢れている。私にはわずかに哀しげにも見えるが、年寄りの杞憂《きゆう》だろう。

カリームの目の奥に、橋の上から並んで見上げた淡いピンクの空が映っているような気がした。

「光の加減」「老化現象」、口に出せばそんな言葉が返ってくるに決まっている。それでもいい。

私は朝焼けの欠片を求め、カリームの目を見つめた。

一刻

1

久志《ひさし》が運んできた皿には、直径五センチほどのドーナツが盛りつけられていた。表面はふっくらとしてきつね色。甘い香りも漂う。しかし、日頃見慣れたものとは少し様子が違う。

「焼きドーナツです。生地を型に流し込んでオーブンで焼いています。油で揚げていないのでヘルシーだと、最近女の子たちの間で話題になっています」

白いコックコート姿の久志は緊張気味に説明し、テーブルに皿を並べた。

「へえ。おいしそうじゃない」

シャネルスーツを着たなぎさママが、皿を覗き込んだ。添えられた紙ナプキンでくるみ、ドーナツを一口齧る。私と塩谷さん、憂夜さんも倣《なら》い、それを久志が食い入るように見つめている。

「どうですか？」

「食感がいいわ。サクサクしてる」

「ありがとうございます。小麦粉に上新粉と餅粉をミックスしてみました」

「考えたじゃない。でも、まろやかさに少し欠ける感じ」

「確かに。生地を寝かせる時間が足りないんじゃないか。今は三時間だったな？　一晩にしてみろ。それと、後味がそっけない。砂糖を和三盆《わさんぼん》に替えるといい」

引き締まった口元を動かしながら憂夜さんが指示を下す。身につけているのは、ダークトーンのゴブラン織りのマオカラースーツ。インパクトは抜群だが、素材感といい色柄といい、むかし私の実家で使っていたミシンカバーにそっくりだ。神妙に頷き、久志はポケットから出したメモにママと憂夜さんのコメントを書き込んでいった。

「で、晶ちゃんたちはどうなの？」

「私は十分おいしいと思うけど。チョコとかシナモンとかバリエーションも利きそうだし、人気メニューになるんじゃない？　でもこの味、前にどこかで食べた気がする」

「どこかってどこよ」

「どこだったかな。最近じゃなくて、かなり昔。なんていうかこう、ノスタルジックでレトロな感じの」

「ベビーカステラだろ。夏祭りとかの夜店で売ってる」

ソファの端でぼそりと、塩谷さんが言った。ほんの少し齧ったただけでドーナツを放り出し、グラスのワインを飲んでいる。

「それだ！　あと、鈴カステラって駄菓子にも似てる。よく考えたら、作り方は同じだものね。子どもの頃、たこ焼き器を使って家でも作ったわ」

「何がベビーカステラに鈴カステラよ。いい歳して恥ずかしいったらありゃしない。久志くん、こんな貧乏舌《びんぼうじた》コンビは無視していいから。つぎ出して、次」

一礼し、久志は客席フロアの通路を戻った。間もなく、左右の腕と手に二枚ずつ新たな皿を載せて厨房から出てくる。後ろには帰り支度をした二部のホストが数名、私たちに挨拶をして店を出て行った。時刻は午後六時過ぎ。これから客とのアフターだろう。

久志が慣れた手つきでドーナツの皿を下げ、テーブルに新しい皿を並べた。私たちはグラスを取り、水で口直しをする。

「これ、例のやつね」

「はい。バナナケーキです。今度こそ合格点をいただけるといいんですけど」

「どれどれ」

ママが言い、私たちもフォークを取った。皿には、薄茶色のパウンドケーキが一切れずつ載っている。風味と食感を出すためか、刻んだバナナの身が練り込まれている。

「この前のやつより、ずっといいわ。でも、〈シェ・オゼキ〉のと比べちゃうとね」

「そうですね。メニューに加えるのなら、あれと同等かそれ以上でなくては」

憂夜さんに頷かれ、久志はがっくりと肩を落とした。

「それはわかってるんですよ。でも、参考にしようにもオゼキのバナナケーキはなかなか手に入らなくて」

「シェ・オゼキって、広尾《ひろお》の高級フレンチレストランよね。シェフの尾関《おぜき》さんはすごい秘密主義で、ソースや隠し味のレシピは弟子にも教えないんでしょう」

「ええ。レシピはすべて渋谷のどこかにある自分専用のキッチンで考えているという噂です。バナナケーキは、もともと家族や店のスタッフのために焼いていたのですが、噂が広まりリクエストも殺到して月に一度、わずかな量だけ店頭で販売することにしたとか。前の晩から並ぶ人もいて、あっという間に売り切れてしまうそうです」

憂夜さんが説明する。私は訊ねた。

「ふうん。そんなにおいしいの？」

「当たり前でしょ。あたしも一度しか食べたことないけど、しっとりした舌触りといい、リキュールに近い芳醇《ほうじゅん》で濃厚な、でも全然しつこくない甘味といい、もうパーフェクト。間違いなく、いま東京で一番おいしいスイーツね」

「そのスイーツって言葉、どうなの。いつの間にか当たり前に使われるようになったけど、普通に洋菓子、和菓子、さもなきゃデザートでよくない？　意味の正否は別として、気持ちが悪いっていうか、正直バカっぽい」

「ごちゃごちゃうるさいわねえ。だからモテないのよ。ほら、前に流行った、負け犬だっけ？そのものって感じ。ねえ、塩谷ちゃん」

「いや、それは世間の負け犬カテゴリーの女性に失礼だ。こいつは負け犬というより、狂犬。しかも雑種」

「あらやだ。上手いこと言うじゃない」

むっとしてガンを飛ばす私を尻目にママは笑い転げ、塩谷さんはワインをあおった。久志を見上げ、憂夜さんが話を元に戻す。

「ドーナツはともかく、バナナケーキはまだまだ改良の余地ありだな。さらに研究して、次の新メニュー検討会で再チャレンジだ」

「わかりました」

「情けない顔をするな。スイーツはショータイムと並ぶ、二部の目玉だ。接客はしなくとも、お前もお客様をもてなしている。れっきとしたホストの一員だ。俺もなぎさママも期待してるからこそ、厳しいことを言うんだ」

「そうね。久志くんは舌は確かだし、才能もあると思う。でも、どっちかっていうとパティシエより懐石とか寿司とかの日本料理向きかも。何しろほら、板前顔だし」

「勘弁して下さいよ。店のみんなにもしょっちゅうからかわれて、気にしてるんですから」

久志がぼやき、みんなは笑う。

久志は一昨年、二部営業のスタートと同時にclub indigoで働き始めた。神楽坂《かぐらざか》のビストロで働いていたところを、憂夜さんにヘッドハントされたのだ。デザート作りを一任され、アドバイザーのなぎさママにダメ出しをされながらも奮闘している。しかし小柄で骨太、ガニ股でやや短足の体つきといい、ごつい顔と黒々とした一本眉、黒目がちの大きな目に胡座《あぐら》をかいた鼻といい、昭和のスポ根マンガの主人公そのもの。おまけに髪も三分刈りなので、確かにママが言うように、コックコートにシェフハットより、ワイシャツにネクタイの上に開襟の白衣を着て和帽子をかぶった方が似合いそうだ。

一部の営業開始時間が迫り、憂夜さんは準備に、私と塩谷さん、久志はママの見送りに向かった。

「だから、間に合ってるって言ってんだろ」

通路を進むと、尖った男の声がした。ジュンだ。キャッシャーカウンターの中から、向かいに立つスーツ姿の男を睨んでいる。

「どうかしたの？」

「こいつ、しつこいんですよ。セールスマンらしいんですけど、渋谷警察署の方から来たとか言っちゃって」

ロングドレッドの髪をかき上げ、口を尖らせる。掃除をしていたらしく、手には化学繊維のはたきを持っていた。

「渋谷警察署の方ね」

私が鼻白み、ママも胸の前で腕を組んでスーツの男をじろじろと眺めた。

「若いのにずいぶん古臭い手を使うのねえ。で、何を売りつけようっての。ガラスアラーム？　それとも防犯ベルかしら」

「そうそう。ものが消火器やガス警報器の時は『消防署の方から来ました』って言うのよね。こっちはオギャーと生まれた赤ん坊が、成人式を迎えちゃうぐらいの時間ひとり暮らしをして、押し売りなんていやってほど相手にしてるの。そんな手垢のついた詐欺に引っかかると思ったら大間違いよ」

「誤解です。僕は押し売りでも詐欺師でもありません」

私とママに囲まれ、及び腰になりながらも男は返した。歳は二十代半ばだろうか。すらりとしているが、大きな目と量感のある唇が印象的なベイビーフェイス。スタイリング剤で立たせた前髪の下の額は広めで形も色艶もよく、突っ込みの一つも入れて叩きたくなる。

「じゃあ勧誘か。『この壺で悪霊を祓《はら》いましょう』？　『印鑑を作り替えないと、先祖の祟りが』？　言っておくけど、そんなもんでチャラになるようなぬるい業《ごう》は背負ってないから。悪霊上等、祟り大歓迎。部屋が汚い時に『ポルターガイストの仕業です』でごまかせて便利だわ」

顔を上げ、私は高笑いをかました。スーツの男とジュンの怯えをはらんだ視線を感じる。不穏な空気を察知したらしく、憂夜さんと久志がやって来た。

「高原オーナー、どうかなさいましたか……おや、あなたは」

「憂夜さん、このセールスマンしつこいのよ。もう警察を呼んじゃって」

「いえ。その必要はないと思いますが」

「なんで？」

「こちらがその警察ですから」

「えっ」

私とママ、ジュンが同時に声を上げた。スーツの男はやれやれという様子で息をつき、背筋を伸ばして一礼した。

「警視庁渋谷警察署生活安全課の早乙女勘九郎《さおとめかんくろう》です。勤務時間外につき警察手帳は持っていませんが、ご了承下さい」

「生活安全課？　豆柴《まめしば》の部署じゃない。憂夜さん、知ってたの」

「はい。先日柴田《しばた》さんがご紹介下さいました。ご報告が遅れて申し訳ありません」

「あっそう。で、豆柴はどこ？　どうせその辺に隠れてるんでしょう。また難癖をつけて営業許可を取り消そうって魂胆？　ムダよ。条例はちゃんと守ってますから」

「いえ、僕一人です。みなさんに相談があって来ました」

「相談？　どうせろくなことじゃないんでしょう。お断りよ」

突っぱねた私の肩に、ママが大きな手を置く。

「ちょっと晶ちゃん、落ち着きなさいよ。イラついちゃって。まるで毛更わり中の犬ね」

「誰のせいでイラついてると思ってるのよ。ていうか、いちいち犬にたとえるのをやめてくれない？」

「その袋、シェ・オゼキのですよね」

唐突に、久志が口を開いた。視線は早乙女が提げた小さな紙袋に注がれている。しゃれたデザインで、前面に『Chez Ozeki』の文字がプリントされている。ぱっと顔を輝かせ、早乙女は袋を持ち上げた。中にはラップで包まれた、パウンドケーキらしきものが数本入っている。

「そうです。よくご存じですね」

「ひょっとしてそれ、バナナケーキ？　今日は発売日じゃないはずだけど、よく手に入りましたね」

「シェフの尾関さんと知り合いで、特別に焼いていただきました。みなさんへのおみやげです」

「知り合い!?　すごいな」

声を弾ませ、久志が私を振り返った。目の奥に、スポ根マンガよろしくめらめらと燃え上がる期待と野望の炎が見えるようだ。

仕方なく、私は憂夜さんに目配せをした。

「どうぞ、こちらへ。オーナーがお話を伺います」

ぴんと伸ばした指で店の奥を指し、憂夜さんは早乙女に微笑みかけた。


オーナールームに案内し、早乙女から話を聞いた。

早乙女は半年ほど前に渋谷警察署の生活安全課に赴任《ふにん》し、豆柴とコンビを組んで違法のカジノバーやゲームセンターの摘発に当たっていたという。しかし目を付けた店がいきなり営業をやめたり、ガサ入れをかけるともぬけの殻という事態が続き、「署内に捜査情報を漏らしている人間がいるのでは」という噂が囁《ささや》かれ始めた。そして三日前。署長宛に『柴田克一《かついち》刑事が、違法のカジノバーやゲームセンターの関係者の男と頻繁に飲み歩いている』という匿名の投書が届き、道玄坂のバーや居酒屋で盛り上がる二人の写真も添えられていた。

「何それ。接待の見返りに捜査情報を漏らしてたってこと？　不正じゃない。収賄《しゅうわい》じゃない。バリバリ犯罪者」

「最低ね。あのミニチュア万年課長、あたしたち夜の世界の住人をさんざんバカにして苦しめてきたくせに、自分はちゃっかり甘い汁を吸ってたってわけ？　許せない。死刑になっちゃえばいいのよ」

私とママは騒いだが、早乙女は立ち上がり首を横に振った。

「誤解です。柴田さんは収賄なんかしていない。本人も『事実無根。男は昔の知り合いだ』と主張しています」

「まあ、落ち着いて。取りあえずお茶にしましょう。リラックス効果の高いスペアミントに、スイーツと相性抜群なレモングラスをブレンドしてみました」

にこやかに歩み寄り、憂夜さんが応接テーブルに茶器を並べていく。背後にはほくほく顔の久志。バナナケーキを切り分けた皿を載せたお盆を抱えている。喜びの声を上げ、ママはさっそくケーキを食べ始めたが、早乙女の狙いがはっきりしないので、私は手を出す気になれない。

「この芳醇な香りとしっとりした食感。感動よねえ。憂夜さんのお茶も最高。フレッシュだわ。手作りみたい」

「さすがママ。その通りです。屋上のハーブ園で栽培して、先ほど乾燥を終えたものです」

「屋上のハーブ園？　いつの間に？　どうやって？」

既にお約束となりつつある私の問いかけに、憂夜さんも慣れた様子で優美な笑みを返す。

脳裏にダブルのソフトスーツの上に胸当てエプロンをしめ、じょうろを手にした憂夜さんが、青々とした葉を茂らせ可憐な花をつけるハーブの庭に佇む姿が浮かび、軽い目眩《めまい》を覚えた。しかしママは構わずにお茶をすすりケーキをぱくつき、早乙女も両手でカップをつかみ、鼻をひくつかせている。

「本当にいい香りですね。でも、できれば砂糖をいただきたいんですけど」

「ハーブティーに砂糖？　しかもお茶請けはケーキなのに？」

あり得ないという思いが、はっきり顔に表れている。憂夜さんにしては珍しい。だが、早乙女はあっけらかんと答えた。

「ええ。だって、甘い方がおいしいじゃないですか」

「……なるほど。久志、砂糖を」

「ついでにビール。キムチも持って来い。ミントだかレモンだか知らねえが、便所の芳香剤臭くてたまらねえ」

オーナーデスクの塩谷さんも指示し、久志は出て行った。向き直り、憂夜さんは訊ねた。

「それで、柴田さんはどうされているんですか」

「事実関係が判明するまで、無期限の自宅謹慎を命じられました。男と柴田さんが昔なじみというのは証明されたんですが、投書が届いた直後からその男は行方不明になっているんです。それに、署の上層部にはもともと柴田さんを快く思っていない者もいて」

「つまり、八方ふさがりの四面楚歌《しめんそか》ってやつね。まあ自業自得でしょう」

「そうそう。いい気味だわ」

口紅のよれを気にしながらケーキを頬ばり、ママが頷く。自分の分はぺろりと平らげ、「いらないならもらうわよ」と塩谷さんの皿に取りかかっている。

「違います。違法のカジノバーは、僕が赴任する前から柴田さんがこつこつ聞き込みや証拠集めをしてきた事件《ヤマ》なんです。それを自分で踏みにじるような真似をするはずがない」

　暑苦しく騒ぎ、向かいのソファで早乙女が腰を浮かせた。しかし手に皿とフォークを持ったまま、左右の頬もバナナケーキでリスのように膨らんでいる。

「なんでもいいけど、そろそろ本題を聞かせてもらえないかしら。相談ってなに？」

「柴田さんの潔白を証明していただきたいんです。僕が動くべきなんですけど、署の上層部を刺激して、ますます柴田さんの立場を悪くしかねない。どうしようかと悩んでいた時に、以前柴田さんから聞いた indigo のみなさんの話を思い出しました。お願いします。力を貸して下さい」

「冗談でしょう。なんで私たちが。それに話っていっても、ろくなもんじゃないんでしょう。どうせ男勝りだの探偵気取りだの、セクハラとモラハラの嵐で――」

「高原オーナー。どうかお気を静めて」

　私のカップにハーブティーを注ぎ足しながら、憂夜さんが囁きかけた。

「お怒りはごもっともですが、引き受けるべきだと思います。柴田さんが黒なら厄介払いができますし、白でも恩が売れる。結果がどうあれ、我々に損はありません」

「それはそうだけど」

　泳がせた視線をオーナーデスクに向ける。塩谷さんは机上に投げ出していたチノパンの脚を下ろし、早乙女に向き直った。

「渋谷警察署のマスコットキャラクターに、『シブたん』とかいうのがいるだろう。あれのレアグッズを寄こせ。ゆるキャラとかいってもてはやされてて、キャバクラで配るとそりゃもうバカウケでモテまくり」

「了解です」

早乙女が神妙に頷き、塩谷さんはスケベオヤジ丸出しの顔でひひひと笑った。

勝手に引き受けてるし。私は脱力し、そこにスティックシュガーを持った久志が戻って来た。

墨で書いたような一文字眉を見たら、ふと閃《ひらめ》いた。

「条件はもう一つ。尾関シェフと知り合いなのよね？　このバナナケーキのレシピの秘密を聞き出して」

「えっ。それはちょっと」

「早乙女ちゃん、大丈夫よ。レシピをパクったりはしないから。尾関さんのをヒントにして、それを超えるケーキを作るの。でしょ？」

いきなりのちゃん付けで早乙女を促し、ママは久志を見た。

「はい」

力強く答え、久志はスティックシュガーを差し出した。受け取った早乙女は仕方なくといった様子で再び頷いた。

「わかりました。なんとかします」

「交渉成立ね。しっかりやんのよ。あと、それいらないならちょうだい」

伸びてきたママの手をかわし、私は皿を引き寄せケーキに齧りついた。いまいち釈然としないし、不吉な予感もする。しかし確かにバナナケーキは絶品だ。

2

「ふざけた格好しやがって、次々と。なんなんだ、お前らは」

ドアを開けるなり豆柴はそう言い放ち、顔をしかめた。

「悪かったわね。こっちだって好きでやってるんじゃありません」

反論し、私は廊下の様子を窺《うかが》ってからドアを閉めた。狭い三和土《たたき》に並んだ革靴やサンダル、スニーカーの隙間にローヒールのパンプスを脱ぎ、玄関に上がる。身につけているのは、ナチュラルベージュのストッキングにパステルカラーのスーツ。日頃の私からは一番縁遠いファッションだ。腕には生命保険のパンフレットを覗かせたファイルも抱えている。

豆柴の後について、室内を進んだ。恵比寿の外れに立つマンション。一応オートロックだが、小さく古びている。手前にフローリングの小さなキッチン、開け放たれた引き戸の奥は八帖ほどの和室だ。置かれているのは、必要最低限の家具と生活雑貨だけ。掃除は行き届いているが、窓のカーテンレールに並んだ洗濯物は干し方がいかにもおざなり。折りたたみ式の角ハンガーにぶら下げられたシワだらけのタオルやゴムの伸びた靴下は、色合い・質感とも海中を漂う流れ藻、もしくは昆布のようだ。

「じろじろ見るな。なんか文句あるのか」

「別に。ただ、切なくなるほど典型的な独身男の部屋だなと思って」

「なんだと。人のことをどうこう言える立場か」

「高原オーナー、お疲れ様です。みんなも無事に揃いました」

早速睨み合いになったところに、憂夜さんが割って入る。ベージュの作業着姿で、後ろのキッチンテーブルには同じ格好の塩谷さんも座っている。寝室で手を振り、目礼をしてきたのはジョン太と犬マン。背中にアライグマのイラストが描かれたオールインワンを着ている。

昨日あの後みんなで話し合い、まずは豆柴から事情を聞こうということになった。しかし早乙女曰《いわ》く「柴田さんには署の人間の見張りがついてる」そうで、憂夜さんが偵察に行くと確かにそれらしき車があった。仕方なく、私は生命保険の外交員、憂夜さんと塩谷さんは電気工事員、ジョン太と犬マンは清掃業者を装い、時間差でマンションに入り、豆柴を訪ねた。ジョン太たちのオールインワンは、ＤＪ本気のワードローブの中から拝借したものらしい。

「話は早乙女さんから聞いたわ。そっちも私たちのことを聞いてるんでしょう」

勧めてくれないので、私は勝手に椅子を引き塩谷さんの向かいに座った。豆柴は寝室の真ん中に、どっかりと胡座をかいている。無論、お茶を出す気配など皆無だ。ヒゲは剃っているが、セットされていない残りわずかな髪はぼさぼさで、細く腰のない毛質といい、鳥の雛の産毛《うぶげ》を彷彿とさせる。

「ゆうべ電話があって、叱り飛ばしてやったよ。若造が余計な気を回しやがって。しかも、よりによってお前らに頼んだだと？　冗談じゃねえ。ホストごときに頼るほど、俺は落ちぶれちゃいねえ」

「はいはい、そうですか。ホストごときには頼らないけど、違法のカジノバーの関係者にはほいほいおごられて、捜査情報も漏らしちゃう訳ね。ご立派」

「ふざけるな。俺は何も漏らしちゃいねえ。おごられるどころか、拷問されて生爪をはがされたって、一言も喋りゃしねえぞ。それに、相手の男は昔の知り合いだ。証拠もある」

「伺っています。確か、柴田さんが少年課にいらした頃にお世話された方だとか」

素早く豆柴の隣に座り、憂夜さんが本題を切り出す。広がった小鼻をますます広げ、私を睨みながらも豆柴は頷いた。

「ああ。天木保《あまきたもつ》ってやつで、二十年前は手のつけられねえ不良だった。根は優しくて真面目なやつなんだが、人に引きずられやすい性格でな。ケンカ、カツアゲ、かっぱらいのフルコースだ。しかし十八の時に、『人を脅すのも、脅されるのももう嫌だ』と言ってきたんで、知り合いの定時制高校の校長を紹介した。それきり音信不通だったんだが、二カ月前に道玄坂で声をかけられた。『昔よく柴田さんにゲーセンで補導されたけどゲーム好きは治らなくて、大手のチェーンで修業して、最近この近くに店を持ったんです』なんて言われて、つい嬉しくなっちまってな。誘われるままに飲み歩いて、恩返しをしたいって気持ちを汲んでおごってもらった。だが、昔話や身の上話ばかりで、捜査については話題にすら出なかった」

「そうでしたか。しかし、その天木という男は違法のカジノバーやゲームセンターの関係者で、やがて収賄を匂わせるような投書が届き、同時に天木も行方をくらました。ということでよろしいですか？」

「まあな」

「要は、はめられたんですね」

犬マンが言い、みんなが目を向けた。窓の前の狭いスペースに体育座りをしている。

「柴田さんは、違法のカジノバーやゲーセンの捜査をしていたんでしょう。でも、空振りが続いて内通者の存在が疑われだした矢先、天木と再会して、その写真を送りつけられた。署内の誰か、情報漏洩の真犯人がカジノバーと結託して柴田さんに罪をなすりつけようとしてるんじゃないですか」

私たちが感嘆と納得の声を漏らす中、豆柴は憎々しげに眉をひそめた。

「まったく。ガキのくせに妙なところに頭が回りやがる。その調子で、これまでに何度捜査を引っかき回されたか」

「引っかき回しただけじゃなく、ちゃんとオチもつけたじゃないすか。ガキにはガキなりのネットワークとかルールとかあるんす。そろそろ認めて下さいよ」

「何がルールだ。スケコマシがいっちょ前な口を利くな。バリカンで、そのスチールたわしみてえな頭を丸刈りにしてやるぞ」

「おう。やれるもんならやってもらおうじゃねえか」

売り言葉に買い言葉でジョン太が立ち上がりかけた。それを視線で抑え、憂夜さんは続けた。

「犬マンの推測が正しいとして、いかがでしょう。思い当たるような人物はいませんか」

「いねえな。捜査情報を知ってるのは俺と早乙女ほか数人の担当刑事だけだが、みんな信頼できる、お前らの百倍まともな連中だ」

いちいち不遜な物言いに腹は立ったが、豆柴なりに葛藤し自分を鼓舞しようとしているのが見て取れる。

「違法のカジノバーやゲームセンターの経営者についてはどうですか。最近急増中で、渋谷にも道玄坂やセンター街にそれらしい店があると聞いていますが」

「客にチップを買わせて、バカラやらブラックジャックやらルーレットやらの賭博をさせる。店は雑居ビルやマンションの一室で、会員制バーやらクラブやらのダミーの看板を出してる。ドアは監視カメラつきの二重扉、外にはシキテンと呼ばれる見張りも置く。ゲームセンターは、ぱっと見は問題がなくても奥で賭博をさせてたり、違法な景品をつけたりしてやがる。どこも営業許可は取って、アミューズメント企業の経営ってことになってるが、バックには必ずヤクザがいる。俺たちが目を付けてたのは道玄坂のフェイスカードって会社だ。社長は黒沼《くろぬま》って男で、ケツ持ちは東龍会《とうりゅうかい》」

大きく鼻を鳴らし、塩谷さんがテーブルの下で脚を組んだ。

「東龍会ってなに？　塩谷さん、知ってるの？」

「新興のヤクザです。組長は三十そこそこの男で、資金や人手不足で傾きかけた他の組を次々と傘下におさめ、勢力を伸ばしているとか」

「相変わらず耳が早いな」

嫌みたらしく褒める豆柴に、憂夜さんも含みのある笑みで返礼した。

「じゃあ、天木って男も黒沼の手下だったってこと？」

「多分な。しかし、天木は俺を自分の店にも案内してくれたんだが、営業許可は取ってるし違法行為をしているような気配はなかった。スペースインベーダーだのゼビウスだの古いゲーム機ばかりの店で、『同世代の連中に昔を懐かしんでもらえる場所を提供したいんです。あちこち歩いてゲーム機を探し、メンテナンスも自分でしました』なんて嬉しそうに話してたな。客も結構入ってたぞ」

「それ、いい。ナイスアイデア。私も行ってみたい。でも、経営が順調なら黒沼と手を組む必要はないわよね……案外、ただの仕返しだったりして。少年課時代は、さぞや強引で荒っぽい捜査をしてたんでしょう。あの頃のつっぱりは相当むちゃくちゃやってたけど、おまわりもその上をいく柄の悪さで」

「経験者は語る、か。調子に乗るなよ。逮捕歴のあるやつの再犯率がどれだけ高いか知ってるのか」

「残念でした。私に補導歴はあっても、逮捕歴はありません」

再び睨み合いの火花が散る。「出た。狂犬の開き直り」、呟いた塩谷さんに横目でガンを飛ばそうとした矢先、憂夜さんが立ち上がった。

「お話はよくわかりました。あまり長居をすると見張りに怪しまれますので、今日のところは失礼しましょう。そうだ。早乙女さんから差し入れを預かったんです。柴田さんを心から尊敬して、慕っているんですね。気持ちのいい若者です」

しかし憂夜さんから紙袋を受け取り、中を確認した豆柴はうんざりした顔になった。

「何よ。どうかしたの」

私の問いかけに、無言で紙袋の口を開く。寿司折りらしき包みと、いなり寿司が入ったプラスチック容器が入っている。包装紙は、渋谷の人気寿司店のものだ。しかし、添えられたペットボトルの飲料はメロンソーダ。

「なんすか、これ。まさか寿司をメロンソーダで食えってことすか」

「昨日の様子といい、早乙女さんて筋金入りの甘党みたいね」

「ああ見えてあいつは射撃の名手で、警察の大会で入賞したこともある。だが、ひどいあがり症でな。一度競技の前に飴玉を舐めたら落ち着けたとかで、その後もここぞって場面では飴やらチョコレートやらを食うようになった。今じゃ甘けりゃなんでもいい、なんでも旨《うま》いだ。あいつが赴任してきた時の歓迎会では、白飯に砂糖をかけて食って大顰蹙《ひんしゅく》を買ってたな」

「うわ、あり得ねえ」

ジョン太がわめき、塩谷さんと犬マンも顔をしかめた。

「そういうことでしたか」

ようやく合点がいったという様子で、憂夜さんが深々と頷いた。

来た時と同じように時間差で、それぞれマンションを出た。indigoには戻らず、道玄坂へ向かう。SHIBUYA 109前から玉川《たまがわ》通りまでの長く大きな坂道に、飲食店やオフィスが入った小綺麗なビルが並んでいる。しかし裏に入れば狭く入り組んだ通りが無数に走り、ラブホテルや風俗店、ストリップ劇場などが建物の大きさに対して、明らかに巨大で派手すぎる看板やネオンを掲げている。渋谷きってのディープエリアだが、最近はクラブやライブハウス、レストランなども増え、様変わりしつつある。

天木の店は、道玄坂小路にあった。SHIBUYA 109の裏手の、道玄坂から文化村通りに抜ける古い飲食店街だ。居酒屋やバー、雀荘などの袖看板を突き出させた小さなビルがびっしりと建っているが、通りの中ほどにある天木の店はシャッターを下ろしていた。近隣の店の人間に天木の写真を見せ、話も聞いたがしばらく前からこの状態で、天木の姿も見ていないという。写真は再会した時に撮った写メを豆柴から転送してもらった。天木は私と同年代。頭皮が透けた淋しい生え際、反して頬から顎にかけては暑苦しく肉がついている。目鼻立ちも地味で特徴のない中年男だが、目尻のあたりに元つっぱり独特の尖ったものが感じられる。

「早乙女さんによると、警察は目黒《めぐろ》の天木の自宅アパートを調べ、見張りもしているそうですが、手がかりはないそうです」

「それも信用できないわよ。豆柴にしろ他の誰かにしろ、渋谷警察署の中に違法のカジノバーとつながってる人間がいるんでしょう」

「確かに」

私の言葉に憂夜さんが頷き、犬マンはさりげなく背後に視線を巡らせた。セルビデオショップの店頭でワゴンに並んだＤＶＤを吟味するふりで様子を窺っている。ＤＶＤは三本千円。ＡＶと極道もののビデオ映画ばかりだが、お宝も交じっているらしく、塩谷さんとジョン太で奪い合いになっている。

「豆柴が言ってたフェイスカードって会社のゲーセンも、近くにあるの？」

「この先に一軒あります。行ってみましょう」

伏し目がちに、しかし隙のない身のこなしで人混みをすり抜ける憂夜さんに続き、私たちも通りを進んだ。

大きくはないが、ガラス張りのまだ新しいビルの一、二階。パチンコ店にも似た、派手で大きな看板。プリクラやクレーンゲームなど、並ぶゲーム機は違うが、けばけばしい配色のビニールタイルの床と濁った空気、大音量で流れる音楽は私が出入りしていた時代と変わりがない。夕暮れが近づき、プラスチックのキャリングケースを提げた大学生や制服姿の高校生で店内は賑わっている。

「なんだこれ」

足を止め、犬マンが笑った。傍《かたわ》らのクレーンゲーム機を覗き込んでいる。歩み寄り、私もゲーム機のガラスに顔を近づけた。キャラクターものの文房具やフィギュアが入った紙箱が並べられ、手前に直径五センチほどのプラスチックのリングが山盛りになっている。クレーンでリングをつかみ、お目当ての箱に引っかければもらえるらしい。夜店の輪投げに似たシンプルなシステムだが、どこか変なのだろうか。

「リングをつかみやすくするために、クレーンのアームを替えています。こういうゲーム機は改造したり、本来の目的と違う使い方をしちゃいけないんです。それに、隣のゲーム機も怪しい。アームのサイズに対して、入っているぬいぐるみが大きすぎるし、形も複雑。取れない景品を入れるのも違法です」

「よく知ってるわね」

「ナンパ師時代に渋谷中のゲーセンに行き倒しましたから。ぬいぐるみだの雑貨だのを取ってやると、女の子はすごく喜ぶんですよ。たった二百円で、男っぷりを上げる方法です」

「なるほど」

聞きようによっては鼻につくエピソードだが、相手が犬マンだとそういうものかと納得してしまう。

「晶さん、ちょっと。あっちにすげえのがあるんすよ」

半笑いのジョン太に腕を引かれ、奥に進んだ。突き当たりの壁の前に、一際大きなクレーンゲーム機があった。機械の上には、ハローキティのイラストが描かれたポスターが貼られ、『新登場！』とある。

「中をよく見て下さい」

囁かれ、ガラスケースの中に積み上げられたぬいぐるみに目を向けた。白い顔と赤いリボン、黒く小さな目。見慣れたハローキティだ。しかし、何かおかしい。ないはずの口がある。しかも、形は「×」。うさぎの人気キャラクター、ミッフィーだ。

「何これ」

「バリバリパチものっすよ。笑っちゃいますよね」

「笑いごとじゃないでしょ。確かこういうのって、偽物と知ってて買うとその人も罪に問われて」

言いながらゲーム機の前に立つ人に目を向ける。塩谷さんだ。小さな目を爛々《らんらん》と輝かせ、クレーンのハンドルを操作している。大方、これもキャバクラで配るつもりだろう。

呆れかえり、私は出口に向かった。後を追って、憂夜さんが話しかけてきた。

「一つ一つは些細なことですが、長期にわたれば大きな利益を生みます。フェイスカードは他にもいくつか店を出していて、そこでは風営法で小売価格八百円以内と定められているのに、高価なブランドグッズなどを景品にしたり、客に高額なコインを購入させ、勝てないように細工したゲームをやらせるなどしているそうです。しかも被害者は子どもや若者です」

「ひどいわね。カジノバーっていうのはどこにあるの」

「このあたりのビルやマンションです。しかし柴田さんもおっしゃっていたように、会員制のバーやクラブを装い、警備は厳重。足がつかないように場所も頻繁に変えます」

「そのうえ警察からも情報を流させるなんて、水も漏らさぬっていうか、狡猾ね」

ふいに、行く手を阻まれた。男が三人立っている。左端に小柄で体格のいい若い男、真ん中に中肉中背の中年男、右端に長身細身の若い男。見事な右上がりで、ドレミの音符のようだ。三人ともスーツは地味だが、肌の焼き具合やネクタイ、アクセサリーの派手さは明らかにカタギではない。素早く、憂夜さんが進み出た。

「黒沼か。そろそろ現れる頃だと思っていた」

「club indigo のマネージャーの憂夜さんですね。そっちがオーナーの塩谷さんと高原さん。お二人は出版関係のお仕事もなさってるとか。後ろの若いのはホスト。ナンバーワンとナンバーツーがお揃いで」

真ん中、ドレミのレの男が言った。これが黒沼か。丸顔で垂れ目、一見人がよさそうだが眼差しはギラつき、カラーリングし、薄茶になった白髪頭がいかにも軽薄そうだ。

「さすがに仕事が早いな。いや、仕事をしたのは渋谷警察署の誰かさんか。それならそれで好都合だ。誰と手を組もうと勝手だが、柴田さんを巻き込むな」

「正義の味方気取りですか。でも、あんたらだって所詮は夜の世界の住人だ。叩けば埃も出るでしょう。ガサ入れをかける口実なんていくらでも作れるし、思わぬところからヤクだの裏帳簿だの出てくるのもよくある話です」

「見くびらないで。ベタな脅しに乗るぐらいなら、こんな仕事はなから受けちゃいないわよ」

黒沼の目を見据え、私は言い渡した。違法のゲーセンやカジノバーはもちろんだが、警察を利用するという行為が許せない。昭和のつっぱりの世界では、どんなに追い込まれても、共通の敵であるおまわりや教師の手は借りないというのがルールかつ美学だった。破った者は破門の上、「ハンパ者」として蔑まれる。

「よっ。さすが元本物。偏差値35、埼玉のアメリカンハイスクール出身」

「その心は、『生徒はヤンキーばっかり』」

ジョン太の悪ふざけに塩谷さんが乗り、黒沼の眼前に口が×のぬいぐるみを突きつけた。その手を振り払い、左端・ドレミのドの男が整えすぎの眉をつり上げてすごんだ。

「調子に乗るなよ」

「どっちが」

私が言い返し、憂夜さんはさらに一歩前進した。負けじと右端・ミの男も身構える。ゲーセンの店先に不穏な空気が漂い、出入りする若者と通行人たちが目を向けた。

ばたばたと足音がして、通りの奥から人影が飛び込んで来た。

「おい。何をやってるんだ」

夕陽を受け、額がテカる。早乙女だ。背後にはもう一人、スーツの男がいる。

「早乙女さんじゃないですか。高宮《たかみや》さんもご一緒で。いえ、なんでもありません。話題のホストクラブの方々にお目にかかれたので、ご挨拶をしただけです」

「向こうのお前の店を覗いてきたが、また違法行為をしているな。今すぐ営業許可を取り消してもいいんだぞ」

「えっ、本当ですか。それは申し訳ありません。何しろ、店舗数が多いので目が行き届かなくて。すぐに改めさせます」

高宮という男の言葉に、黒沼はわざとらしく慌てた顔をつくり、歩きだした。ドとミの男も続く。早乙女が私たちに向き直った。

「大丈夫ですか」

「お陰様で。ありがとうございます」

「生活安全課の高宮刑事です。こちらはclub indigoのみなさん」

早乙女が紹介する。高宮が私たちに目を向けた。礼は丁寧だが視線は鋭く、笑みもない。歳は四十過ぎだろうか。引き締まった体つきといい、熟練のやり手刑事といった風情だ。

「どうも。高宮です。……indigoって、ホストクラブでしたよね」

「この格好が気になります？　これはちょっとしたお遊びっていうか、そう、今日は月に一度のコスプレデーなんす。そちらが噂の刑事さん？　イケメンじゃないすか。俺、ジョン太。よろしくどうぞ」

　ノリと笑顔でごまかし、ジョン太が右手を差し出す。戸惑い気味に、早乙女はその手を握り返した。

「このあたりは物騒ですから、気をつけて帰って下さいね」

「はい。ではまた」

　さりげなく早乙女に目配せし、私は歩きだした。


　午後十時過ぎ。オーナールームのドアが開き、ジョン太が入って来た。千鳥足で早乙女と肩を組み、ＤＪ本気、コックコート姿の久志も一緒だ。

　早乙女を引きずり、ジョン太はソファに座った。顔は赤らみ、目もとろんとしている。

「晶さん、提案っす。この人、早乙女さんだっけ？　うちで働いてもらいましょう」

「何よ、いきなり」

「外で客の見送りをしてたら、早乙女さんが来たんです。女の子の一人が、早乙女さんが持ってた袋に反応して」

　ＤＪ本気の説明を受け、早乙女は提げていた紙袋をテーブルに載せた。

「〈タルトキングダム〉のフルーツタルトです。お茶請けにどうぞ」

「嬉しい。これ、テレビで見たわ。季節ごとに、旬のフルーツだけを使うタルト専門店なんでしょ」

　目を輝かせ、袋を抱えたのはなぎさママだ。ママの店も忙しい時間帯のはずだが、ホストの誰かから、早乙女が店に来ると聞いたらしく、「その後どうなったか心配で」と押しかけてきた。これが狙いか。

「はい。本店はニューヨークで、日本の一号店が自由《じゆう》が丘《おか》にオープンしたばかりなんです。反応した女の子は留学経験があって、この店のファンだったそうで盛り上がってしまって」

「そうそう。他の子たちも一緒になって、『どのタルトが好き？』『僕は春のいちごムースかな』『あたしも〜』『あたしは秋のマロンヨーグルト』『あれもおいしいですね。店の関係者から聞いたんですけど、この春、北海道の棚畑《たなばたけ》牧場のキャラメルを使ったチェリータルトが期間限定で発売されるらしいですよ』『うっそ〜。超食べた〜い』って、大盛り上がり」

「女の子たちのケー番とメアドまでゲットしてるし。犬マンも真っ青の早業ですよ」

ジョン太たちに暴露され、早乙女は慌てて首を横に振った。

「違います。あれはタルトの発売期間がわかったら教えて欲しいと頼まれたからで」

「またまたぁ。てか、絶対素質あるよ。うちの店は、特技でも好きなもんでもなんか一個ありゃいいの。その点、早乙女さんはばっちりキャラ立ってるし、イケメンだし。いっそ、副業でやれば？『スイーツ刑事《デカ》、見参！　食べた後は歯磨きしないと逮捕しちゃうぞ。バキュ〜ン』、なんつって」

指を立て、腕も突き出して射撃のポーズを作り、ジョン太がおどける。

「勘弁して下さいよ。副業なんてとんでもない。刑事は僕の天職なんです」

「あら、言うじゃない。どういうこと？　聞かせなさいよ」

タルトの箱を開けながら、ママが訊ねた。中には、紙のカップに入った小さなタルトが並んでいる。

「おいしいものをおいしいと感じられるのって、平和だからこそと思うんです。それを脅《おびや》かすやつは許せない。それに事件が解決した後に食べるケーキやチョコレートって、格段に旨いんです。だからやめられないっていうのが、正直なところかな」

照れ笑いを浮かべる早乙女の背中を、ジョン太がばしんと叩いた。

「わかるよ。俺もすげえヘコんで店に来た子がいると、帰るまでに絶対笑顔にしてやろうと思うから。で、上手くいったら帰りに自腹で焼き肉食うの。特上カルビ」

「自分にご褒美ってやつ？　確かにあるよな、そういうの」

「はい。ささやかだけど、すごく大事なことですよね」

自分にご褒美って、きみらはＯＬか？　心中で突っ込んだが、早乙女はホストたちと肩を叩き合い、握手まで交わしている。

刑事とホスト。対極、場合によっては天敵ともいえる間柄だが、スキルとプライドを持って人と接し、話を聞いたり聞かせたりという意味では通じるものがあるのだろうか。なぎさママまでが、「いいわあ。すごくいいわあ」と身もだえしている。

「約束のブツはどうした。シブたんグッズを寄こせ」

オーナーデスクからの無愛想な声に、場がぴたりと静まる。早乙女はバッグを開け、携帯ストラップとキーホルダーをテーブルに出した。どちらも忠犬ハチ公をベースにしたと思われる、あまりかわいいとはいえない犬のキャラクター人形が取り付けられている。

「いかがでしょう。どちらも過去のイベントなどで配ったレアものです」

テーブルの上を一瞥《いちべつ》し、塩谷さんは鼻を鳴らした。ポケットから携帯電話を出し、メールを打ち始める。手に入れた品をエサに、お目当てのキャバ嬢を誘っているに違いない。

ソファの後ろから、久志が身を乗り出した。

「バナナケーキはどうですか」

「すみません。そっちはまだ。もう少し時間を下さい。その代わり、この間試食させてもらったスイーツの感想をまとめてきました。ドーナツの方は、焼く前にワンアイテム加えるといいかも知れない」

「ありがとうございます」

差し出された書類の束を、久志は嬉々として受け取った。ちゃっかり早乙女にも、メニューのアドバイスを頼んでいたらしい。

お盆を抱えた憂夜さんが進み出て、私たちの前にティーカップを並べた。ポットから注がれるのは、香りからして今夜もハーブティーのようだ。

「あの、よければ砂糖を」

「まずはお飲み下さい」

憂夜さんに艶然《えんぜん》と微笑まれ、早乙女は湯気の立つカップを取った。一口すすり、顔を上げる。

「甘い。先に砂糖を入れて下さったんですか」

「いえ。糖分の分解を促進する作用のあるハーブをブレンドし、ステビアを加えてみました。ステビアもハーブの一種ですが、砂糖の二百倍の甘さがありながらノンカロリー。無論手作り。無農薬・有機栽培です」

みんながどよめき、憂夜さんは満足げに踵《きびす》を返し、足音を立てずに下がった。目指すところはわからないが、スキルとプライドで職務に励むという意味ではこの人も早乙女たちと同じだ。

ホストたちと久志が仕事に戻り、ようやく本題に入った。今日一日の出来事を早乙女に報告し、豆柴にも電話で伝える。

「そうか。黒沼のやつ、もう脅しをかけてきやがったか」

「柴田さん、残念ですが、署の誰かが黒沼とつながっているのは間違いなさそうですね」

テーブルに置かれたコードレス電話の子機に向かい、早乙女は語りかけた。子機はスピーカー機能をオンにしてある。

「ああ。だが、信じられねえ」

「一つ訊いていい？　高宮さんて、どんな人？」

「僕と同じで、最近渋谷警察署に赴任してきました。叩き上げのやり手で、大きな事件をいくつも解決しているそうです。迫力ありますけど、親切で面倒見のいい人ですよ。几帳面なところもあって、風俗店の営業許可の審査を担当しています」

「審査？　ふうん」

「何が『ふうん』だ。まさかお前、あいつを疑ってるのか？　バカバカしい。高宮とは、むかし別の署でコンビを組んでた。刑事としての心得とか矜持《きょうじ》とか、全部俺が教えてやったんだ」

「何よ、偉そうに。言われてみれば、目つきの悪いところとか誰かさんにそっくり」

私がわめき、憂夜さんは眉を寄せた。

「まあまあ。しかし柴田さん、黒沼が高宮さんに目を付けるというのはあり得る話ですよ。店を出すのも閉めるのも、高宮さんのご意向一つですから」

「そりゃそうだが、あいつに限っては絶対にない。潔癖すぎるほど潔癖なやつで、署に出入りしてた弁当業者のおばちゃんがくれたバレンタインのチョコレートを、礼状つきで送り返したほどだ。そのくせ大の愛妻家で、結婚記念日や嫁の誕生日には休暇を取るし、取れない時も必ず花束を送る。それに、嫁の夕子《ゆうこ》さんは売れっ子のアクセサリーデザイナーで、何年か前には自宅を工房に改築して教室も始めた。オープンの時に招待されて見せてもらったが、立派な工房で生徒も大勢いると聞いたぞ。危険を冒してまでチンピラと手を組んで、小銭を稼ぐ必要なんかねえよ」

「あら、意外。あんたって、職場の人間とはプライベートなつき合いはしないタイプだと思ってたわ」

タルトを頬ばりながら、ママが首をかしげた。

「仕方がねえだろ。高宮たちが結婚する時、俺が仲人《なこうど》をやったんだ」

「仲人!?」

私とママが同時に叫び、オーナーデスクで居眠りをしていた塩谷さんがびくりと肩を揺らした。

「あんた、結婚してたの？　いつの間に？　相手はだれ？」

「まさか。部屋も見たし、違うわよ。きっと、独身でも仲人ができる宗派があるのよ」

「いえ。柴田さんはバツイチらしいですよ。もう退職したけど、奥さんも元渋谷警察署の刑事で
相当な腕利きだったとか」

早乙女の説明に、ママは目を輝かせた。

「夫婦刑事《めおとデカ》ってこと？　すごいじゃない。二時間ドラマにそういうのなかったっけ」

「大きなお世話だ。とにかく、高宮が俺を陥れるなんてことは金輪際あり得ねえ。そもそも、赴
任して間もない刑事に取り入るほど、黒沼もバカじゃねえよ。事が明るみに出るとまずいのは、
あいつらも同じだ。時間をかけて、ターゲットの人柄やら経歴やら懐具合やらを調べて、こいつ
はいけると確信してから近づくもんだ」

「まあね。それは一理あるけど」

「一理あるだと？　生意気な口を利くな。この男勝りが」

「出た。男勝り」

ママが声を上げ、塩谷さんは顔にかぶせたスポーツ新聞の下でひひひと笑った。二人を睨みつけ、私は子機をつかんだ。

「セクハラだって何度言えばわかるのよ。その調子で、署の婦警さんにも嫌われまくってたんでしょう。きっと今ごろ、その辺の居酒屋で『豆柴の失脚を祝う会』とかいう酒宴が催されて」

「引き続き、捜査を進めて報告しろ。それから早乙女、そいつらに余計なことをぺらぺら喋るんじゃねえぞ」

勝手に話をまとめ、豆柴は電話を切った。


携帯電話の液晶画面と、通りの向こうに建つ家を交互に眺めた。どちらも淡い黄色の塗り壁に、黒いスレートの三角屋根の二階家だ。

後ろから現れたアフロ頭に、視界を遮られた。

「間違いないっすね。ここだ」

「写真で見るより小さいな。でも、腐っても世田谷区。しかも駒沢大学駅《こまざわだいがく》から徒歩五分。一億、いや、一億五千万はするな。どっちみち、ノンキャリアの刑事の給料で買える物件じゃない。やっぱ怪しいですよ、晶さん」

「まあね」

ジョン太の頭を押しのけ、ＤＪ本気に相づちを打つ。隣で、小さく笑う気配があった。手塚くんだ。

「なんだよ」

「すみません。でも、僕に言わせればこれぐらい当然です。高宮夕子といえば、ファッションやアクセサリーにちょっとうるさい連中の間では有名なデザイナーですよ。五年ほど前、主婦業の傍ら趣味で通っていた彫金教室で才能を見いだされ、いくつかのセレクトショップに作品を置いてもらったところ大ブレイク。価格はリングが三万円からと安くはありませんが、入荷するそばから売り切れてしまうそうです」

説明し、眼鏡のブリッジを押し上げて前髪もかき上げる。細身のパンツにプレスされたシャツ、ジャケットとスタイリングは好青年風だが、目線は上からだ。

否定はされたがどうしても気になり、高宮の自宅にやって来た。渋る豆柴から住所を聞き出し、写真もメールさせた。表の仕事で参加できない塩谷さんの代わりに、手塚くんを招集した。彼のアクセサリーに関する知識と人脈は、去年店でスタッフグッズの数珠を作った際に大いに発揮された。

「なんだよ、偉そうに。俺らだって、ファッションやアクセサリーにはちょっとどころか相当うるさいぞ」

「そうだそうだ」

早速ジョン太たちも騒いだが、説得力は皆無。とくにDJ本気は、昨夜「怪しまれないように、ちゃんとした格好で来て」と命じたところ、何を勘違いしたのかオールインワンの襟にネクタイをしめてきた。しかも、蛍光ピンクに黄緑の横縞だ。

三人を促して歩き始めた。通りを横ぎりながら携帯を弄《いじ》り、別の写真を呼び出す。この家の居間だろうか。布張りのしゃれたソファに豆柴と、幼稚園ぐらいの男の子を抱いた三十代前半の女が座っている。ふっくらした頬と、大きな目が印象的な美人だ。隣の豆柴はビールのグラスを手に、ポロシャツ姿。せり出した腹はきつそうで、アルコールで赤黒くなった顔も気持ちが悪いが、満面の笑みだ。さらに一枚呼び出すと、工房で製作体験をしたのか、豆柴はポロシャツの上に胸当てエプロンをしめ、夕子と顔を寄せ合って手にしたネクタイピンらしきものをかざしている。こちらも、はじけんばかりの笑顔。思えば、仏頂面以外の豆柴を見るのは初めてだ。

門の奥の玄関とは別に、脇に小さなドアがある。駐車場と庭を潰して増築したらしい、小さな建物。ドアの脇には『高宮夕子アクセサリー工房』と彫られたアルミの看板も取り付けられている。建物の後ろで高さ五メートルほどの桜の木が花をつけ、屋根と歩道にピンクの花びらを散らしている。

ノックするとややあってドアが開き、夕子が顔を出した。長い髪を後ろで一つに束ね、カットソーの上に胸当てのエプロンをしめている。

「こんにちは。今朝お電話させていただいた者です」

「見学の方ですね。お待ちしてました。どうぞ」

笑顔で促され、室内に進んだ。突き当たりの窓の前に小さなキッチン、壁に木槌や糸鋸、ペンチなどをぶら下げたボードが取り付けられ、下にはピンセットややすり、砥石や薬剤のボトルなどを収めた木製の棚がある。中央には棚と同じ木で作られた横長の大きな机が置かれ、電気スタンドで照らされたそれぞれのスペースで、揃いのエプロンをつけた人々が木製の土台に載せた銀のキーホルダーらしきものを木槌で叩いたり、バングルにやすりをかけたりしている。反対の壁際のステンレス台は上にレンガが敷きつめられ、その前でバーナーの火で地金と思しき細い銀のプレートを加熱している人もいた。中年の女に交じり、若い男の姿もある。

「みなさん、楽しそうですね」

「ええ。主婦の方から、プロを目指す方まで様々です。初心者でも、二時間ちょっとあればシンプルなシルバーリングが作れますよ」

柔らかく、落ち着いた口調だ。数人の生徒が手を止め、笑顔で私たちに頭を下げた。

「ああ。なんか、歯が痛くなってきたかも」

ジョン太が呟く。壁際の棚の前に立ち、手のひらで頬を押さえている。

「何よ、突然」

「これ、歯医者にあるのと似てません？　俺、抜けって言われたままバックレてる親知らずがあるんすよね」

顎で指した先には、蓋の開いた木箱。中には小さな穴が等間隔で空いた板があり、そこに先端の形状が異なる細く短い金属棒が収められていた。地金を削ったり、研磨したりする時に使うのだろう。他にも、棚やボードには見慣れない工具や機械が並べられている。

「よく見ると面白いわね。このハンドルがついてるのは、ひき肉をつくる機械に似てる。あっちのペンチみたいのは、シオマネキングのはさみみたい」

「シオマネキング？　なんすかそれ」

『仮面ライダー』に出てくるカニの怪人」

「古い、てかマイナーすぎっすよ。せめてバルタン星人ぐらい言ってくれないと」

「違います。バルタン星人は怪人ではなく、宇宙人です」

DJ本気も加わり三人で騒ぐ。後ろで、夕子がくすりと笑った。

「私もはじめは戸惑いました。ごつい工具ばかりですものね。でも、コツさえつかめばすぐに使いこなせますよ」

「すみません。こちらは高宮さんの新作ですか？」

手塚くんの声に振り向いた。出入口近くの机にかがみ込んでいる。歩み寄ると、様々な工具が散らばった机上の中央に大きなペンダントトップが置かれていた。左右非対称なハートのようだが、よく見ると大小二つの鳥の羽根を合わせたもので、小さな羽根の外側の縁には乳白色の石の粒が、大きな羽根の縁には黒い石の粒が縦並びにはめ込まれている。モチーフは男女のカップルだろうか。

「ええ」

「素晴らしい。高宮さんの作品の魅力は凝ったディテールと、強いメッセージ性ですよね。でも、ラインはシンプルなので性別や年齢、合わせるアイテムも問わない。デビュー以来の大ファンなので、お目にかかれて嬉しいです。これはどこの店に卸《おろ》すんですか？　予約して買います」

一方的に捲《まく》し立て、握手を求める手塚くんにややうろたえ気味の夕子が答える。

「ありがとうございます。でも、これは非売品なんです。実は海外のあるファッションデザイナーの方が、秋のパリコレクションで使いたいと言って下さって」

「パリコレ!?　すげえ。世界デビューじゃないすか」

ジョン太が目をむき、DJ本気は口笛を吹く。なぜか自慢げに、手塚くんが顎を上げた。

不景気とはいえ、パリコレともなれば桁違いの報酬が入るだろうし、プロモーション効果も絶大だ。机の奥の壁には過去の作品と思われる写真と雑誌の切り抜きが貼られている。確かに、どれも素朴だが存在感があった。掃除と手入れの行き届いた家や工房の和気《わき》藹々《あいあい》とした空気といい、豆柴の言う通り金に困っていたり、後ろめたいものを抱えているような気配は感じられない。

「ええ。でも作業が遅れ気味で、昨日もデザイナーさんからメールではっぱをかけられちゃいました。ばたばたしてしまって、ダメですね、本当に」

恥ずかしげに目を伏せ、後れ毛を耳の後ろにかけた。短く切り揃えた爪の回りは黒い汚れがこびりつき、手の甲にもところどころ銀粉が飛んでいる。忙しさのせいか、さっき見た写真に比べ頬はこけ、目も落ちくぼんで見えた。

「工房はもちろんですけど、お宅もすごく素敵ですね。桜がきれい」

「この家を建てた時に、主人が植えたんです。毛虫はつくし、花びらの掃除も大変なので工房を建てた時に抜こうかって話も出たんですけど、主人が『この木もうちの子だ』って言い張って。ああいうのも親バカっていうのかしら」

のろけるでも呆れるでもない、自然な笑顔。余裕と自信も感じられるのは、独り者の引け目か。

しばらく当り障りのない質問と世間話をした後、私は夕子に一礼した。

「お忙しいところ、ありがとうございました。とても楽しかったです」

「今度は是非体験コースに参加なさって下さい。ところでみなさんは、どういうお知り合いなんですか?」

改めて、夕子は歳も見た目もばらばらな私たちを眺めた。

「職場の仲間です。渋谷にある会社なんですけど、みんなで一緒に何かを習おうということになって」

「そうだったんですか。渋谷なら、私も週に一度講座を持っています。西口の東都アカデミーです」

「バスターミナルの前の、老舗《しにせ》のカルチャースクールですよね。職場の近くだわ」

「今週も、金曜日の午後に授業があります。よければいらして下さい」

そう言ってカルチャースクールのパンフレットも手渡されたが、押しつけがましさは感じられない。夕子は工房を出た私たちが通りを渡り、角を曲がるまで手を振って見送ってくれた。

3

一階のロビーで待つこと五分。早乙女が現れた。

「どうしたんですか。まずいですよ」

眉を寄せ、大きな目で周囲を窺う。しかし、口の中ではキャンディーらしきものを転がしている。その肩を、なぎさママがなれなれしく叩いた。

「あら、早乙女ちゃん。今日のスーツはストライプ？　すてき。レモンイエローのネクタイも春らしくていいわあ」

「ごめんなさい。ママがどうしても行くって聞かなくて」

私も声を落とし、左右を見た。受付カウンターに座る婦警と、何かの手続きに来たらしい人が数名、唖然とママを眺めている。ニットにパンツと格好はラフだが、美容院帰りらしく髪のカールとボリュームはいつもに増して大きく、ヘアスプレーの香りも漂う。腕には愛犬・四十三万円ことまりん。舌を出し、荒く息をしている。

「何かあったんですか」

「何もないから来たのよ。さっき様子を窺いにindigoに寄ったら、かれこれ一週間も経つのになんの進展もないっていうじゃない。あたし、呆れちゃって」

　鋭角的に描かれた眉を寄せ、ため息をつく。

　高宮の家を訪ねた後も、私は豆柴と早乙女から話を聞き、天木の足取りを追い、黒沼の動向も窺ったがこれといった収穫は得られなかった。一方ホストたちも、ネットワークを駆使してゲームセンターやパチンコ店などの関係者に探りを入れたが、皆一様に口が重い。黒沼と東龍会が裏で手を回しているのは明白だ。

　さらにワントーン声を落とし、私は訊ねた。

「その後、署内で動きはありましたか」

「とくには。上層部が柴田さんの身辺調査を進めていますが、厳戒態勢がしかれていて情報らしい情報は入ってきません」

「そこであたしの出番よ。早乙女ちゃんにはバナナケーキだのフルーツタルトだのさんざんごちそうになったし、一肌脱ぐわ」

「というと？」

「どいつが裏切り者の悪党かわかりゃいいんでしょ。生活安全課に乗り込んで、あたしが目星をつけてあげる。伊達に三十年も水商売やってないわよ。人を見る目には自信があるの」

　大いばりのママを、四十三万円が頼もしげに見上げ、尻尾も振る。

「そんな無茶な」

「いいじゃない。口実なんて適当にでっち上げなさいよ。そうそう。ちょうどうちの店の上にカラオケボックスが入って、防音工事をちゃんとしてないのか、音漏れがひどくて迷惑してたの。その苦情ってことで。決まりね」

「ちょっと待って下さい。苦情はともかく、犬は困ります」

「犬じゃないわよ。まりん。自分こそ、仕事中に何をもごもごやってるのよ」

「食べます？　ちょうど三時のおやつタイムで。同期の友達が、イタリア旅行のみやげにくれたんです」

ジャケットのポケットから何かをつかみ出す。カラフルなセロファン紙に包まれたキャンディー。大粒で、一つ二センチ以上ありそうだ。ママは嬉しそうに一つを取り、私は呆れて首を横に振った。

「射撃の名手って聞いたけど、そんなに甘い物ばかり食べて大丈夫？　肥満とか糖尿病とか競技にも響くんじゃないの」

「ご心配なく。食べたぶんはちゃんと捜査やトレーニングで消費してます」

「そうそう。刑事って重労働だもんね。『現場百回』とか言うじゃない。靴がすぐにダメになるから、手当が支給されるって本当？」

言いたいことだけ言い、ママは歩き始めた。

仕方なく、二階に向かった。だだっ広い部屋にスチールの事務机が、いくつかのグループに分かれて並んでいる。壁の上方には犯罪検挙に対する表彰状が額装され、ずらりと飾られていた。しかし電話をかけたり、パソコンに向かったりしている男が数名いるだけで閑散としている。

「あら残念。みなさんお出かけかしら」

室内を眺め、ママは言った。早乙女は私たちを、出入口近くのパーティションに囲まれたスペースに案内した。中にはテーブルと椅子がいくつか。indigo が巻き込まれた事件絡みで前にも数回ここに通され、豆柴とやりあっている。

「みんな捜査に出ているんです。気が済んだでしょう。僕もこれから会議なんですよ」

早乙女が黒々とした眉を寄せて息をつく。タイミングよく、ドアから男が五、六人入って来た。高宮の他、見覚えのある顔がいくつかある。生活安全課の刑事たちだ。年齢はまちまちで、服装もスーツの他、ブルゾンにスラックス、ジーンズと統一感はない。

私たちに気づき、高宮が近づいて来た。

「どうした、早乙女」

「いや。こちらが音漏れの被害に遭われているとかで」

「どうも。なぎさです。おたくが高宮さん？　お噂はかねがね。いずれうちの店にもいらして。お待ちしてるわ」

科《しな》と裏声を駆使してママが迫り、まりんもきゅうきゅうと甘え声を出して見上げる。とまどったように会釈を返し、高宮はフロア中央の生活安全課の机に向かった。その後ろ姿を、ママが眺める。

「ふうん。確かにあれはやり手ね。裏の裏を読むような目つき。隙のない身のこなし……あらでも」

「どうかしたの」

私が訊ね、早乙女も身を乗り出す。

「細身のくせして、お尻だけデカくない？　タレてないし形もいいし、ひょっとして野球経験者？　でもってピッチャー？　強そうな腰といい、絶対そうよ」

「何それ。勘弁してよ」

「期待して損した。でも、当たってますよ。高宮さんは中学から大学まで、野球部でピッチャーをやっていたそうです」

たちまち脱力し、私は早乙女と一緒に肩を落とした。しかしママは、上機嫌で続けた。

「やっぱり。他の連中はそうね……なんかパッとしないわ。ちょっとドスの利く公務員て感じ。振り幅が少ないっていうか、汚職とかやらない代わりに、大手柄も挙げなそう」

「言いたい放題じゃないですか」

「待って。いま来たあいつは誰？　ヤバいわよ。人相悪いし、髪の毛どころか眉毛までないじゃない」

真紅のマニキュアで飾られた手で早乙女の腕をつかみ、前方の光景に見入る。部屋の奥から来た中年男が、高宮と話している。いびつな頭を剃り上げ、着ているものもショート丈のブルゾンとヒップポケットにエンブレムのワッペンがついた黒いスラックスと、確かにその筋風だ。

「あの人は強行犯係の刑事です。相手が相手なんで、格好もどうしてもそれっぽくなっちゃうんですよ。ていうか、さっきから見たまんまを言ってるだけですよね」

うんざりしたように説明し、鋭い突っ込みを入れる。携帯電話が鳴り、早乙女はパーティションを出た。

少しでも期待した自分が恨めしい。ママをせかし、帰り支度をしているとパーティションの中に初老の女が入って来た。開襟シャツにズボンの制服。清掃員だろう。机の脇のゴミ箱を取り、キャスターつきのカートにセットされたゴミ袋に中身を空ける。

「ご苦労様」

四十三万円の背中をなで、ママは女に微笑みかけた。

「どうも」

くぐもった鼻声で、女が返す。顔には大きなマスクをはめている。

「花粉症？　今がピークですってね。つらいでしょう」

「そうなのよ。今年から急に。年寄りはならないって聞いてたんだけどね」

マスクをずり下げ、女が話に乗ってきた。でっぷりと太り、手首にはめた輪ゴムがハムに巻かれたたこ糸のように皮膚に食い込んでいる。

「それだけ若いってことよ。体はまだ四十代、ううん。二十代かもよ。成人式は来年？　再来年かしら」

「何をバカなこと言って」

がははと、二人で声を揃えて笑う。おばさん丸出しのやり取りの意図が見えず、黙っているとママは話題を変えた。

「なんか物々しいと思ったら、生活安全課で一騒動あったみたいね。あたしたちお店をやってて、柴田さんにはお世話になってたからびっくりよ」

「そうなの？　よく知らないけど」

本当に知らなそうな様子だが、ママはさらに親しげに語りかけた。

「いろいろあったんでしょうけどね。でもあの人、根は悪くないと思うのよ」

「そうそう。いい人よ。顔を合わせると必ず、『ご苦労さん』『お疲れ』って声をかけてくれるし。今どきそんな人、珍しいんだから」

「わかるわ。最近の若い子って、挨拶しないものね。一言あるかないかで、気持ちが全然違うのに。あら、お仕事の邪魔をしてごめんなさい。お大事にね」

女が立ち去ると同時に、ママはにんまりと笑った。

「なるほどね」

「何がなるほど？　今の会話に何か意味があるの」

「バカね。大ありよ。ああいう、みんなが目を留めない、日常生活に溶け込んでるような人ほど大事なことを教えてくれるもんなの。二時間ドラマのセオリーじゃない」

「そうかなあ……ひょっとしてママって、二時間ドラママニア？」

　私は首をひねったが、ママはさっさと部屋を出て、署内をうろついては明らかに事件とは関係のなさそうな人をつかまえ、話を聞いた。案の定手がかりは皆無だったが、出前に来たそば屋の店員は「署内のいろんな部署に来てるけど、生活安全課が一番食器を綺麗に使ってくれる。柴田さんのしつけらしくて、一度手抜きをした若い刑事を叱り飛ばし、丼を洗い直させているのを見た」と語り、受付の婦警は、「無愛想で怖いけど、新人に対しても本庁のお偉いさんに対しても同じ。そこには男気を感じる」と証言した。


「悔しいけど、見る目変わっちゃうかも」

　一階に戻り、ロビーを横ぎりながらママは言った。

「ママって、『ちょっといい話』みたいなのに弱い人？　この間『死刑になっちゃえばいいのよ』って言ったばかりじゃない。元のイメージが悪すぎるから、些細なことでもよく思えるだけよ」

「そりゃそうだけどさ。とにかく、不器用な男なのよ。信念も哲学もあるんだけど、やることが極端で思い込みも激しいから、周りはいい迷惑だし敵もできる……なんか、晶ちゃんと似てるかも」

「冗談じゃないわよ！　ママこそ思い込みで適当なこと言わないでよね。よりによって、あんなセクハラオヤジなんかと」

　反応して四十三万円がうなりだし、私も負けじとガンを飛ばした。自動ドアから外に出て、明治通りを恵比寿方面に進む。横断歩道で信号待ちをしている途中、ふと傍らの路地に佇む人影に目が向く。ぎょっとして、私はママの背後に隠れた。

「何よ。どうしたの」

「そこの二人」

「高宮さんじゃない。てことは、隣は噂の奥さん？　やだ。高宮さんてば面食い」

「何をしに来たのかしら」

「決まってるでしょ。着替えを届けに来たのよ。忙しくて何日も家に帰ってないのね。刑事ドラマではお馴染みのシーンだわ。それらしい紙袋も持ってるし」

「そうか。今日は金曜日だわ。東都アカデミーで講義をしたついでに寄ったのかも」

　恐る恐る、ママの肩越しに覗いた。高宮はスーツ姿、夕子はワンピースにジャケットを着て肩に大きなトートバッグを提げている。彫金の道具が入っているのか、膨らんで重そうだ。夕子は工房では束ねていた髪を下ろし、化粧も濃い。しかし、一段とやつれ目もくぼんだように思えた。笑顔もなく、高宮を見上げて話している。高宮も深刻そうに頷いたり、夕子の肩を叩いたりしていた。

「夫婦ゲンカかしら」

「きっとあれよ、『危ないことはしないで』『今さらなんだ。刑事の女房だろ』みたいな。そうでなくとも、仲人があんなことになっちゃ気が気じゃないだろうし」

「そうかなあ。ねえ、さりげなく立ち聞きしてきてよ」

逞《たくま》しい背中を叩き、私はけしかけた。気配を察知したかのように、高宮は夕子の肩を抱いて路地の奥へと歩いていった。

indigoに戻り、一部始終を憂夜さんに報告しようとオーナールームに向かった。ロッカールームのドアが開き、廊下にジョン太とＤＪ本気が出てきた。

「晶さん、待ってたんすよ。俺らゆうべ、ヤバいものを見ちゃって」

「ヤバいものって？」

「アフターで犬マンたちも一緒に、道玄坂のクラブに行ったんすよ。フェイスカードのオフィスが入ってるビルの近くだったんで一応注意して見てたら、意外な人にばったり」

「だれ？　まさか天木？」

「残念。正解は、早乙女さんです」

クイズ番組の司会者の物まねと思しき、芝居がかったはきはきした口調でＤＪ本気が答える。

「どこが意外なのよ。仕事中だったんでしょ」

「でも、様子が変なんすよ。妙にこそこそ人目を忍ぶ感じで。声をかけたら、すげえびびって訳のわかんねえこと言って逃げちゃうし」

「バカね。守秘義務があるんだから、ペラペラ話せないのよ。それに、暗がりで突然あんたたちに声をかけられたら、誰だってびびるって」

ママが呆れ、四十三万円の前脚をつかんでジョン太の腕に突っ込みを入れる。ジョン太は巨大アフロのあちこちに、キャンディーや煙草、自分の名刺などを挿している。この間、「すげえ接客テクニックを思いついたんすよ」と自慢していたのは、このことか。一方のＤＪ本気は、ナイロン製でスタンドカラーのオールインワン姿。肩と胸にはワッペンがたくさん縫い付けられ、カーレーサーのレーシングスーツにそっくりだ。

「けど、明らかに後ろめたいことがある感じでしたよ。それに、依頼者が実は犯人ていうのもありがちなパターンだし」

ドアからひょいと顔を出し、犬マンが言った。その肩越しに、仕事を前にテンションを上げたホストたちの笑い声やお喋りが漏れ流れてくる。

「まさか。それこそ訳わかんないし。自分で自分を追い込むようなことして、なんの意味があるのよ」

「追い込むと見せかけて、実はこっちが犯人の思惑通りに動かされてるとしたら？」

「そういうのを邪推っていうの。最近犬マンは事件慣れして、妙に懐疑的っていうか若々しさに欠けるっていうか。責任は感じるけど、どうかと思うわよ」

説教を始めたとたん、映画『ポリス・ストーリー／香港国際警察』のテーマ曲の着メロが流れた。

「もしもし」

「早乙女です」

「ちょうどよかったわ。確認したいことがあるの。うちのホストが、しょうもない勘ぐりをしていて――」

「まずいことになりました。さっき天木保から電話があって、『捜査情報横流しの報酬として、先月柴田に三百万円を支払った』と話したそうです」

「それ、本物の天木なの？　誰かがなりすましてるんじゃなく？」

「確認中ですが、金を振り込んだという他人名義の口座を調べたら同額の入金がありました。支払い日も合ってます。間もなく、署の人間が柴田さんに任意同行をかけるはずです」

早口の切羽詰まった声。外からかけているのか、車のクラクションとエンジン音が重なる。ホストたちと一緒に私の携帯に耳を寄せていたママが体を起こした。

「どこのどいつか知らないけど、とどめを刺しに来たわね。豆柴がどんなに否定しようと、家を引っかき回すと天井裏なりトイレタンクの中なりから、疑惑の通帳が出てきちゃうのよ。敵は身内にいるんだもの。やりたい放題よ」

「マジすか。万事休すってやつじゃないすか」

「晶さん。柴田さんの身を守れるような情報はありませんか。どんなに些細なものでもいいんです」

さらに早口になり、早乙女は言った。

「そう言われても」

「まずは現況を柴田さんに報告しましょう。私も塩谷オーナーに連絡します」

後ろで、甘いバリトンの声がした。憂夜さんだ。足音を立てない歩き方で接近し、一部始終を聞いていたのだ。私の返事を待たずに、ダブルスーツのポケットから携帯電話を出す。「また後で連絡する」と早乙女に告げて電話を切り、私は豆柴の番号を呼び出した。つながると、大急ぎでいきさつを説明した。しかし豆柴は慌てる様子もなく、鼻を鳴らした。

「そうきたか。みえみえの手を使いやがって」

「これからどうするの」

「金なんぞびた一文受け取った覚えはねえし、そんな口座も知らねえ。しかし、何を言ってもム

ダだろう。俺が消されて困るやつはいねえが、万々歳のやつはごまんといるんだ。お前らだって
そうだろう」
「そうよ。でも、それがなに？　やましいことがないなら、徹底的に闘いなさいよ。信用できて
腕の立つ弁護士を知らない？」
「うるせえ。弁護士なんかいらねえ。こうなったら、なるようになれだ」
「何その無理矢理な自然体。全然似合わないし、豆柴らしくないわよ」
「誰が豆柴だ」
豆柴が声を荒らげた。きんと耳鳴りがして私は携帯を耳から浮かせた。
「大きなお世話だ。放っておけ。素人が首を突っ込むなと何度言わせりゃ気が済むんだ。この男
勝りのいかず後家が」
私が絶句し、ママは噴き出した。ここぞとばかりに、四十三万円が尻尾を振る。
「いかず後家？　なんすかそれ」
「お笑い用語じゃないのか」
「いや。苔の仲間だろ。ミドリゴケ、ヒカリゴケ、イカズゴケ的な」
ホストたちの間の抜けたやり取りが私の神経を逆なでし、怒りをマックスまで押し上げる。塩
谷さんと会話を交わしながら、眼差しとジェスチャーでなだめ、抑えようとする憂夜さんを振り
きり、私は携帯を握り直した。
「言ってくれるじゃない。でもね、愚弄されればされるほど燃えるのが男勝りのいかず後家なの。
知らなかったでしょ？　残念でした。こうなったら意地でも真犯人をとっ捕まえて、そんな苔ど
ころかカビの生えた昭和のセクハラフレーズは二度と吐けないようにしてやる。覚悟しておきな

さいよ」

捲し立て、力任せに携帯を閉じた。振り向いた私を、みんなが怯え顔で見る。

「憂夜さん。渋谷警察署の連中が来る前に、豆柴を連れ出してどこかにかくまって。わめこうが怒鳴ろうが構うことはないから。ジョン太たちは、私について来て」

「えっ。でも、俺ら今夜は指名予約が入ってて」

「オーナー命令。行くわよ」

きっぱりと言い渡し、私は歩きだした。


明治通りで二手に分かれ、犬マンとアレックスは天木の自宅アパート、私とジョン太、DJ本気は天木の店に向かった。しかし、道玄坂小路の店は依然無人。間もなく犬マンからも、アパートも無人で周辺の店や駅などにも立ち寄った様子はないと報告があった。

「もう渋谷にはいないんじゃないすか。おまわりもうろうろしてるし」

「でも、天木はさっきこのあたりから渋谷警察署に電話をかけたんだろ。携帯の電波を確認したって、早乙女さんが言ってたじゃん」

「あいつの言うことなんか信用できねえよ。だって、俺らも警察もあれだけ捜したのに見つからなかったんだぜ。天木はどこか別の場所に隠れてるんだよ。タレ込みの電話一本かけるために、わざわざ戻って来るかな」

「他に目的があるんじゃない？　危険を冒してでも、渋谷に来なきゃならない何か」

顔を寄せ、私たちは囁き合った。天木の店にほど近い、道玄坂沿いのコンビニの雑誌コーナー。視線はガラスの向こう、坂を行き交う人々に向けられている。花冷えというのか、日が暮れたとたん急に気温が下がった。春物の服に身を包んだ若者が上着の前を合わせ、背中を丸めている。昭和のアニメ『新造人間キャシャーン』の主人公を彷彿とさせる、鼻の部分が尖った巨大なマスクをはめている人も多い。花粉症シーズンにはお馴染みの光景だ。

　コンビニの前を、スーツ姿の男が二人通り過ぎた。周囲に鋭い視線を走らせ、耳にはイヤホン。渋谷警察署の刑事だ。私たちは身を縮め、手にした雑誌で顔を隠した。

「で、これからどうするんすか」

「とにかく、警察より早く天木を捕まえなきゃ。絶対にこの近くにいるはずよ」

「天木って、黒沼の手先なんでしょう。フェイスカードのオフィスとかカジノバーとかに逃げ込んでる可能性はないですか」

　ガムをくちゃつかせ、ＤＪ本気は雑誌を眺めた。サーキットを疾走するＦ１マシンのグラビアだ。レーシングスーツ姿で手にはＦ１情報誌。本人にとっては、整合性に溢れたカムフラージュなのだろう。

「確かに。オフィスもカジノバーも道玄坂にあるのよね」

　コンビニを出て、フェイスカードのオフィスに向かった。ビルの部屋には明かりが灯り、見張りの警察車両も確認できたが、前庭の駐車場に車はない。

　早乙女に電話をかけると、渋谷警察署は大騒ぎになっていた。任意同行を求め刑事たちが豆柴の自宅を訪ねるも、もぬけの殻。また憂夜さんがいい仕事をしてくれたようだ。「必ず真犯人を捕まえるから、今夜一晩時間が欲しい」と早乙女をなだめてカジノバーほかフェイスカードの関係先を聞き出し、犬マンたちも呼び戻し手分けして様子を探ることにした。

　私がまず向かったのは、フェイスカードのオフィス近くの雑居ビル。古びた小さな建物で、スナックやバーなどが入っている。路上駐車の車の陰から覗いたが、酒屋の配達の男が出入りしただけで異状はない。

意を決し、ビルに入った。いざとなれば袖看板に名前があった居酒屋の客を装う作戦だ。階段で二階に上がる。がらんとした広い廊下の左右に店舗が並んでいた。目当ての店は手前。会員制バーの看板を出し、ドアの上の監視カメラは物々しいが、客や見張りの姿はなく、ドアの脇にはおしぼりを入れるプラスチックケースが積み上げられていた。耳を澄ましてみたが、聞こえるのは向かいのカラオケスナックでオヤジががなる演歌だけ。もっと秘密めいた、わかりやすく怪しげで危ない空気を想像していたので、拍子抜けだ。

ポケットの中で携帯が振動した。小走りに階段を駆け下り、外に出る。

「もしもし」

「ジョン太っす。黒沼が現れました。天木も一緒」

「やったわね。二人はビルの中？」

ジョン太の担当は、通りの先のラブホテル街にあるビルだ。改装工事中だが、地下の一室で不定期に賭場を開帳しているという。

「いえ。黒沼が車を降りると同時に、物陰から天木が飛び出して来てつかみかかったんすよ。子分に阻止されたけど、えらく興奮した様子で『話が違う』とか騒いでたな。黒沼は天木をなだめて車に乗せて、たったいま走りだしました。一方通行の一本道だから、間もなくそっちに行くんじゃないかな。黒塗りのセルシオっす」

言われて、狭く暗い通りに目をこらす。確かにヘッドライトが二つ近づいて来る。丸みをおびた車体のシルエットが次第に明確になっていく。

「来た来た。尾行するから、本気にも連絡して表通りに通じる道を見張って。もし黒沼が道玄坂を出たら、タクシーで尾行ね」

「了解」

ジョン太が答えるのと同時に、私の前をセルシオが通過した。後部座席は窓に張られたスモークフィルムで確認できないが、運転席と助手席には道玄坂小路で会ったドとミの男が乗っている。

幸い、車はスピードを出していない。しかし体力低下と日頃の運動不足が祟り、角をいくつか曲がったところで見失ってしまった。息も絶え絶えにジョン太に電話をしたが、車が表通りに出た様子はない。黒沼と天木はここ、道玄坂二丁目エリアにいる。

携帯で連絡を取り合い、三人で車を捜した。約三十分後。私は街外れの路地で、見覚えのあるセルシオを発見した。車中にはドとミの男、数メートル先に平屋の洋館がある。小さく古いが、フランス瓦の屋根にレンガの壁、出窓としゃれている。出窓には明かりが灯り、民家を改造したレストランかと思ったが、看板などは見あたらない。

しばし思案の末、私は一一〇番に電話をした。近隣の住民を装い、「チンピラ風の男が乗った車が停まっていて、気味が悪い。時々、若い人が近づいて来て何かを売り買いしているようだ」とドラッグ売買も匂わせて苦情を申し立てる。間もなく、ルーフに横長の赤色灯を載せたパトカーが現れた。制服警官が歩み寄り、ドとミの男は車を降りた。ぼそぼそとやり取りが交わされたが、案の定すぐに押し問答になった。その隙に私は男たちの後ろを抜け、洋館に近づく。玄関ポーチに進み、アーチ形の木製のドアに耳を寄せる。物音は聞こえず、ゆっくりノブを回すとドアは開いた。

玄関は天井が高く、足元は白黒市松模様の陶器のタイル敷き。傍らには大理石の暖炉もある。

人気《ひとけ》がないのを確認してから、奥の居間に進んだ。古びて色あせてはいるが、ワックスで光るフローリングの床に、ダイニングセットと革張りのソファ、フロアスタンドなどが置かれている。どれも高そうなアンティークで、飾られた花瓶や絵画なども豪華だ。生活臭はないが、テーブルにセットされたキャンドルは最近使われた形跡があり、キャビネットに並んだ酒瓶も中身が減っている。警察も把握していない黒沼の隠れ家、特別な客をもてなすためのサロンかも知れない。

突き当たりのドアが開いている。薄暗い小さな部屋だ。奥に照明でライトアップされた酒瓶が並ぶ棚、手前に小さなカウンター、中央にはソファセットが見える。ホームバーだろうか。しかしカウンターには茶色の液体とロックアイスがぶちまけられ、グラスが二つとバーボンの瓶、アイスペールも転がっている。スツールは横倒し、フロアスタンドの笠も大きく傾いていた。庭に面したガラス戸は開け放たれ、冷気が流れ込んでくる。

ソファの後ろに何かある。中腰のすり足で進んだ。最初に目に入ったのは、ぴかぴかに磨き上げられた黒革靴。続いて仕立てはいいが、センスの悪いスーツとネクタイ。

ひょっとしてこの展開は……冷たいものが背筋を走るが、目は勝手に動く。ジャケットの左胸には小さな裂け目が複数走り、血と思しき液体が滲《にじ》んでいる。その上には、顎をのけぞらせた黒沼の顔。かっと見開かれた垂れ目を見た瞬間、私は短い悲鳴を上げ、後ずさった。その拍子に片足の踵が固く盛り上がったものに乗り上げ、バランスを崩して床に尻餅をついた。尻をさすりつつ体を起こし、乗り上げたものを拾う。木製の小さく丸い持ち手で、先の尖った金属の細い棒が伸びている。アイスピックだろう。しかし、全体が鮮血でぬるりと濡れている。

「おい！　何をしてる」

後ろから怒鳴られた。ドトミの男だ。すぐに黒沼と、私が握るアイスピックに気づく。

「社長！」

ドが黒沼に駆け寄り、ミはみるみる鬼の形相に変わる。アイスピックを差し出し、私は目眩がするほど激しく首を横に振った。

「違う。誤解だから。私が来た時、黒沼さんはもう――」

「てめぇ、よくも」

うなるように言い、ドは襲いかかってきた。とっさにその顔にアイスピックを投げつけ、部屋の奥に走った。ガラス戸から庭に飛び出し、建物と塀の間の狭い通路を駆け抜けた。通りに戻ったが、頼みの綱のパトカーはいない。

背後から足音と怒鳴り声が迫ってきた。踵を返し、私は通りの先の暗闇に走った。

4

解錠し、重たいガラスのドアを押し開けた。広くがらんとした空間。照明はないが、天井までの窓から差し込む街の明かりで、かろうじて様子はわかる。室内に入り、施錠すると同時に力が抜け、座り込みそうになった。

のっそりと、前方の薄暗がりで何かが動いた。丸みを帯びた、黒く小さな塊が近づいて来る。身を強《こわ》ばらせたが、廊下の誘導灯がはげ上がった頭と型くずれしたスーツを照らした。

「出た」

「失礼なやつだな。俺は化け物か」

「なんでここにいるのよ」

「それはこっちの台詞《せりふ》だ。腹をくくって署の連中を待ってたら、憂夜とお前の店のガキが押しかけてきて、無理矢理閉じ込められたんだ」

「ああ。そういうこと」

納得し、私は豆柴の脇を抜け奥に進んだ。

富ヶ谷《とみがや》の交差点近くに建つビルの最上階。新しく、掃除も行き届いているが空気はよどんで寒寒としている。代々木《よよぎ》公園が一望でき、昼間は気持ちがよさそうだが十一時を過ぎた今では、うっそうと生い茂る木々が黒いガスか雲のようで胸のざわめきを煽《あお》る。

ドとミの男をなんとか振りきり、電話で憂夜さんに助けを求めた。指示に従って駆けつけたホストの一人からカギと地図、食料を受け取り、タクシーでこの部屋に辿り着いた。なぎさママが、新たな飲食店を開業するために押さえた物件らしい。

「憂夜から電話で聞いたぞ。言わんこっちゃねえ。何が『覚悟しておきなさいよ』だ」

「仕方がないでしょう。こんな展開、予想もしてなかったんだから」

「お前がトンズラした後、黒沼の手下は警察に通報したらしい。うちの署の連中とチンピラどもが、血眼でお前を捜してるぞ。どっちも道玄坂小路でお前と黒沼がやりあってるのを目撃してるし、凶器にも指紋がべったりだ。言い逃れの余地なし。親が泣くぞ。おとなしく見合いでもして、嫁にいってりゃ今頃ガキの二、三人も」

「よくもまあ、罵詈雑言《ばりぞうごん》ばかり次から次へと思いつくわね。見合いにガキの二、三人？　何そのベタな発想。大きなお世話、ていうか豆柴だってバツイチじゃない。結婚生活を破綻させた人にどうこう言われたくないんだけど。奥さんにもその調子で憎まれ口を叩いて、愛想を尽かされて逃げられたんでしょう」

「豆柴って言うな」

うなり、豆柴は上目遣いに私を睨んだが、それ以上言葉が続かない。どうやら本当に奥さんに逃げられたらしい。なぜか罪悪感を覚え、私もリアクションが取れない。沈黙が流れ、外の通りをサイレンを鳴らしたパトカーが走り過ぎていった。

「破綻させたからこそ、ベタが一番てわかるんだよ」

しばらくして、豆柴が言った。ふて腐れた、子どもっぽい口調だ。カーペットの床に腰を下ろし、胡座をかく。多めに距離を取り、私も座った。

「人はそれぞれでしょう。あとは言い方。人間関係の八割は、言い方と思いやりでできてるんだから」

人間関係云々はホストの誰かの受け売り。多分ジョン太だ。私のせいで、ジョン太たちにも追っ手がかかっているかも知れない。indigoには警察が押しかけ、黒沼の手下たちに取り囲まれているだろう。これまでにもいろいろな事件に巻き込まれたが、自分が殺人の容疑者になるとは思ってもみなかった。

「お前の仕事はそうだろう。だが俺は違う。署の若いやつに、『刑事に必要な心構えってなんですか』と訊かれる度に、俺はこう答えてる。『なんでもいい。でも必ず一つ俺はこれってものを持て。持ったら死ぬまで変えるな。上から圧《お》されようが、下から揺さぶられようが突っぱねろ』」

「人に嫌われたり、恨まれたりしても？」

「それが刑事だ。もちろん、嫌われたり恨まれたりしたくない相手もいる。しかし、相手を選べば迷いが生まれ、隙もできる。そこに付け入ろうと、舌なめずりをして待ち構えてる連中が大勢いるんだ。今回の事件も同じだ」

認めたくはないが、筋は通っている。「とにかく、不器用な男なのよ」、なぎさママは豆柴をそう評した。性格の悪さを言い換えているだけという気もするが、器用では勤まらない仕事もあるのかも知れない。

「でも、しんどくない？」

何も考えずに訊くと、豆柴はぽかんとして私を見た。かすかな明かりを受け、広くいびつな額が鈍く光る。

鼻から息を漏らし、豆柴は顔を背けた。笑ったのかも知れないが、よくわからない。

「考えたこともねえよ。こっちは命ぎりぎりの修羅場にいるんだ。被害者にしろ犯人にしろ、とにかく生きていること。それが最低条件。生きてりゃなんとかなるもんだ」

「ふうん。じゃあその理屈で、自分もベタが一番な人生をやり直せばいいんじゃないの。子どもは二人？　三人？　男女《おとこおんな》どっち？」

「うるせえな。だから女は嫌なんだよ。人を煙たがって目の敵《かたき》にしてるくせに、下世話な話だけは聞きたがる」

「いいじゃない。嫌いな相手のことほど、がっつり把握しておきたいのが女ってもんよ」

「何を偉そうに……一人だよ。男。歳は十七、いや、八だったかな。ガキのころ別れたきり会っちゃいねえが、噂じゃせっかく入った高校を辞めて、母親の仕事を手伝うって名目で、神山町《かみやまちょう》あたりをちゃらちゃらふらふら」

「神山町!?　豆柴の嫁と息子って渋谷にいるの？」

「おいこら。こんど豆柴って言ったら、向かいの交番に突き出すぞ。それに嫁じゃねえ。元嫁だ」

鼻息も荒く強調する割には、元嫁と息子に未練がありまくりで、動向をチェックしているのも丸わかりだ。

わざとらしく咳払いをし、豆柴は私が持って来たコンビニの袋を開け、勝手に缶コーヒーを出した。

「そんなことより、お前だ、お前。本当に黒沼を殺していないんだろうな」

「当たり前でしょう。嫌な男だしケンカもしかけたけど、殺したりなんかしません。第一、気にくわないってことなら、よっぽど豆柴の方が……とにかく、天木を追ってあの洋館に辿り着いて、忍び込んだら黒沼の死体が転がってたの」

「他に誰かいなかったのか。現場の様子はどんなだった？」

「詳しく調べた訳じゃないけど、人の気配はなかったわ。遺体と凶器の様子からして、黒沼は私が見つける直前に殺されたんだと思う。部屋は乱れてたし、カウンターにはグラスが二つ転がってた。二人で洋館に入ったのはいいけど口論になり、天木がカウンターにあったアイスピックで、ってことかしら」

「いや、あいつにそんな度胸はねえ。それに黒沼は、天木を使い捨ての道具ぐらいにしか考えていなかったはずだ。わざわざ隠し部屋でもてなしたりはしねえだろう」

「確かに。じゃあ誰？　黒沼と手を組んでる渋谷警察署の刑事とか？」

「いや。今夜うちの連中は俺の収賄とトンズラ騒動で手いっぱいで、こっそり抜け出して黒沼と会うなんて余裕はねえはずだ。他に気がついたことは？」

「そう言われても。暗かったし、慌ててたし」

首をひねり、私はコンビニの袋を引き寄せた。ミネラルウォーターのボトルを取り、開栓する。

天井にぱきりと乾いた音が響き、ある記憶が蘇った。

「思い出した」

「なんだ。言ってみろ」

「凶器のアイスピックなんだけど、普通は持ち手の部分がごつくて重たいでしょう。でも現場で拾ったものは小さいキノコみたいな形で、軽かった。プロ用の特殊な道具なのかも知れないけど、刃渡りも五センチぐらいしかなかったし、あれじゃ氷を砕きにくいんじゃないのかしら」

両手を使い、空《くう》に現場で見たアイスピックを描いて見せた。缶コーヒーを床に置き、豆柴はポケットから携帯電話を出した。ネット検索をかける気らしい。私も這い寄り、液晶画面に表示されたバーやキッチン用品の販売サイトをチェックしたが該当するアイスピックは見あたらなかった。発想を変え、ゲーム機の整備用具やカジノのゲームグッズも調べてみたが、収穫はない。

「おかしいわね。ひょっとしてあれ、工具じゃないのかしら。他に考えられるのは……護身用の武器とか？　さもなければ、マッサージグッズ」

「こねくり回すな。記憶があやふやになるだけだ。最初に浮かんだイメージとキーワードを保つことだけ考えろ。木製のハンドルで、直径約三センチ。キノコに似た形状。刃はステンレス製で、長さ約五センチ。軽量。間違いないな？」

目を閉じ画像を再生し、手のひらを開閉して感覚も思い出し私は頷いた。

「軽いってことは力仕事じゃなく、小さなものに細かな作業をするための道具かもな。たとえば時計、楽器、衣類、宝石……おい。ちょっと待てよ」

豆柴の目が光った。また携帯を操作し、私に画面を見せる。四角い画像が並び、何種類かの工具が表示されている。その中央に、キノコ状の木製の持ち手と短い刃があった。

「これよ！　さっき現場で見たやつ。何に使うものなの？」

叫び、私は画像下のスペックに目をこらした。しかし豆柴は避けるように携帯を閉じ、ポケットにしまうとこちらに背中を向けて立ち上がった。訳がわからない。しかし、キノコ状のものの下に表示されていたヘラ状の工具は、どこかで見た覚えがある。

私のポケットから、映画『プロジェクトA』のテーマ曲の着メロが流れた。

「もしもし」

「犬マンです。晶さん、大丈夫ですか」

「なんとかね。そっちこそ大丈夫？　迷惑かけてごめん」

「ご心配なく。アレックスも一緒に、ジョン太たちと合流しました。おまわりだの、チンピラだのが道玄坂をうろうろしてますけど、今のところ無事です。あと、天木を捕まえました」

「天木を!?　どこで？」

どたばたと豆柴が近づいて来た。

「みんなで捜したら、フェイスカードの近くの路上をテンパった顔してうろついてました。はじめは抵抗しましたけど、俺らと豆柴の関係を説明して、アレックスが軽く脅しをかけたらあっさり白状しました。でも、『黒沼は殺してない。俺はあいつに利用されただけだ』って言い張ってますよ」

「どういうこと？」

「天木のゲームセンターは商売敵として黒沼に目を付けられて、度々妨害を受けていたそうです。無視してたら、でっち上げの違法行為を警察に通報され、許可を取り消されて営業権を失い、店を閉めざるを得なくなった。ところが天木が豆柴のなじみだと知ると、黒沼は『柴田に近づき、情報横流しのタレ込みをすれば店から手を引き、上手く細工をして、俺が持ってる営業権の名義貸しもしてやる』と持ちかけてきた。追い込まれていた天木は話に乗ったけど、いつまで経っても名義は貸してもらえない。騙されたと気づき黒沼を問い詰めようとしたら、逆に車の中で手下たちに脅されて放り出されたそうです」

「あのバカ。二十年前と何も変わっちゃいねえじゃねえか。くだらねえ野郎に引き込まれやがって。俺に一言話してくれりゃ」

うなり、豆柴は芋虫のような指で残りわずかな髪を掻きむしった。それが聞こえたのか、犬マンは声のトーンを上げた。

「続きがあります。悔しくて、天木は黒沼の車をつけたそうです。現場の洋館の前に停まって、見張っていたら中年の女が現れたって」

「それ私のこと?」

成り行きより「中年」の一言が引っかかり、つい詰問口調になる。

「晶さんの写メを見せて確認したけど、別人です。時間も、晶さんが洋館に入る三十分ぐらい前。天木曰く、『そこそこ美人だけど、疲れた感じのおばさん』」

頬に生温かい風を感じた。振り向くとすぐそこに豆柴の脂ぎった顔。眉間にシワを寄せ、広がった小鼻をさらに広げて荒く呼吸している。思わず身を引き声をかけようとしたが、豆柴はまた私に背を向け、立ち上がった。

「もしもし。晶さん、どうかしましたか」

「なんでもない。黒沼と手を組んでる刑事は誰なの?」

「それが、『話したら殺される』ってびびって口を割らないんですよ。でも、態度から察するに

――」

ふいに犬マンの声が途切れた。もみ合うような気配があり、尖った男の声とジョン太の悲鳴、アレックスの英語の怒鳴り声も聞こえる。

「ちょっと、犬マン。どうしたのよ」

腰を浮かせ、送話口に問いかけた。助けを求め振り返ったが、豆柴は携帯で誰かと話している。混乱は続き、私は犬マンに呼びかけ続けた。数分後、衣擦れの音がして電話の相手が変わった。

「もしもし？　晶さんですよね」

「早乙女さん？　何があったの。うちのホストをどうする気よ」

「どうもしません。天木を確保して、みなさんからは事情を聞くだけ。晶さん、今どこですか。ひょっとして、柴田さんも一緒なんじゃないですか。とにかく出てきて下さい。僕の依頼ならもう忘れて下さい。このままだと二人とも――」

背後から伸びてきたごつごつとした手に、携帯を引ったくられた。

「バカ野郎。それでも刑事《デカ》か。一度決めたら、死んでも貫き通せと言っただろう」

「柴田さん！」

「騒ぐな。今から行く。天木や署の連中と一緒に待ってろ」

ぶっきらぼうに告げ、豆柴は私に携帯電話を押しつけて歩きだした。

「待ちなさいよ。いま出て行ったら、向こうの思うツボじゃない」

しかし足取りに迷いはなく、吊しのスーツの背中からは強い意志と覚悟も感じられる。仕方なく、私は早乙女から現在地を聞き、豆柴を追いかけた。

表通りに出て、タクシーを拾った。車中、私は電話で憂夜さんに事情説明をした。豆柴は厳しい顔を前に向け、フロントガラス越しに深夜の街を睨んでいた。

井ノ頭通りとオーチャードロードを経由し、道玄坂小路の手前でタクシーを降りた。早乙女たちの居場所はすぐにわかった。小路の奥、道玄坂とぶつかる手前の脇道。風俗店とラブホテルのビルの谷間に延びるレンガ敷きの短く急な階段だ。階段の下にはパトカーと警察車両が停められ、大勢の警官が行き交い、野次馬も集まっている。

「見つけたぞ。この野郎」

「あの女だ。間違いない。早く捕まえろ」

振り向くと、パトカーの脇にドとミの男。目をむき、眉をつり上げ私に飛びかからんばかりだ。二人を押しとどめる刑事と警官が、私たちを見る。こちらに歩み寄ろうとした刑事に、豆柴が合図をした。軽く手を上げただけ。しかし、仕草と眼差しには有無を言わせぬ迫力がある。刑事はぴたりと足を止め、通りかかった若い警官は豆柴に敬礼をした。

ゆっくりと、豆柴はパトカーに歩み寄った。後部座席に人影がある。天木だ。はっと顔を上げる。髪は乱れ、顔にも無精ヒゲが目立つが目尻あたりの尖ったものは健在だ。見開いた目は大きく揺れ、みるみる潤《うる》んでいく。豆柴はその眼差しをまっすぐ受け止め、頷いた。

「晶さん！」

くぐもった声と、ガラスを叩く音がした。後ろの車にジョン太が乗っている。隣にDJ本気と犬マン、助手席にはアレックスの顔も見えた。

「捕まっちゃったっす。すんません」

「大丈夫よ。憂夜さんにも話したし、すぐに解放されるから」

早口で力づけ、歩きだした豆柴の後を追って階段を登る。中ほどの幅の広くなっている数段に、人影が見えた。ダークスーツやブルゾンなど地味な格好ばかりの中、ビルの側壁で輝く性感マッサージ店のネオンにも負けない、メタリックシルバーのサテンスーツの男が一人。

「高原オーナー！」

バリトンの声で私の名を呼び、憂夜さんは階段を駆け下りた。後ろには塩谷さんもいる。目が合うなり、鼻を鳴らしてこう言った。

「よう。お尋ね者」

ひひひ、と続けようとした背中を突き飛ばし、早乙女が豆柴に駆け寄る。

「柴田さん。大丈夫ですか」

「当たり前だ。俺を誰だと思ってる。みんな顔を揃えてるな？」

つっけんどんに返し、上段に立つ男たちを眺めた。戸惑い顔の渋谷警察署の刑事たち。高宮もいる。

「柴田。お前、どういうつもりだ」

刑事たちの後ろから、仕立てのいいスーツを着た初老の男が二人下りてきた。早乙女の言う「署の上層部」だろうか。慌てて、早乙女が二人の前に出た。

「待って下さい。これには事情があって」

「ふざけるな。今さら何を」

わめく男の眼前に、豆柴は携帯電話を突き出した。液晶画面に表示されているのは、さっきのキノコ状の工具。男と早乙女、刑事たちや憂夜さん、塩谷さんも集まり画面を覗いた。

「黒沼殺しの凶器だ。ミルタガネといって、模様をつけたり、地金に石を留めたりする時に使う彫金の工具だ。前に、ある人の工房で見せてもらったのを思い出した」

「思い出した！　その下のヘラと同じものを、どこかで見たのよ。夕子さんの工房だわ。でもなんで」

言いかけて、犬マンの声が蘇った。「そこそこ美人だけど、疲れた感じのおばさん」。そこに工房と渋谷の路地で見た夕子の顔が重なる。続けて、この一週間の出来事が断片的に、順不同で再生されていった。

頭は猛スピードで回転しているが、体はフリーズして動かない。隣で豆柴が携帯を閉じ、高宮を見上げた。

「さっき電話で夕子さんと話した。黒沼を殺したのは自分だと認めたよ」

「何を言ってるんですか。そんなバカな――」

「お前に何度頼んでも聞き入れてくれないから黒沼に、『こんなことはもうやめて』と直談判したそうだ。ところがせせら笑われて乱暴されそうになり、とっさにバッグに入っていた彫金の道具で黒沼の胸を刺した。怖くなって庭から隣家の敷地に入って逃げ、その直後に高原が黒沼を発見した」

ああ、そういうこと。混乱した頭の隅で、かろうじて納得する。空気がざわめき、早乙女たちは顔を見合わせた。しかし、すぐ横にいる高宮には誰も声をかけられない。高宮も、呆然と豆柴を見下ろしている。

「夕子さんは肺がんを患《わずら》っているそうだな。手術を受けたが再発し、保険が利かない高額な陽子《ようし》線《せん》治療だけが頼り。そこを黒沼につけ込まれ、金と引き換えに捜査情報を漏らし、天木の店に圧力をかけた」

豆柴は言葉を切り、高宮の答えを待った。しかし高宮はノーリアクションのままだ。

「夕子さんは、『夫は悪くない。私の病気があの人を変えてしまったんです』と泣きながら繰り返していた。そうなのか？」

「あいつがそう言ったのなら、そうなんでしょう」

口だけを動かし、高宮は返した。

「違うだろう。お前は変わっちゃいねえ。曲げたくても曲げられない、固くてまっすぐなものが頭の真ん中に一本通ってるんだ。そいつを教えたのは俺だ。二人してさんざん靴をすり減らして聞き込みをして、汗も流して犯人《ホシ》を追いかけたじゃねえか」

再び、高宮が黙り込む。

「変わったふりをしたんだろ。はじめからこうなるとわかってて、仲間を裏切って汚れた金も受け取った。なぜだ？　誰がお前にそうさせたんだ」

「なんの話ですか」

「お前は赴任してきたばかりだし、夕子さんの病気もひた隠しにしてた。黒沼に嗅ぎつけられるには、早すぎる。誰かにあいつを引き合わされ、手を組まざるを得ないように仕向けられたんじゃねえのか。無論、その誰かは黒沼とは昵懇《じっこん》。いや、昵懇なのはやつのケツ持ちの東龍会か」

思わせぶりに呟き、高宮の背後に立つ初老の男たちに鋭い目を向ける。一人がいきり立った。

「おい。なんだ、その目は」

「柴田さん、やめて下さい。おっしゃる通り、金を受け取って情報を漏らしました。黒沼にコンタクトを取ったのも、柴田さんに罪をなすりつけようと考えたのも私です。どうしても金が必要だったんです」

「ウソをつけ。いいから本当のことをぶちまけちまえ。後のことは心配するな。夕子さんも息子も、俺が守ってやる」

腕をつかみ、豆柴は訴えた。しかし高宮はその手を振り払って目を伏せた。

「誰か女房のところに行ってくれ。息子も頼む」

低い声で告げ、階段を下り始めた。刑事たちがばらばらと後を追い、早乙女も続く。

「待て。高宮、それでいいのか。お前も俺も、どう転んでも刑事なんだ。ここで逃げても、自分はごまかせねえ。

「黙れ。お前も来い。この先一生、自分で自分を追いかけるはめになるんだぞ」

わめく豆柴を睨みつけ、初老の男は足早に階段を下りた。入れ替わりで階段を上がってきた刑事と警官が豆柴と私を包囲する。

「乱暴はやめて下さい。高原オーナー、ご心配なく。すぐに私が」

「おい。俺の足を踏むな。新品の革靴だぞ」

腕を取られ豆柴の後から階段を下りる私の背中に、憂夜さんと塩谷さんの声がぶつかる。

道玄坂小路に戻り、前方の車に歩かされた。警官と刑事、野次馬もさらに増えている。私を見つけたジョン太たちが車から降りようとして、警官に制止される。

「てめぇ。よくも社長を」

豆柴に続いて車に乗り込もうとした時、後ろで聞き覚えのある声がした。ドの男だ。がっちりとした小さな体から、怒りと憎しみのオーラが立ちのぼっている。周囲の警官たちがなだめているが、耳には入っていない様子だ。

「うるせえ。放せ」

怒鳴るやいなや、刑事たちを突き飛ばして駆けだした。こちらに向かいながら、スーツの懐から何かを取り出す。ナイフだ。

一瞬で反応し、刑事たちは私を放置してドの男にダッシュした。数人がナイフを構えた腕を捉え、別の数人が男をアスファルトに押し倒す。テレビで見る防犯訓練そのものだ。

まだ私が黒沼殺しの犯人だと思っているらしい。いずれ誤解は解けるだろうが、相手が相手だし、この場ではっきりさせた方がいいかも知れない。そう思い、男に歩み寄りかけたとたん、同じ方向から別の怒声が上がった。長身細身、今度はミの男だ。刑事たちはみんなドの男の周りに集まり、私は完全にノーマーク。計算ずくだったのだろう。その証拠に、ミの男の手にもナイフ。しかもドの男のものより大きい。

背筋をびりびりとしたものが走った。逃げなくては。しかし、足がすくんで動けない。

「晶さん！」

「高原オーナー！」

ジョン太たちの声も届くが、かなりの距離がありそうだ。ドの男を押さえていた刑事たちが立ち上がり、ミの男の後を追った。しかし若いぶん足も速く、誰も男に追いつけない。

「晶さん、伏せて！」

背後で誰かが叫んだ。首をすくめ、腰を落として振り向く。早乙女だ。腰を落とし、腕を前に突き出している。両手で握りしめているのは拳銃。安定した、隙のない構え。眼差しも鋭く、ハーブティーに砂糖を入れたがったり、口の中でキャンディーを転がしている時とは別人だ。

乾いた音とともに発射された銃弾が私の頭上を走った。次の瞬間、ミの男の手元で小さく火花が散った。はね飛ばされたナイフが宙を舞い、アスファルトに落ちる。とっさに足を止め顔を背けた男の背後から、刑事たちが次々とタックルをかけ、押し倒す。

「やった！　スイーツ刑事《デカ》、見参」

車の脇で、ＤＪ本気がマッシュルーム頭を揺らして飛び上がった。隣には呆然と立ち尽くすジョン太。犬マンは、顔を真っ赤にしてこちらに駆けつけようとするアレックスを警官と一緒に引き留めている。

「ケガはないですか」

拳銃を腰のホルスターに納め、早乙女が駆け寄って来た。

「大丈夫。すごい腕ね。助かったわ。でも……腰が抜けた。実は銃声を聞くのは初めてなの」

「すみません。他に方法がなくて」

手をさしのべて私を立ち上がらせ、早乙女は前方に目を向けた。ミとドの男がしぶとく抵抗を試み、刑事たちともみ合いになっている。その奥で一台の車が、サイレンを鳴らして走りだした。後部座席には高宮が乗っている。

早乙女はぽってりした唇を引き結び、車を見送った。たった今、あれほど逞しく見えた肩や胸が幼く頼りなげに感じる。声をかけてやらなくてはと思うのだが、こちらもまだ事情が呑み込めない。

「さてと」

呟き、早乙女は片手でポケットを探った。取り出したのは、昼間署で勧められたキャンディーだ。なんの躊躇《ちゅうちょ》もなく、一つの包みを開けて口に放り込む。数回口の中で転がし、顎を上げた。

「く〜っ、旨い。これだからこの仕事、やめられないんですよね」

絶句し、私はぱんぱんの笑顔と汗が滲む額を見上げた。ふと、視線を感じ振り向くと豆柴がいた。車の脇に立ち、呆れかえった、それでも柔らかな眼差しで早乙女を見つめていた。

5

厨房を出て通路を進み、久志がテーブルに戻った。左右の手と腕に二枚ずつデザート皿を載せている。盛りつけられているのは、スライスされたバナナケーキだ。

「どうぞ。お召し上がり下さい」

私たちの前に皿を置き、久志は下がった。いつものコックコート姿だが、板前顔は緊張で強ばり気味だ。

「いよいよね。さあ、どうかしら」

濃厚なアイメイクで飾られた目を輝かせ、ママはフォークを手に取った。私たちも倣い、がらんとした客席フロアに、金属と磁器がふれ合う音が響く。渋谷川に面した大きな窓からは、向かいのビルの窓に反射した夕陽が差し込んでいる。

「あら、おいしい。しっとりしていながら、口の中ではほろほろほどける食感が新しいわ。バナナの香りと風味も最高。ねえ、憂夜さん」

「ええ。甘さも香りも濃厚なのに、後味が舌に残らない。糖度と酸味のバランスが絶妙だ。オーナー、いかがですか」

「うん。これは私でもわかる。今までの中で一番の出来。でしょ？」

「ワイン、お代わり。つまみも持って来い。オイルサーディンとオリーブの塩漬け」

私を無視し、塩谷さんは皿を押しのけた。しかし、ケーキは完食している。私とママはアイコンタクトを取り、憂夜さんも頷いた。

「やったな、久志。合格だ。さっそく明日からメニューに加えよう」

「ありがとうございます！」

勢いよく一礼し、久志は振り返った。背後から進み出てきた早乙女とハイタッチを交わし、歓声を上げる。

「がんばったわね。シェ・オゼキのレシピがベースにあるとはいえ、全然別物。むしろ、こっちの方がおいしいわ」

「マジですか。早乙女さんのお陰です。レシピの秘密を聞き出してくれただけじゃなく、試作や試食も手伝ってくれて。さっき合格をもらった焼きドーナツも、焼く前に生地に油を塗るともちもちになるって教えてくれたのは、早乙女さんなんです」

「やるじゃない、早乙女ちゃん。ねえあんた、給料いくらもらってんの？　倍出すからうちの店に来ない？　取りあえず、嘱託アドバイザーって形でもいいわよ」

「またそんな。刑事は天職って言ったじゃないですか。それに今、うちの署はゴタついてて大変なんですから」

眉を寄せ、早乙女は指先で前髪をなでた。

現況報告は、さきほど受けた。あの夜から二週間が経過し、私の殺人容疑と豆柴の汚職疑惑も晴れ、自由の身だ。逮捕された高宮は黒沼との関係を認め、「妻を追い込んだのは自分だ」と繰り返し訴えているという。夕子の事件と併せマスコミが派手に取り上げ、憂夜さんの根回しのお陰で私の名前は出なかったものの、渋谷警察署周辺は一時騒然となった。

「何よ、ケチ。じゃあ、せめてレシピの秘密を教えてよ。さもないと、またまりんを連れて署に押しかけちゃうから」

「勘弁して下さいよ。困ったな、もう」

ますます情けない顔になり、早乙女はジャケットのポケットを探った。取り出して口に押し込んだのは、この間とは銘柄の違うキャンディー。先夜の活躍以来、早乙女は署内でも「スイーツ刑事《デカ》」と呼ばれ、からかわれているらしい。

「大丈夫ですよ。ママや晶さんたちなら信用できるし、秘密って言ってもあれじゃあ」

言いかけて途中でやめ、久志が肩を震わせて笑う。私は訊ねた。

「どうしたの？　早乙女さん、他言しないって約束するから教えてよ」

「仕方がないなあ。本当に約束ですよ？　……レシピの秘密はバナナです」

「知る人ぞ知る産地で、こだわりの農法で育てられた逸品？　どこよ。フィリピンの小島？　エクアドルの秘境？　ひょっとして、沖縄？」

「違います。産地も品種も関係なし。尾関さんは、ある地方のスーパーマーケットチェーンの社長さんから、輸送や搬入の際に傷ついたり、色や形がよくないからとはじかれた果物が廃棄処分されていると聞いて心を痛め、スタッフの賄《まかな》いにでもしようと譲ってもらってお菓子を作ったそうなんです。ところが、そのうちの一つのバナナケーキが思いも寄らない美味で大好評。どうやら、スーパーから東京に運ばれる過程で蒸れたり押されたりしていい感じに熟して、絶妙な風味が醸し出されるみたいです」

「スーパーの社長さんをご紹介いただいて、尾関さんのところと同じルートでバナナを送ってもらい、僕オリジナルのアレンジを加えて完成したのがこのケーキです」

久志も加わり勢い込んで説明をしたが、ママは顔をしかめた。

「何よそれ。要は腐りかけの傷ものってことじゃない」

「そんな身も蓋もない。健康にはなんら害のない、賞味期限内の食材ですよ。もちろん、尾関さんも発売を渋ったし、人に見せる訳にはいかないので、プライベートキッチンでこっそり作っているんです。今の話を聞き出すのも、すごく大変だったんですから。事情を説明して何度もお願いして。キッチンの場所は極秘だから、出入りする時も気をつけなきゃならないし。ちょっとした犯罪者気分ですよ」

厚い唇を尖らせ、子どもっぽくグチる横顔を見て私はぴんときた。

「ひょっとして、そのキッチンって道玄坂にあるんじゃない？　出てきたところを、ジョン太たちに見つかったでしょう」

「よくわかりましたね。あの時は参りましたよ。あれ以来、ジョン太さんは僕のことを疑ってたみたいだし」

「そういうことか」

脱力し、グラスの水を飲んだ。

早乙女の言う通り、ジョン太はいまだに「あいつは絶対に裏で何かやってる」と主張を続けている。大げさかつ的外れなリアクションを考えると気が重いが、今夜にでも誤解を解かねばならない。

「いてぇな。放せよ」

噂をすれば。出入口方向でジョン太の声がした。続いて衣擦れと足音がして、ＤＪ本気が顔を出した。今日のオールインワンは総レザーとゴージャス。肩と膝には、ごついプロテクターも入っている。よく見ればオートバイ用のレーシングスーツだ。しかし、ＤＪ本気は原付免許すら持っていない。

　ジョン太も姿を現した。こちらもお馴染みの巨大アフロ。しかし、パーカのフードを後ろから引っぱられ、喉を詰まらせてもがいている。誰の仕業かと視線を巡らせたが、ひどく小柄なようで見えない。

「黙れ。このクソガキが。ふざけた真似しやがって」

　ぽんぽんと繰り出される罵詈雑言と、ジョン太の背後からのぞく着古したスーツでわかった。慌てて、早乙女が駆け寄る。

「柴田さん。どうしたんですか」

「どうもこうもあるか。こいつがビルの前で煙草を吸ってやがったんで注意したら、『うるせえな。渋谷区は路上喫煙禁止じゃねえじゃん』と抜かしやがった」

「なんだよ。間違ってねえだろ」

「路上喫煙禁止じゃなくても、『歩行喫煙はしない』『煙草は決められた場所で吸う』っていう分煙ルールがあるんだよ。罰則がなきゃ、何やってもいいと思ったら大間違いだぞ」

　背伸びしてがなりたて、握りしめたフードの先端を引っぱる。長い顔を赤くして、ジョン太が咳き込んだ。立ち上がり、優雅な歩き方で憂夜さんが仲裁に入る。

「まあまあ。後で私から言い聞かせておきますから。それより柴田さん、ご用でも？」

「早乙女、お前だ。何をサボってる。この間の一件で、ちょっと株を上げたと思っていい気になるなよ。まだまだこれからだ。刑事の気構えと矜持を、俺が叩き込んでやる」

「光栄です。びしびし鍛えて下さい。僕の目標は豆柴二号ですから」

「なんだと？　今なんて言った？」

「じ、じゃなくて、魂の真ん中に絶対に揺るがない筋の通った刑事。がんばります」

「なら、こんなところに来るな。いかず後家にその手下、柔道黒帯のオカマ。ホストクラブどころか、見せ物小屋だ。底辺の人間とつき合うと、お前の格まで落ちるぞ」

「おだまり！　このミニチュア万年課長が。ふんづけてやる」

「そうだそうだ。人のこと底辺とか言う方が底辺」

「俺にはコメントなしかよ」

ママが膝の上のナプキンを投げつけ、ジョン太は豆柴の手からフードを引きはがし、塩谷さんまで不満げに鼻を鳴らす。

「みなさん、いろいろお世話になりました。久志くん、お薦めのチョコレートムースがあるんだ。後でメールするよ。さあ、柴田さん行きましょう。事件が待ってますよ」

力強く締めて拳も握り、早乙女は出入口に向かった。しかし、口の中でキャンディーを転がしながらなので、いまいち説得力に欠ける。

見送りに行こうとした憂夜さんを制し、私は豆柴の後に続いた。

「その様子じゃ完全復帰ね。安心したわ。天木さんはどうしてる？」

「俺が紹介した弁護士の話じゃ、『十年二十年かかっても、必ず立ち直って柴田さんにお詫びに行って、今度は綺麗なお金で酒をおごりたい』ってべそべそ泣きながら訴えてるらしい。二十年って、俺はいくつだよ」

「夕子さんは起訴されても、事情が事情だし執行猶予がつく可能性も高いわよね。『いろいろな治療法を試して、夫が戻って来るまで生き抜いてみせる』って話してるんですってね。憂夜さんから聞いて、少しだけど救われた気がしたわ。でも、高宮さんは依然全部自分一人でやったことだと言ってるんでしょう」

「ああ。上の連中の思惑通りだし、それで片づけられるだろう。だが俺は諦めねえし、許さねえ。事件の黒幕は、こうなることも計算した上で高宮を生け贄に選んだんだ。はじめから切り捨てるつもりで、あいつを取り込みやがった。最低のやつらだ。絶対に引きずり出して敵をとってやる」

「目星はついてるの？」

「まあな。お前を襲ったフェイスカードのチンピラがいたろう。やつらはあの一件以来、東龍会にも破門されてくすぶってる。今はびびってだんまりだが、時間をかけて上手くつつけば口を割るはずだ。刺し違える覚悟で、内も外も膿《うみ》は全部出してやる」

「一人で？」

「当たり前だ。早乙女や、課の仲間の何人かは一緒にやらせてくれと言ってるが、巻き込む訳にはいかねえ。あいつらには、家族もいるし未来もある」

「男勝りのいかず後家とその手下、柔道黒帯のオカマなら？」

ドアの前で足を止め、豆柴が振り返った。その脇を抜け、私は重たいドアを開けた。

「最低のやつらには、底辺の人間。蛇の道は蛇、同じ穴の狢《むじな》ともいう。条件次第では、力を貸さないでもないわよ」

「ふざけるな。その手に乗るか」

私を押しのけ、豆柴はエレベーターホールに出た。正面のエレベーターでは、早乙女がドアを開けて待っている。

「調子に乗るなよ。恩を受けた覚えはねえし、逆にお前は俺がミルタガネを思い出したお陰で容疑者にならずに済んだんだ。貸し借りなし。なれ合う気も金輪際ねえ。隙を見せたら、この店をぶっ潰してやるからな。それが嫌なら、見合いでもしてさっさと――」

「見本を見せてよ」

「なんだと？」

「ベタが一番なんでしょ。でも見習いたくても、いい相手がいないの。いかんせん、底辺なもので。だから敵をとるなり膿を出すなりして、元嫁と息子と仲直りしてよ」

タイミングも、口調もベスト。何しろあの夜以来、今度会ったら言ってやろうと温めてきた台詞だ。案の定、早乙女は俯《うつむ》いて噴き出し、むっとした豆柴がその背中を小突いた。

「何がおかしい。とっととドアを閉めろ。聞き込みに行くぞ」

「はい。すみません」

笑いを堪《こら》えて私に目礼し、早乙女は閉ボタンを押した。左右から古びた鉄のドアが出てきて二人の姿が消える刹那、ぼそりと無愛想な声が呟いた。

「……考えておく」

「えっ！」

驚き、身を乗り出した私の鼻先で、ぴしゃりとドアは閉まった。

「バカ野郎。引っかかりやがったな。ざまあみやがれ」

人気《ひとけ》のないホールにエレベーターのモーター音が重く大きく響き、一緒に豆柴の勝ち誇り、人を見下しきった声も下りていく。

あんたは子どもか。苛立って罵る反面、まんざらでまかせでもないのかも、と思う。そうであって欲しい。本気で考えている自分にさらに苛立ち、突っ込みも入れながら、私は遠ざかる胴間《どうま》声《ごえ》を聞いていた。

Dカラーバケーション

1

おしぼりを一枚巻き終え、私は息をついた。両手を振り、指も開いたり閉じたりして強《こわ》ばった関節をほぐす。作業開始から一時間半。指の腹はふやけ、風呂上がりのようになっている。

「当分なすは食べたくない。ぶどうにも、粒の形が似たようなのがあったわよね。それもパス。とにかく、濃い青で細長いものにはうんざり」

おしぼりを応接テーブルの上の籠に入れた。中には同じように折りたたみ、筒状に巻いたおしぼりが積み上げられている。タオル地で、色はすべて深く濃い青。

「おい。サボってんじゃねえぞ」

不機嫌の極みといった声がした。塩谷さんだ。オーナーデスクに座り、背中を丸めてパソコンに向かっている。

「失礼ね。自分こそ、またエロサイトを覗いて油売ってるんじゃないでしょうね」

言い返す私を横目で睨み、塩谷さんは手にした書類を机の端に放り投げ、別の一枚を取った。書類には新規来店客の氏名と生年月日、連絡先などのデータが書き込まれている。キーボードを叩く音が聞こえだしたので、真面目に働いているようだ。

私も仕事を再開した。籠の横には大きなプラスチックの箱が置かれ、半透明のビニール袋に包装されたおしぼりがぎっしり詰まっている。袋を破っておしぼりを取り出し、テーブルに広げて縦に三つ折りにした後、手前からきつく、よれないように巻いていく。巻き終えた時に、おしぼりの下端中央に刺繍された『club indigo』の黄色いネームが見えるようにするのがルールだ。店のおしぼりの洗濯は専門の業者に任せているが、たたみ方が雑なのですべてやり直し、季節に合わせて冷やしたり温めたりして客に出している。

ドアが開き、ジュンが入って来た。ドレッドの長い髪をアップに結い、身につけているのはTシャツに細身のジーンズ。Tシャツの上にはこの夏流行のアイテム、ジレも着ている。この間「ジレなんてわざわざフランス語で呼ばないで、ベストでいいじゃない」と突っ込んだら、「まあ、チョッキとか言わないだけいいですけどね」と苦笑された。

「いい感じじゃないですか。晶さん、おしぼり巻きが上達しましたね。塩谷さんは、データ入力順調ですか？」

カルチャースクールの講師のような口調で籠の中のおしぼりをチェックし、パソコンの液晶ディスプレイも覗く。

「それが終わったら、晶さんは今月が誕生日の客に送るカードの宛名書きをお願いします。塩谷さんは、サマーキャンペーン用のチラシを作って下さい」

私と塩谷さんが同時に抗議の声を上げた。午後三時の二部営業開始から三十分ほど経ち、ブラインドを下ろした窓越しに階下の音楽と、客を出迎えるホストたちのハイテンションな声が聞こえてくる。

「せっかく表の仕事をサボって手伝いに来たんだし、もうちょっとやりがいっていうか、マネージャーらしいことをさせてよ」

「そう言われても。晶さんが下で客の指名とホストの着席状況を見て付け回しをするとか無理だし、塩谷さんも営業日報をまとめたりはできないでしょう」

「そりゃそうだけど」

「試しに出勤確認を頼めば、無断欠勤のホストの家まで押しかけて行って説教しちゃうし。開店前の朝礼に出てもらえば、ダジャレとオヤジギャグ連発でホストと厨房スタッフのテンション下げまくりだし。任せられる仕事っていったら、それぐらいしか」

「わかったよ。やりゃあいいんだろ、やりゃあ。しかし憂夜のやつ、お前が手伝ってるとはいえ、これだけの仕事をよく一人でこなしてたな」

顔をしかめ、塩谷さんが憂夜さんの机に目を向けた。深々と頷き、私とジュンも倣《なら》う。パーティションの向こうの、飾り気のない事務机だ。載っているのは電話とパソコンの液晶ディスプレイ、マウスの三つだけ。どれも新品と見まがうほど綺麗で、机上にも埃一つ落ちていない。いつもの光景だが、背筋を伸ばして椅子に座り、てきぱきかつ優雅に仕事をこなす憂夜さんの姿がない。

「一週間ほどお休みをいただきたいのですが」。憂夜さんがそう申し出てきたのは、一週間前だ。無論異存はない。しかしclub indigo開店以来、定休日以外はどんなに勧めても休もうとしなかった憂夜さんの突然の休暇願いだ。私は驚き、好奇心もあって、どこで何をするのか訊いてしまった。返ってきたのは「ほんのヤボ用です」という言葉と、いつもの謎めいた笑み。そして昨日。閉店後、「後のことはジュンに指示してあるので、ご心配なく。私も時々連絡を入れます」と言い残し、足音を立てずに出て行った。

机上の電話が鳴った。呼び出し音は内線、オーナーデスクに腕を伸ばし、ジュンが受話器を上げる。

「もしもし……憂夜さんに来客だそうです」

「取引業者の人？　ならジュンが応対して」

「それが違うみたいです。水原《みずはら》カンナって若い女性で、アポイントはないけどどうしても憂夜さんに会いたいって言ってるとか」

「若いってどいくつだ？　美人か？」

「さあ」

鼻を鳴らし、塩谷さんは革張りの椅子に背中を預けた。

「まあいい。取りあえず通せ」

間もなく、新人ホストに案内されカンナが入って来た。歳は二十代半ばくらいだろうか。細身長身で、ルイ・ヴィトンのキャリーバッグを引いている。

ソファに座り、不安げに室内を見回すカンナに、あいにく憂夜は休暇中で、自分たちは留守を預かっている者だと説明した。

「憂夜さんと連絡を取る方法はないですか。いる場所がわかれば、訪ねていきます」

「そう言われましても」

カンナの勢いに戸惑い、私は湯飲み茶碗を取った。濡れて底に張り付いた茶托が剥《は》がれ、大きな音を立ててガラステーブルに落ちる。振り向き、私はジュンに小声で告げた。

「ちょっと。茶托に載せる前に、茶碗の糸底《いとぞこ》を拭かなきゃダメでしょう」

「糸底？　なんですかそれ」

ぽかんと訊き返された。脱力し、仕方なくお茶をすする……ぬるい。しかも薄い。反対に、向かいのカンナの前に置かれたお茶は、倍以上色が濃い。どうやら、回し注ぎで濃さを均等にするという、お茶汲みの基本中の基本を知らないらしい。

「すみません。バタついてて」

私の謝罪にカンナは「いえ。こちらこそ取り乱して」と一礼し、ハンカチで額と鼻の下を軽く押さえた。涼しげな目元が印象的な美人だ。着ているものはシンプルなワンピースだが仕立てはよく、アクセサリーや控えめにカラーリングした長い髪のまとめ方も垢抜けていて品がある。言葉は標準語だが、時々関西弁のアクセントが交じるのも可愛らしかった。

「憂夜にどんなご用でしょうか」

「私は神戸《こうべ》に住んでいて、叔父が経営する元町《もとまち》の宝石店で働いています。その叔父が、十日ほど前に東京に行ったきり、行方不明になっているんです。警察に頼んでも見つからないし、家族や店の者も心配してます。だから私が捜しに来たんですけど、全然手がかりがなくて。憂夜さんは私の家族と知り合いで、面識のない私にもプレゼントとか、お小遣いとかを度々送って下さいました」

「プレゼント!?　小遣い!?　憂夜さんが？　塩谷さん、知ってた？」

しかし塩谷さんは知らん顔でテーブルの脇によけた籠からおしぼりを一枚取り、オヤジ丸出しの仕草で無精ヒゲの目立つ顔や首筋を拭いている。

「それに亡くなった母からも、『東京で困ったことがあったら、渋谷の club indigo を訪ねるように』と言われていて」

「聞かせて」

「はい？」

「叔父様が姿を消すまでのいきさつを詳しく、何もかも聞かせて下さい」

「えっ。でも」

立場は逆転し、テーブルに身を乗り出してにじり寄る私をカンナが戸惑い気味に見返す。

「悪いようにはしませんから。ことと次第によっては、憂夜と連絡を取らないでもないし」

「本当ですか？」

ぱっと顔を輝かせたカンナに私はもったいぶって頷き、携帯電話もちらつかせる。意を決したようにハンカチを握りしめ、カンナは話し始めた。

カンナの父・清正《きよまさ》は弟の秀正《ひでまさ》とともに父親の昭正《あきまさ》が経営し、神戸や芦屋《あしや》の資産家も顧客に名を連ねる高級宝石店〈ジュエリーMASA〉で働いていた。しかし二十五年前の夏、当時関西地方を荒らしていた宝石窃盗団に店を襲われ、時価八千万円相当のダイヤモンドの指輪が奪われ、運悪く居合わせた昭正が殺害されてしまった。その後、店は清正が継ぎ、幼なじみの悦子《えつこ》と結婚しカンナをもうけたが、清正は二十年ほど前に、悦子も去年病気で他界した。秀正が社長となった店は順調、数年前からカンナも仕事を手伝い始めたがいまだに事件の犯人は捕まらず、ダイヤの行方もわからないまま一週間後には時効を迎えようとしている。ところが十日前、秀正は「どうしても諦めきれない。人を使って調べたら、最近それらしきダイヤの指輪が東京の闇市場に持ち込まれたとわかった。取り返して犯人も捕まえる」と言って上京。以後連絡が取れなくなり、警察に捜索願を出したものの足取りはつかめないという。

「なるほど。それは心配ですね。で、憂夜とカンナさんのご家族との関係は」

「詳しいことはわからないんですが、事件が起きた当時、憂夜さんは神戸にいらしたそうです。

叔父や父とつき合いがあって、母とも顔見知りだったとか」

「ふうん。憂夜が神戸に」

当然ながら初耳だ。何をしていたのか。二十五年前というと、憂夜さんはいくつだろう。計算しかけたが、現在の年齢が定かではないのだからわかるはずもない。

「おい。電話だ」

塩谷さんに肘でつつかれ、我に返った。憂夜さんの携帯番号を呼び出し、かけてみたが留守電。時間をおき、何度か試したが結果は同じだった。

一時間ほどして、カンナは腰を上げた。うなだれ、目に見えて元気もない。

「いろいろお手数をおかけして、申し訳ありませんでした」

「もう帰られるんですか」

「ええ。仕事がありますし、叔父の家族も心配ですから。憂夜さんが戻られたら、よろしくお伝え下さい。もし、叔父のことで何か思い当たったら」

「ちょっと待った」

片手を上げ、私は飛び出した。キャリーを引き、ドアに向かいかけたカンナが驚いて足を止める。

「諦めるのはまだ早いですよ。もう少ししたら、憂夜と連絡が取れるかも知れないし。だめでも、私や店のみんなが力になります」

「店？」

「ここはホストクラブです。憂夜はマネージャー。すごく有能でスタッフにも慕われてるから、そのお知り合いの力になれるとわかれば。ねえ？」

満面の笑顔で振り返る。しかしジュンはぽかんと突っ立ったまま。塩谷さんもソファにふんぞり返り、そっぽを向いて顔をしかめている。

「何が『ちょっと待った』だ。『ねるとん紅鯨団《べにくじらだん》』か？　どんだけテレビに毒されてるんだよ。いつまでバブルを引きずってくつもりだ」

ぶつくさ言う声と、下卑《げび》た舌打ちがオーナールームに響いた。

「ふうん」

かったるそうにソファに腰掛け、ジョン太はアフロ頭を掻いた。隣ではＤＪ本気が膝に載せたノートパソコンでゲームをし、反対側の隣ではアレックスがＴシャツの片袖をまくり上げ、力こぶの盛り上がり具合をチェックしている。背後に控えた他のホストたちも、しらけた反応だ。

「何よ、その薄いリアクションは。人助けで人捜しよ。きみたち、大好きじゃない。それにカンナさんは美人よ。清楚で上品で、いかにも大店《おおだな》のご令嬢風」

「そりゃそうすけど」

「何より、憂夜さんの過去を知る絶好のチャンス。みんな、知りたいでしょ。興味津々でしょ」

「はじめはそうでしたけど、今は別に。ああいう人だと思ってるし。ぶっちゃけ、おっさんの昔話的なものには興味ないっつうか」

「きみたちはそうかも知れないけど、私はめちゃくちゃ気になるの。カンナさんにも『任せて』って言っちゃったし。力を貸してよ。運よく憂夜さんは休暇中だし、調べるなら今しかないの」

力強く断言し、ホストたちの顔を見回したが依然ノーリアクション。塩谷さんもオーナーデスクに脚を投げ出し、顔にはスポーツ新聞を載せて寝たふりを決め込んでいる。

午後六時過ぎ。二部営業が終わり引き揚げてきた若手ホストと、七時からの一部営業のために出勤して来たジョン太たちをつかまえ、水原カンナの来訪について説明した。

しつこくもう一度見回すと、ソファの後ろに立つ手塚くんと視線がぶつかった。慌てて目をそらしたので、さらに力と圧を込めて見つめてやった。根負けした様子で、手塚くんは挙手した。

「いいですか」

「はい。どうぞ」

「そこが問題だと思うんですよ」

「そこって?」

「本人が留守なのをいいことに、人捜しにかこつけて過去を暴く。それって、憂夜さんにもカンナさんにも失礼じゃないですか。その秀正さんて人を捜し出せるかどうかもわからないし。あるかなしかと言ったら、僕的にはなしですね」

第一ボタンまできっちり留めたポロシャツ姿で、眼鏡のブリッジを押し上げる。他のホストたちもうんうんと頷いた。

「こういう時に限って、もっともらしいことを言うんだから」

相手が誰だろうと気が乗らない、ノリが違うと思ったらそっぽを向き、てこでも動かない。実にわかりやすいが、扱いは面倒。それがこの連中だ。

私の隣で煙草をふかしていた犬マンが、ジーンズの脚を組み替えた。

「憂夜さんはともかく、事件そのものには興味を惹かれないでもないんですけどね。秀正さんは、二十五年前に強奪されたダイヤを追って姿を消したんでしょう。その連続宝石窃盗団って何者なんですか」

「ああそれ。私も気になってたのよ。後でネットで調べてみようと思ってて」

「ほい」

ＤＪ本気がノートパソコンをテーブルに載せた。いつの間に検索したのか、『あの事件は今！全国未解決事件ファイル』なるサイトが表示され、未解決事件の名称と発生年が横書きでずらりと並んでいる。みんなが集まってきて覗き込む中、ＤＪ本気はパソコンのフラットポイントに指を走らせ、カーソルを『関西Uギャング事件（1983年）』に合わせ、ダブルクリックした。

「Uギャング事件？　聞いたことがあるような気もするけど」

私が呟いている間に画面は切り替わり、事件の詳細が表示された。

一九八三年。大阪、神戸の繁華街の高級宝石店ばかりを狙った、連続窃盗事件が発生した。閉店後の店内に侵入してショーケースを破壊、警報装置が作動し警備員が駆けつける前に、一番高価な宝石だけを奪って逃走する。犯行所要時間はわずか三分。死傷者は出さず、証拠も残さない。監視カメラに残された映像によると犯人は二十代から三十代の男五人で、全員が夜店で売っているようなプラスチック製のゾフィー、ウルトラマン、ウルトラセブン、ウルトラマンジャック、ウルトラマンＡ《エース》というテレビの特撮ドラマ「ウルトラシリーズ」に登場するウルトラ兄弟のお面をかぶっている。見た目のキャッチーさと手口の鮮やかさ、さらに犯行所要時間がドラマでの「ウルトラマンの地球でのエネルギー持続時間は三分」という設定に重なるところから、マスコミは犯人たちを「U（ULTLA）ギャング」と名づけ、騒ぎたてた。しかし八月のある晩、ダイヤの指輪を狙い神戸・元町のジュエリーMASAに押し入ったUギャングは、忘れ物を取りに戻った店主・昭正と鉢合わせ。もみ合った末に、所持していた拳銃で昭正を射殺する。人を傷つけないという神話は崩壊。以後犯行も途絶え、警察の必死の捜査も空しく、あと一週間で強盗致死罪の時効を迎えようとしている。

「思い出したわ、Uギャング。テレビや週刊誌が大騒ぎしてた。塩谷さんも覚えてるでしょ？」

ホストたちの頭越しに話を振ったが、返事はない。アフロ頭をみんなに鬱陶《うっとう》しがられながらも画面を見つめ、ジョン太は目を輝かせた。

「すげえな。こんな大昔にも、クールでシャレの利いた連中がいたんだな。しかも、今の俺らと同年代ぽいじゃん」

「ヤバいよな。お面のウルトラマンと犯行所要時間がリンクしてるってのもキテる」

頷き、DJ本気は記事の下に並んだ小窓を拡大した。襲われた宝石店の写真で、どれも大きく立派な店構えだ。中でもジュエリーMASAは石造りの重厚なビルで、一目で老舗《しにせ》とわかる。

「盛り上がってるところ水を差すつもりはありませんけど、この手のショーアップ型犯罪は長続きしないのがセオリー。彼らもジュエリーMASAでルールを破って人を殺し、破綻しています。『俺たちに明日はない』って映画がそのあたり詳しいんですけど、ご希望ならDVDを貸してもいいですよ」

しれっと言い放って手を伸ばし、手塚くんは別の小窓を拡大した。ジュエリーMASAの現場写真だろう。広々とした店内の絨毯に血が飛び散り、ショーケースは無残に破壊されている。英語で何か呟き、アレックスが顔を背けた。傍《かたわ》らに添えられた被害者・昭正の顔写真はごつめの強面だが、凛《りん》としたたたずまいはカンナと同じだ。

「これはなに？」

私は端の小窓を指した。これだけが写真ではなく、イラストのようだ。

「似顔絵みたいですよ。昭正さんが殺された時、たまたま店の前を通りかかった秀正さんが、裏口から逃げるギャングたちを目撃しているんです。中に一人だけ、昭正さんともみ合った時に壊れたのか、お面をかぶっていない男がいた。一連の事件での、唯一の目撃談ってことになりますね」

小窓の下の記事を要約し、DJ本気はイラストを拡大した。とたんに、みんなが息をのんだ。鉛筆で描かれた、リアルなだけで愛想も味もない正面向きの顔。指名手配書に添えられ、派出所や町内会の掲示板などに貼られているありふれた似顔絵だ。しかし彫りの深い、ややくどめの目鼻立ちといい、秀でた額といい、そこに一房垂らされた前髪といい、憂夜さんにそっくりだ。

「いやいやいやいや。あり得ないって。ほら、世の中にはそっくりな人が三人いるっていうじゃないすか。じゃなきゃあれだ、ウッドペッカーみたいな」

「ドッペルゲンガーね。そうそう。笑っちゃうわよね。塩谷さんもそう思うでしょ」

頬が引きつるのを感じながら、無理矢理に声を張り上げて笑い、みんなも合わせた。しかし、塩谷さんの返事はない。いつの間に移動したのか、ホストたちの後ろから呆然と似顔絵を見つめている。

「でもこれ、明らかに憂夜さんですよね。髪型も一緒だし。だとしたらあの人、おかしくないですか。この絵と比べても、シワとか一つも増えてないですよ。老けない、てかむしろ化け物——」

この場にいる誰もが感じながら、差し障りがありすぎて口に出せなかったことをあっさり言ってのけたDJ本気を、ジョン太とアレックスが二人がかりで押さえ込む。ざわつき、据わりの悪い空気は飽和状態となり、みんなが私に目を向けた。どうしろというのか。頼みの綱の塩谷さんは、依然似顔絵を前に固まっている。

indigoを始める時、憂夜さんを連れて来たのは塩谷さんで、彼だけは憂夜さんの過去を把握していらしい。しかし、この事件については知らなかった様子だ。

唐突に、私のジーンズのポケットからアラベスクの『恋にメリーゴーランド』の着メロが流れだした。ゆるく大仰な昭和のディスコサウンドに、ホストたちが脱力する。発信元は公衆電話だ。

「もしもし」

「憂夜です。何度かお電話をいただいたようで、申し訳ありません。携帯電話の調子が悪くて」

タイミングを計ったように、甘いバリトンの声が流れる。ホストたちと塩谷さんが一斉に集まってきて、私の携帯に耳を寄せた。

「どうされました。店でトラブルですか」

「トラブルってほどでもないんだけど」

口ごもり、泳がせた視線は液晶ディスプレイの似顔絵の男の目とぶつかった。私の前に顔を出し、「この話はするな」と言うように、塩谷さんが眉間にシワを寄せて首を横に振る。ならばカンナの件だけでもと口を開きかけると、電話の向こうで大きな音がした。薄い金属が連打されている。銅鑼《どら》だろう。続いて、すり切れて音割れした『蛍の光』のメロディーが流れ始めた。ざわざわとした気配と、アナウンスの音声も重なる。

「すみません、オーナー。出航時間のようです」

「出航って、どこにいるの。行き先は？」

「申し訳ありません。後ほどかけ直させて下さい。失礼します」

言葉は丁寧だが、問答無用の勢いで電話は切れた。受話口から切断信号音が流れ、室内に再び息苦しい空気が満ちていく。

「こりゃ、今回の休暇は百パー事件と関係してますね。案外憂夜さん、高飛びする気だったりして。飛行機じゃなく、船を選ぶってところがまたリアル――」

またもや誰もが思ってはいるが、言わなくていいことを言い、ＤＪ本気はアレックスに強烈なスリーパーホールドで頸動脈を絞め上げられた。

2

翌日は連日の猛暑の中でも特に暑く、午後六時を過ぎても気温は三十度を下回らなかった。銀《ぎん》座《ざ》・中央通りを歩く人々は一様にぐったりして、ハンカチやミニタオルで額や首筋の汗を拭っている。なぎさママは私と塩谷さんを引き連れ、その真ん中を進んだ。ピンワークに美容師の妙技が光る夜会巻きの髪に紗《しゃ》の黒い訪問着、手には佐《さ》賀《が》錦《にしき》のクラッチバッグ。かすかな衣擦れの音を立て、ぎょっと目を向けるサラリーマンには微笑みと会釈を、水商売関係者とおぼしき着物やドレスの女たちには対抗心溢れる一瞥《いちべつ》をくれていく。

「ちゃちゃっと済ませて、渋谷に戻るわよ。今夜は神泉《しんせん》の店にデカい宴会が入ってるの。お得意様だし、あたしも顔を出さなきゃいけないんだから」

「わかりました。お手数かけます」

「まったく、晶ちゃんもヤキが回ったもんね。憂夜さんが宝石窃盗団？　高飛び？　バカバカしくてやってらんないわよ」

太い首をのけぞらせ、裏声で笑う。すれ違った親子連れの子どもが、怯えたように母親の腕にしがみついた。慌てて追いつき、私はママの着物の袖を引いた。

「ちょっと。声がデカい」

「でもまぁ似顔絵の件は気になるし、あたしもあの人の過去に関心がない訳じゃないから、力は貸すけど。あ、そこ左ね」

帯から抜いた扇子で前方を指し、ママは脇道に入った。

店の存続と失業の危機を感じたのか、憂夜さんの電話の後ホストたちは手のひらを返して協力的になり、秀正の失踪と二十五年前の事件について調べることになった。閉店後カンナを呼び、改めて話を聞いた。

はっきりしているのは、秀正は西新橋《にししんばし》のホテルに宿泊していたことと、在京の友人知人を訪ねた形跡はないということ。また盗まれた指輪は六・五カラットのダイヤモンドで、ダイヤの品質を表す4C、Carat・Color・Clarity・Cut のすべてが最高ランクの逸品だという。しかし宝石業界は盗品や模造品などの情報伝達が徹底しており、秀正が得た情報が事実だったとしても、盗まれたダイヤが表市場に持ち込まれる可能性は低い。当然、表に流せない品を売買する闇市場も存在するのだが、外国人マフィアが関与している上、取引の場は都内のマンションを中心に刻々と移動するため足取りを追うのは困難かつ危険を伴う。

しばらく歩き、ママは一軒の店に入った。大きくはないが、ガラス張りのしゃれたビルで、出入口のガラスのドアには金文字で『天暁堂《てんぎょうどう》 宝石店』とある。

白大理石張りのフロアを進むと、ショーケースの向こうから制服姿の店員たちが挨拶をしてきた。ママはその一人一人に、「どうも」「この間はありがとね」「あら。このルビー、いいじゃない。後で見せて」などと貫禄十分に応えていく。

白髪交じりの髪を七三分けにしたスーツ姿の中年男が、腰を低くして駆け寄って来た。

「これはこれは。いらっしゃいませ」

「今日はお友だちを連れて来たの。でもごめんね、買い物じゃないの。豚に真珠、小娘にダイヤっていうじゃない？　ここで扱ってるような最高級、超ゴージャスなジュエリーを身につけるには、歳も経験もそれなりに重ねた女じゃないと」

再び高笑いをかまし、天井を仰いだ。私はむっとし、塩谷さんは傍らのショーケースに並んだネックレスの値札の桁数を「一、十、百、千、万……」と小学生のように数えている。

「それはもう。なぎさ様にはいつもご贔屓《ひいき》にしていただいて」

平身低頭もみ手の男だが、無理もない。扇子で休みなく襟元をあおぐママの手には、太くごつい指に負けない大きさのダイヤやサファイアの指輪が輝いている。

「章司《しょうじ》くんいる？　さっき電話しといたんだけど」

「はい。伺っております。工房の方でお待ちしておりますので、どうぞ」

いそいそと、男は私たちを売り場脇のエレベーターに案内した。

四階でドアが開き、制服姿の女が私たちを出迎えた。張り付けたような笑みで挨拶し、奥に誘導する。中央に円形の小さなカウンター、中には小さな機械のようなものも見える。宝石の加工や修理のフロアのようだ。

突き当たりのドアから部屋に入る。スチールの事務机が並び、顕微鏡やデジタル式の天秤《てんびん》、ペンライト、その他用途のわからない小型の機械が置かれていた。

「こんばんは。お待ちしていました」

がらんとした部屋の奥で、男が立ち上がった。歳は三十代前半だろうか。中背細身で青白い顔をしているが、アーモンド形の大きな目と引き締まった口元が印象的な美形だ。

「忙しいのにごめんね。こっちのが、昼間話した二人」

「はじめまして。高原です」

ぞんざいな紹介に心中で憤慨しつつ、私は一礼した。章司も細い腰を折り、静かに礼を返す。身につけているのは、流行の細身シルエットのスーツ、シャツはノーネクタイだ。

「こちらこそ。野本《のもと》章司です」

「章司くんはここの社長の甥っ子で、最近アメリカ留学から帰って来たの。仕事は宝石の鑑定士。店に持ち込まれた石が偽物じゃないかとか、いくらぐらいの価値があるかとかを、ここにある機械を使って調べるのよね」

「ママ、また混乱してますよ。石が偽物かどうか調べるのは鑑別。ダイヤモンドの価値を評価するのが鑑定です」

「そうなんですか？」

「ええ。混同なさっている方も多いんですが、まったくの別物です。特に鑑定は、ダイヤモンドのみを対象とした検査で、その石の価値を色の明るさやカットの技術などから等級づけします。どちらも僕のような専門の学校で宝石学を学び、修了試験にパスした者が行うのが一般的ですが、呼び名は曖昧《あいまい》で鑑定士、鑑別士、どちらも使われています。国家資格ではないし、最近では宝石学修了者と呼ぼうという動きもあるようです」

ややスカし気味だが、朗々とわかりやすい説明だ。額にかかった黒い前髪をかき上げる指は、長くほっそりとしている。いかにもママの好みだ。

「なんだこりゃ。エアガンのBB弾か」

塩谷さんの声に、みんなが振り向く。一つの机の上に白いビロードの布を敷いた箱があり、直径一センチほどの球形の黒い粒が並んでいる。

「やだ、塩谷ちゃん。これは黒蝶真珠《くろちょう》。ブラックパールってやつよ。ねえ、章司くん」

「ええ。今日夕ヒチから届いたばかりです」

「ちょうどよかったわ。この着物に合わせる指輪が一つ欲しいと思ってたの。あたしが選ぶなら、そうね、この真ん中のやつかしら」

「さすがママ。お目が高い。この中で一番クオリティーの高いものです」

「やっぱり？ こういうとこに出ちゃうのよね。リッチでセレブな感性が」

上機嫌で私の背中を連打するママを無視し、章司に訊ねた。

「クオリティーって、どこで見分けるんですか」

「いろいろありますけど、簡単な方法を一つ。真珠をよく見て下さい。ビロードの布が受けた光を反射しているでしょう。球の下の方が青みがかっているものが、より品質がいいとされています」

箱の上に身をかがめ、目をこらすと確かにママが選んだ粒が一番青みが強い。

「なるほど」

「そうそう。章司くんに見てもらいたい石があるの。知り合いの会社の社長に、掘り出し物だから買わないかって言われて、ひとまず預かってきたんだけど」

ママは言い、クラッチバッグから小さな宝石箱を出す。中にはダイヤモンドらしき石が入っている。頭は円で下が細い独楽《こま》のような形。頭上の明かりを受け、強く冷たく輝く。

「裸石《ルース》ですね。一・三カラットってところかな。カットはラウンドブリリアントね。ぱっと見はいい感じだわ」

「ね」？「だわ」？　突然の変化に戸惑う私と塩谷さんには構わず、章司は身を翻《ひるがえ》して自分の席に戻った。その後をママが追いかける。

「ん～。取りあえず、偽物ではないみたい。ほら見て。下の字が読めるでしょ」

「そうねそうね。この間章司くん、『屈折の関係で、ダイヤモンドは新聞の上に置いても下の文字は読める。読めないのは類似品のジルコンか合成モアサナイト』って教えてくれたもんね」

サイズの違う体をくねらせ合い、裏声で盛り上がる二人の脇から恐る恐る覗く。章司はダイヤを机上の書類の上に載せている。確かに、書類にびっしりと並んだ文字はダイヤを通しても判読できる。

「でもねえ。なんか気になるのよね、この子」

呟いて小首をかしげ、章司はジャケットのポケットを探った。取り出したのは、上部にレンズのはまったミニチュアのシルクハットのような形の筒。テレビで見たことがある。時計職人などが使う小型のルーペだ。

章司は慣れた手つきで右目にルーペをはめ、左手にダイヤを持って天井の蛍光灯にかざした。

「あら～、キュート。カットも若々しくていいわあ。たとえるならそう、《ジュノン・スーパーボーイ・コンテスト》グランプリって感じ？　色は、ほとんど無色のGカラーってとこ。コーティングもしてないし、ピュアよねえ」

捲《まく》し立てながら、たおやかな動きでダイヤの位置や角度を変えていく。背中を丸め、頬を寄せるようにして章司に張り付いたママがそれを見つめ、私と塩谷さんは完全に言葉を失った。

細い肩を小さくはねさせ、章司の動きが止まった。

「やだ。待って。ここ、微妙だけど光沢が違う……間違いないわ。ガラス充塡《じゅうてん》してる。ママ、見て。ここの下のところ。気泡みたいのがあるでしょう。小さい傷があって、ごまかすために溶かしたガラスを入れてるの」

ルーペとダイヤを手渡され、ママも同じようにして覗く。

「えっ。マジ?……ホント。あるわ。ちくしょう。やっぱり傷物か。あのハゲオヤジ、舐めた真似しやがって。覚えてやがれ」

後半は男、というよりその筋のひと風のドスを利かせた口調になり、ダイヤを握りしめて空《くう》を睨んだ。

「あの、ママ。お取り込み中、申し訳ないんだけど」

「何よ」

「章司さんが腕のいい、一流の鑑定士っていうのはわかったんだけど、嗜好的にはその」

「そうよ。うちの組合。正真正銘のゲイ。普段はクールな二の線で通してるけど、ダイヤ大好き、ダイヤ命で夢中になるとつい地が出てオカマ言葉になっちゃうの。びっくりした? ごめんねぇ」

地声でがははと笑い、塩谷さんの背中をどつく。目が合うと章司は、「すみません」と会釈し、恥ずかしそうに髪をかき上げた。右耳にきらりと、小さいが輝きの強いダイヤのピアスが光る。

「で、本題なんですけど。章司さんに力を貸していただきたいことがあります」

「いきさつはママから聞きました。ジュエリーMASAさんの事件も知っています。盗まれたダイヤは、元はロシア貴族の持ち物だったという逸品なんですよ」

「聞きました。4Cが全部最高ランクなんですよね」

「ええ。特にColor、つまり色が素晴らしいんです。一部のカラーダイヤを除き、ダイヤモンドは無色に近いほど価値が高くなります。色調の微妙な違いを完全無色、ほとんど無色、わずかな黄色、薄い黄色から黄色などにカテゴライズし、それぞれのカテゴリーの中にもアルファベットで表したランクがありまず。盗まれたダイヤは完全無色カテゴリーでも、最高ランクのD。Dカラーと呼ばれて、輝きもずば抜けて強いものです」

熱っぽく解説し、最後に両手を胸の前で組むという「乙女のポーズ」でうっとり空《くう》を見る。こちらがリアクションを迷っていると、一転して表情を引き締めた。

「そんな素晴らしい、神様からの贈り物ともいえる品を卑劣な手段で奪い、ご主人まで殺し、のうのうと時効を迎えようなんて許せない。僕でよければお手伝いさせて下さい」

「ありがとうございます。心強いわ」

「今のところ、ダイヤは闇市場に持ち込まれた可能性が高い。秀正さんもそのあたりを嗅ぎ回って、ヤバい連中に捕まったというのが俺たちの読みだ」

塩谷さんの説明を、章司は頷きながら聞き入った。

「可能性はありますね。しかし、ギャングたちはなぜ時効目前になってダイヤを動かしたんでしょう。警察や関係者に見つかる危険はあるし、闇市場で換金しても盗品は安く買い叩かれて、実勢価格の三分の一になるかならないかですよ」

「急ぎで換金しなきゃいけない理由ができたのよ。警察なり、ヤクザなり追っ手が迫ってるとか。さもなきゃ仲間割れ」

ママが閉じた扇子を振り回す。私は訊ねた。

「盗品が表市場に出回る可能性って、絶対にないんですか。すごい数だろうし、全部はチェックしきれないでしょう」

「ええ。最近ではネットオークションなど、店を通さずに直接売買する場に盗品や模造品が持ち込まれてトラブルになっています。さすがにジュエリーMASAさんから盗まれたような超高級品には……ああでも、なくもないな」

「どういうことですか」

「リカット、つまり再研磨をしたり、薄い膜でコーティングして色を変えたりして別物に仕立てるんです。そういう加工を施した上で限られた人だけの目に触れ、売買が成立するアートオークションなどに出品されたらわからないかも知れない」

「オークションって、映画に出てくるようなやつ？　テレビだと『とんねるずのハンマープライス』。石田純一《いしだじゅんいち》が卒業式の謝恩会で祝ってくれる権利とか、ロバート・デ・ニーロやジョディ・フォスターに書かせた変な習字とかを、スタジオの客が競り合ってた」

「何がハンマープライスだ。引っ張り出してくるネタがいちいち古いんだよ、お前は。まだバブルの毒が脳みそから抜けねえのか。アートオークションといや、普通はサザビーズやクリスティーズだろうが」

昨日同様、塩谷さんは顔をしかめて呟き、品性の欠片も感じられない舌打ちをした。


どかんと音を立て、ジュンは応接ソファのテーブルに二八〇ミリリットルのペットボトル入り麦茶を八本置いた。

「何これ」

「何って、麦茶です。晶さんが『ペットボトルのでいいから』って言うから、向こうのコンビニまで行って買って来たんですけど」

「だからって、お客様にボトルから直《じか》に飲ませるの？　こういう場合は、ちゃんと別にグラスを添えて」

「それじゃ人数分買って来た意味なくないですか。ボトルももったいないし。晶さん、時代はエコですよ」

「それはそうなんだけど。でもこの場合、問題なのは」

「大丈夫ですよ。どうぞお気遣いなく」

騒ぐ私とジュンに柔らかな笑みを向け、カンナはペットボトルを取った。ハンカチで、表面に浮いた水滴をくるりと拭う。それを隣の章司が受け取り、みんなに配る。

「すみません」

私は恐縮したが、ジュンはさっさとiPodのイヤホンを耳に押し込み、憂夜さんの机に戻って伝票整理を再開した。主《ぬし》が休暇に入ってからわずか四日だが、机上には書類や文房具が散らかり、オーナールームも雑然としている。階下では二部営業が終わり、新人ホストたちが後片づけと掃除をしているが、天井に響くお喋りの声からして手抜きは確実だ。

憂夜さんの帰還が待ち遠しい。凝りすぎのきらいはあるが、一貫した美意識にのっとってサーブされた彼のお茶が飲みたい。ぼんやり考えているとジョン太が言った。

「で、どうすか。なんか収穫ありましたか」

「ダメね。この二日間で章司さんと都内の主立ったアートオークションを調べてみたけど、盗まれたダイヤが出品されてる形跡はなかったわ」

「アートオークションって、そんなに頻繁にやってるんですか」

「ええ。ホテルの宴会場やイベントホール、ギャラリーなどで、ほとんど毎日開かれています。扱う品もジュエリーから絵画、彫刻、陶芸、ワインまで様々です」

犬マンの疑問に答え、章司はテーブルの上のカタログを開いた。美術品の写真が並び、作品と作者名、制作年、サイズ、鑑定評価額などが添えられている。

「へえ。ネットでもカタログが見られるよ。会員登録すれば誰でも参加できるし、俺らが名前を知ってるような若いアーティストの作品もある。安いものは、二十万円ぐらいで競り落とされてるし。金持ちの年寄りばっかりの、気取って小難しい世界だと思ってたけど、違うんだな」

床に胡座《あぐら》をかいたDJ本気が、膝の上のノートパソコンに見入る。オークション運営会社のサイトを見ているらしい。

「事前に下見会も開かれて、実物を見られるのよ。試しにいくつか覗いてオークションも見学してみたけど、面白かった。五千万とか六千万の絵が、あっという間に競り落とされちゃうのよ」

「六千万？　すげえな。Unbelievable」

ソファの脇に立つアレックスが口笛を吹き、隣のジョン太たちもざわめいた。

本当は下見会で気になるダイヤを見つけた章司が、ルーペを片手に「やっだ〜。この子ってば、超イケメン。《飛び出せ！　日本男児コンテスト》優勝クラス？　さもなきゃ《ナイスガイ・コンテスト・イン・ジャパン》グランプリ？　たとえが古かったかしら」と騒いで他の来訪者に奇異な目で見られたり、オークション会場で成金丸出しの中年男が落札したアンティークダイヤのブレスレットを見て、「悪いけど、おっさんの命も長くないわね。あのダイヤ、呪われてるわ。びんびん感じるの。こびりついた三百年前の血しぶきと、亡者のうめき声を」と呟いてくつくつ笑ったりして、塩谷さん共々うんざりなのだが、ここは黙っておこう。

「一旦裸石《ルース》に戻して、ネックレスやブローチに加工されている可能性もあります。今週末も大きなオークションがいくつか開催されるし、引き続き追いかけてみましょう。大丈夫。どんな手を使おうと、この目は絶対にごまかされやしないわよ」

キャラクターの変化を危ぶんだのか、オーナーデスクの塩谷さんが口を開いた。

「お前らの方はどうだ。カンナさんと一緒に秀正さんの足取りを追ったんだろ」

「厳しいっすねえ。写真を見せて、泊まってたホテルのある西新橋のオフィス街、銀座や御徒町《おかちまち》の宝石店街も回ったんすけど、手がかりなし」

ジョン太が眉を寄せ、カンナも落胆したように俯《うつむ》いた。テーブルの上には、カンナが持参したものを焼き増しした、秀正の顔写真がある。銀縁の眼鏡を外し、髪の分け目を少し変えれば昭正にそっくりだ。

「カンナさんのお母様って、さぞや綺麗な方だったんでしょうね」

じゃなきゃ、あなたみたいな細面の美人が生まれる訳ないし。心の中で付け足し、写真を眺める。ＤＪ本気がネットの画像検索で見つけた清正の顔も、父親や弟と同じようにごつく強面だった。

「ええ。自分の親をそう言うのも変ですけど、美人でした。特に二十代の頃は、『元町小町』なんて呼ばれてたとか。叔父はよく冗談交じりに、『俺も悦子さんに夢中だったけど、兄貴を立てて譲ってやったんだ』と話しています」

「なるほど。元町小町ね。憂夜とお母様が知り合ったのも、その頃よね。どんなおつき合いだったのかしら」

言葉は選ぶが、ノリはあくまでも明るく軽く。じりじりと核心に迫ったが、カンナは首をかしげた。

「さあ。叔父に憂夜さんのことを訊いても、教えてくれないんですよ。噂では、香港《ホンコン》からの船で曲馬団《きょくばだん》や魔術師の一座と一緒に流れて来たとかなんとか」

「ほ、香港!? 曲馬団に魔術師!?」

「本当かどうかはわかりませんよ。当時の神戸はバブル景気が始まったばかりで、外洋航路の船が毎日のように港を出入りして、いろいろな国の人が街に溢れてすごい賑わいだったって話ですから」

カンナがハンカチで口元を押さえて笑い、私とホストたちは顔を見合わせた。またもや、狙ったようなタイミングで私の携帯電話が鳴った。着メロはノーランズの『セクシー・ミュージック』。

「もしもし」

「憂夜です。連絡が遅くなって申し訳ありません」

「心配してたのよ。どこにいるの? ……雑音がひどいわね。あと、そっちの発信番号。八五二って、明らかに日本じゃないんだけど」

どたばたと集まってきたホストたちと塩谷さんが、受話口に耳を寄せる。しかし雑音はますますひどくなり、憂夜さんの答えも聞き取れない。

「もしもし? 高原オーナー、よく聞こえないんですが」

声のトーンを上げた憂夜さんの後ろで、裏返った男の叫び声が上がった。カンフー映画の格闘シーンで聞かれるやつだ。応えるように、もう一つの声が上がったが、憂夜さんのものかどうかはわからない。家具か建物が突き破られ、ガラスや陶器が割れるような音も響いた。

思わず携帯を耳から浮かせた後、はっとして両手で持ち直し、私は呼びかけた。

「ちょっと憂夜さん、どうしたの? 大丈夫?」

返事はない。代わりに奇声の応酬と、激しい格闘音がする。と、今度は車のエンジン音が近づいて来て、すぐ近くで急ブレーキをかけた。続いてマシンガンと思われる銃の発射音。女の悲鳴と、男の怒声。中国語だろうか。拳銃で応戦する気配もある。カンフー映画の次はフィルム・ノワールか。

「もしもし。憂夜さん？　どうしたの。大丈夫？」

「おい、憂夜。俺だ、塩谷だ。返事をしろ」

「憂夜さん！」

送話口に顔を寄せ、みんなも問いかける。ぶつり。電話は切れた。不吉かつ無情な切断信号音が流れる中、私は携帯を握りしめたままフリーズし、みんなも動けない。不安げな表情で、カンナと章司が顔を見合わせている。

「わかった！　晶さん、わかりましたよ。八五二って、香港の国番号です」

場の空気とか心の機微《きび》とか、存在すら知らないようなＤＪ本気の声が響き渡る。

香港。なるほどね。何がなるほどなのかわからないが納得しかけた時、向かいで章司が立ち上がった。

「そうか！」

今度はなに？　固まったまま、みんなで目だけを向ける。章司はあたふたとソファの後ろを回り、ＤＪ本気に駆け寄った。

「ちょっと失礼」

言うが早いかノートパソコンを引ったくり、床に正座してキーボードを叩き始めた。気がつけば、なぎさママ好みの長く美しい手は小指がぴんと立っている。

みんなも移動し、肩越しに覗き込んだ。検索エンジンを立ち上げ、キーワードを打ち込んで検索している。画面が切り替わり、表示されたのは黒地に金の『ORIENT ART AUCTION』の文字。

「オリエントアートオークション？　オークションの運営会社ね」

「ええ。でも、他の会社とは違います。社長は華僑《かきょう》の大金持ちで、出品されるのも世界中から集めた超一流の値打ちものばかり。競りの開始値は軒並み八桁と言われています。カタログのつくりも画集や写真集レベルで、一冊一万円以上するんですよ」

言われてみればサイトの作りも豪華で重厚、イメージとして配された画像にも、タッチに見覚えのある国内外の有名アーティストの絵画や彫刻があった。

「可能性はあるかも。念のため会員登録して、カタログでそれらしいものが見つかったら下見会に行きましょう」

「いや、それが」

「なんだ。どうかしたのか」

塩谷さんの問いかけに章司は顔を上げ、カーブの緩やかな太めの眉を寄せた。

「開催者も出品作品も超一流だけに、入会審査も厳しいんですよ。パスできるのは、収入や社会的信用度の高い一部のセレブだけって噂です」

「なるほど。そうなると、私たちの周りで該当しそうなのは」

「一人しかいねえな。つい一昨日《おととい》も、自分でセレブセレブって騒いでたし」

私の言葉を塩谷さんが引き継ぎ、ホストたち、加えて章司も大きく頷いた。

からみつくような熱気を放ち、傍らをタクシーが走り抜けていった。私は身を引き、塩谷さんは顔をしかめてシワだらけのハンカチで首筋の汗を拭った。

「おい。なんか飲むものを買って来い」

「やだ。このへん自販機ないし。自分で行きなさいよ」

「こっちは会社の夏休みを潰してつき合ってんだぞ。ちょっとぐらい、気を遣え」

銀座・歌舞伎座《かぶきざ》近くの裏通り。一方通行の狭い通り沿いに大小のビルが並んでいる。時刻は午後二時を過ぎ、暑さもピーク。突き当たりの大通りに目を向けると、立ちのぼる陽炎《かげろう》に行き交う人と車が歪んで見える。

「その水でいい。飲ませろ」

しびれを切らし、塩谷さんは私が抱えたペットボトルを指した。もう片方の手には、ルイ・ヴィトンのモノグラムラインのリードを引っかけている。

「でもこれ、犬用よ」

「構うこっちゃねえ。死にゃあしねえだろ」

「まあね。じゃあ、私も一口もらおうかな」

ボトルをつかみ、キャップを回す。包装フィルムには、『ドッグオアシス（小型犬用飲料水）』という丸みを帯びた文字と、犬の顔のイラストがプリントされている。

モノグラムのリードが引かれ、足元で甲高く耳障りな鳴き声が響いた。四十三万円ことまりんがビー玉のような目で非難がましく私たちを見上げ、チョコレートブラウンの巻き毛に覆われた小さな体を揺らしている。

「うるさいわね。いいじゃない、ちょっとぐらい。あんたも欲しいの？」

通行人の視線を気にしながら、身をかがめた。なぎさママからは、ビニールの携帯用ウォーターボウルとおやつ、おもちゃも預かっている。待ってましたとばかりに、四十三万円は牙を剝き、私の鼻に襲いかかろうとした。すんでのところで逃れ、腰を落として臨戦態勢をとった。生物分類と性別を超えた闘争の火花が散る。

「まったくもう。冗談じゃないわよ」

憤懣《ふんまん》やるかたないといった声を響かせ、なぎさママが傍らのビルから出てきた。背後には章司とカンナを伴っている。身を起こし、私は訊ねた。

「どうだった？　入会できた？」

「と〜んでもない。章司くんとこの社長の推薦状を見せて、カンナちゃんがジュエリーMASAの創業者の孫だって言ってもダメ。慇懃無礼《いんぎんぶれい》っての？『残念ですが』『ご希望には添いかねます』の繰り返し。せっかくとっておきのジュエリーを銀行の貸金庫から出して、おニューのワンピまで着て来たってのに。やってらんないわよ」

捲し立て、シャネルのバッグを振り回す。両手にはパチンコ玉及びスーパーボール大のダイヤやルビーの指輪が威圧感むんむんに輝いている。胸元がV字形に大きく開いたワンピースはシルク。目にも鮮やかな幾何学模様がプリントされている。同調し、塩谷さんを引き倒さんばかりの勢いで四十三万円が吠え、走り回った。

「収入などの条件の他に、現会員の紹介がないと入会はできないそうです。不勉強で申し訳ありません」

スーツのジャケットを腕にかけ、章司はぺこぺこと頭を下げた。それを受け、カンナもハンカチを握りしめて腰を折る。

「そんな。元はといえば、私が無理をお願いしたからで。みなさん、本当にすみません」

なぎさママを入会させて、オリエントアートオークションの競りに潜り込もうということで話がまとまり、早速翌日ママを連れて銀座の本社を訪ねた。しかし、さすがのママも歯が立たなかったようだ。

「そんなのどうでもいいの。あたしのプライドの問題よ。あ〜胸くそ悪い。行きましょ」

塩谷さんの手からリードを引ったくり、ママは歩きはじめた。シャネルのコンパクトで化粧直しをしながら、私たちを振り返る。

「ていうかさ、本当にお目当てのダイヤが出品されんの？　こんな思いまでして会員になった挙げ句、全然別物でしたじゃシャレになんないわよ」

「いえ。間違いありません。これは例のダイヤです」

力強く答え、章司はバッグからカタログを出した。つてを辿り、オリエントアートオークションが今週の日曜日に開催するジュエリーオークションのカタログだけは入手できた。付箋《ふせん》をつけたページを開くと、片側に長方形の大きな写真。ルビーとダイヤをあしらったネックレスで、着用すると胸元でリボンを結んでいるように見えるデザインだ。

「リボンの結び目部分の大きなものと、左右の四つ。石を分割してカットも変えていますが、これだけの輝きはそんじょそこらのダイヤにはありません。そのくせ、隣のルビーとのバランスはいまいちで、急ごしらえなのは明らかです。何より、オーラが違う。超ハイクオリティーなダイヤには、独特のオーラがあるの。写真でしか見たことないけど、ジュエリーMASAさんから盗まれたダイヤはハンパなかったわ。たとえるならそう、宝塚男役トップ？　紅白歌合戦大トリ？　とにかく、一度見たら絶対忘れない。同じオーラが、この子から立ちのぼってるのよ。ね、あんたも感じるでしょ、カンナちゃん」

「そ、そうですね。私も写真でしか知りませんけど、石としてのクオリティーやタイプはとてもよく似ていると思います」

オカマキャラ全開の章司に迫られ、カンナも頷いた。写真の脇には使われている石や金具等のデータが記され、評価額は『¥4,000,000~50,000,000』となっている。

「いま、業界のコネやら鑑定士の人脈やら駆使して、このネックレスの出品者を調べてるの。絶対に突き止めてみせるから、お願い。ママ、晶ちゃん、塩谷ちゃん。日曜日までに会員になる方法を考えて」

「そりゃ考えてどうにかなるものなら、いくらでも考えるけど」

「indigo のお客さんはどうですか。ホストクラブに来る人って、みんなお金持ちなんでしょう」

すがるような目を、カンナが隣の塩谷さんに向ける。

「まあな。だが、うちはちょいと毛色が違うんだ。客もOLやら学生やらが多いし。これが歌舞《かぶ》伎町《きちょう》・六本木あたりの王道系の店だと、また話が」

言葉が途切れ、同時に私も閃《ひらめ》いた。振り向くと塩谷さんも同じように目を見開き、口も半開きにしてこちらを見ていた。

3

ガラスのドアを押し開け、空也《くうや》が店に入って来た。フローリングの床を進むと、反応して左右の客席で犬が吠えた。そのうちの一頭、ロングコートチワワが空也に駆け寄る。身につけているベストと首輪の色柄からして、メスだろう。壁のフックに留められたリードをぴんと伸ばし、前脚も上げて飛びかからんばかりに吠えている。身をかがめ、空也はチワワの出っ張り気味の黒く大きな目を覗き、微笑んだ。口の両端をほんの少し上げただけ。代わりに目に力を込め、相手の視線を真正面からとらえる。

　ぴたりと、鳴き声が止んだ。代わりにきゅうきゅうと甘えるように鼻を鳴らし、身もくねらせて空也の脚にまとわりつく。続けて仰向けになり、四肢を縮めて「どうにでもして」というようににべろんと腹を見せた。鳴き声は、熱っぽくしどけないものに変わっている。

「ナナ、どうしたの!?」

　驚き、飼い主が立ち上がる。ジーンズ姿の若い女だ。笑みを崩さず、空也は言ってのけた。

「大丈夫。よくあることです」

　腰を上げ、歩きだす。チワワを抱いてその背中を見送る女の頬が、みるみる赤らんでいく。

　数歩進み、空也は傍らのラタンの椅子に目を向けた。全身を艶《つや》のあるライトブラウンの毛に覆われたヨークシャーテリアが、じっと見上げている。頭の上には、ごてごてとしたレースのリボンが結ばれていた。この子もメスだろう。

「そのリボン、いい感じじゃん。似合ってるよ」

　スカしてややぶっきらぼう、しかし声はあくまで甘く滑らか。犬相手にはおよそ似つかわしくない応対だが、空也の指がリボンに触れるか触れないかのうちに、ヨークシャーテリアも横たわり、腹を見せて身をよじらせ始めた。飼い主の中年女とその連れの女たちも、魂を抜かれたような顔で空也を見上げている。気がつけば、店内には他にも腹を見せて転がる犬と、恍惚《こうこつ》とした女が見られる。

呆れかえり、私は歩み寄って来た空也を見上げた。

「相変わらず、ていうかよくやるわ」

「呼びつけておいて、ご挨拶だな」

余裕綽々《よゆうしゃくしゃく》に返し、額に斜めにかかったライトブラウンの前髪をかき上げる。黒いスーツに黒いワイシャツ、肌もまんべんなく日焼けしている。はだけた胸元から覗く重ねづけしたプラチナのネックレスといい、すべてが過剰で暑苦しいことこの上ない。

空也は塩谷さんに目礼し、カンナに微笑みかけ、最後になぎさママを見た。

「なぎささんですね。はじめまして、歌舞伎町〈エルドラド〉の空也です。お噂はかねがね。お目にかかりたいと思っておりました」

背筋を伸ばし、恭《うやうや》しく一礼する。仕草が憂夜さんにそっくりだ。

「あら、嬉しい。あたしも会いたいと思ってたのよ。どうぞご贔屓に。こっちはまりん。よろしくね」

「まりんちゃん。いい名前だね。よろしく」

テーブルに身をかがめ、ママの隣に座る四十三万円にお得意の笑みを向ける。ごろり。当然のように四十三万円も横になり、ピンクの地肌むき出しの腹を見せた。

「えっ。まりんってオスよね？　まさかこの子までママの組合——」

「晶ちゃん、うるさいわよ。空也くんは忙しいの。さっさと趣旨を話す」

ママが一喝し、空也は空いた椅子を引いて座り、コーヒーを注文した。

電話で空也をつかまえ、仕事に戻らなくてはならない章司と昭和《しょうわ》通りで別れ、タクシーで新宿に向かった。四十三万円が一緒でも入れる店を携帯で検索すると、新宿御苑《ぎょえん》前のここが見つかった。ドッグカフェなる昨今流行の店で、ペット連れでお茶ができるのが売りらしい。犬は壁のリードフックにつなぎ、テーブルには乗せない等々のルールがあり、客たちのマナーもいいが、店内にはうっすら獣臭《けものしゅう》が漂い、使い分けされているとは思うものの、犬と同じ食器で飲食するのには抵抗を感じる。

「なるほどね。Uギャングにジュエリー MASA 事件。俺も聞いたことがあるよ」

話を聞き終え、空也はコーヒーを飲んだ。リラックスしているように見えるが、カップを持つ指や組んだ脚の端々まで神経を行き届かせているのがわかる。四方から、犬とその飼い主の女たちのねっとりとした視線を感じる。

「なら話が早いわ。空也の指名客にならオリエントアートオークションの会員がいるでしょう。いなくても、つてはあるはずよ」

「まあ、思い当たらなくもないけど」

「やっぱり！　お願い、紹介して。憂夜さんはジュエリー MASA さんと縁が深くて、特にカンナさんのことは大切に思ってるみたいなの。憂夜さんには、昔さんざん世話になったんでしょう。恩返しをするチャンスじゃない」

「まあな」

カップをソーサーに戻し、空也は向かいのカンナをちらりと見た。カンナはアイスコーヒーのグラスをつかみかけた私を止め、グラスの表面に浮いた水滴をハンカチで手早く拭き取ってくれた。

「参考までに訊くけど、どんな世話を受けて、なんの恩があるの？」

「一言じゃとても。強いて言うなら、憂夜イズム。東京、いや日本中のホストが一度は耳にしたことのある言葉、伝説と言うべきか。俺はその洗礼を直に受けられた、数少ない男だ」

「私が知りたいのはそういうふわ〜っとしたことじゃなく、いつ、どこで、どんな」

「ここ、禁煙じゃないよな」

あっさり話を変え、空也はポケットから煙草とライターを出した。すいと、カンナが右手を挙げた。

奥の店員に呼びかけ、左右の親指と人差し指を曲げて頭上に小さな四角を作った。怪訝《けげん》そうに、店員がそれを見返す。はっとして手を下げ、カンナは言い直した。

「お願いしま〜す」

「ごめんなさい。灰皿を下さい」

頷いて店員が厨房に引っ込み、カンナははにかんだように俯いてハンカチで口元を押さえた。その姿を空也が凝視している。彼が日頃接している女たちとは、対極にいるタイプだろう。

その後、私と塩谷さんが二人がかりで説得し、空也に心当たりの人物とコンタクトを取らせることに成功した。とはいっても、決め手になったのはなぎさママの「近いうちにお店に行くから、ヘネシーのボトルを入れておいてちょうだい」と「アフターでうちの店を使って。特別割引しちゃうわよ。もちろん、個室をご用意」という誘い文句だった。

待つこと三十分。通りに一台の車が滑り込んで来た。深紅のオープンカーだ。特徴的なヘッドライトから、ポルシェとわかる。一旦店の前を走り抜けた後、車は急ブレーキをかけ、スピードをほとんど落とさずにバックで路肩に停まった。植え込みが邪魔でよく見えないが、ドライバーはかなりのテクニシャンだ。エンジンや足回りも改造しているらしい。

空也が立ち上がった。

「来たぞ。志津香《しづか》さんだ。回数は多くないが、一度来店すると五百万は堅い太客《ふときゃく》だ。赤坂《あかさか》のホステスから身を起こして、今じゃ従業員二十人の高級外車専門ディーラーの社長。若いのにかなりのやり手だ」

「ふうん」

「若い」と「やり手」に反応したのか、なぎさママが露骨に不機嫌になる。膝の上の四十三万円も、小さくうなった。

空也にエスコートされ、志津香が入って来た。華やかな顔立ちの美人で、ぱっと見は二十代後半だが、シミシワ一つない肌とごついサングラスをヘアバンド代わりに留めた茶髪のロングヘアにはエステ、美容整形外科、縮毛矯正その他の施術の跡が窺《うかが》える。実年齢は四十ちょい過ぎといったところだろう。しかし、ショッキングピンクのホルターネックブラウスから覗く小麦色の二の腕はほどよく鍛えられて引き締まり、純白ローライズのフレアパンツに包まれた尻も形よく、きゅんと上がっていた。

二人が近づいて来たので、私たちはばたばたとテーブルの上座を空けた。一人ママだけが動かず、面白くなさそうに煙草をふかしている。

志津香のために椅子を引き、空也は言った。

「お忙しいのに申し訳ありません。お仕事の方は大丈夫ですか」

「なに言ってるのよ。『志津香さんにしかできないお願いなんです』なんて、切羽詰まった声で電話してきたのはだれ？」

さばさばと返し、バッグを椅子に置く。派手なメイクにも負けない大きな目が動き、私を見た。

「はじめまして、高原です。突然のお願いで申し訳ありません。彼は塩谷、隣が水原カンナさん。

そちらがなぎさママで――」

「あ～ら。素敵なお召し物ねえ。ブラウスはディオール、サングラスはグッチかしら」

顎を引き、天井に向かって煙草のけむりを吐いてママが喋りだした。面食らいながら笑みをつくり、志津香も返す。

「ええ。よくおわかりね」

「お陰様で。あらでも、バッグは……エルメスっぽいけど、あたし見たことないわあ。どちらで買われたの？　ひょっとして上海《シャンハイ》か大阪の鶴橋《つるはし》あたりのパチもの市場だったりして」

「ちょっとママ」

慌てて腕を引いたが、ママは知らん顔で煙草をふかし続けている。志津香はみるみる表情を強ばらせ、ダークブラウンのアイブロウで描かれた眉もつり上がった。

「会うなり、ずいぶんなお言葉ですのねえ。残念ですけどこれ、正真正銘エルメスの新作ですの。まだ店頭には並んでいないラインだけど、懇意にしてるパリ本店のスタッフが是非にって譲って下さったの。そちらこそ……さなぎさんでしたっけ？」

「なぎさよ！」

「あら失礼。なぎささんこそ、おしゃれなワンピース。そのプリントは、エミリオ・プッチね。でも、相当サイズをお直しされてるみたい。特に肩のあたり。それだけ逞《たくま》しくてらっしゃると、柄合わせとか、お針子さんも大変」

椅子の脇に突っ立ったまま刺々《とげとげ》しく応戦し、小麦色の首をのけぞらして甲高く笑った。その姿をママがワンピースを突き破らんばかりに肩を怒らせ、上目遣いに睨みつける。のどかな午後のカフェに、成り上がり女同士のプライドと自己顕示欲むき出しの火花が散る。塩谷さんと空也はうんざりして目をそらし、カンナは怯え顔で成り行きを見守っている。興奮して吠えまくる四十三万円に反応し、他の犬たちも騒ぎだした。

頭をなでて四十三万円を落ち着かせ、ママは煙草をもみ消した。態勢を立て直すつもりかコーヒーを一口すすり、志津香を見る。

「ご親切にどうも。それはそうと、ジュエリーの方も相当お好きなんでしょうね。指輪もピアスもさすがのチョイス。となると、どうしてもブレスレットが気になっちゃうのよねえ。お気の毒だけど、つかまされたってやつ?」

「お言葉ですけど、これは——」

「石はいいのよ。カットもカラーも最高。でもねえ、ダイヤの隣にオパールって。おたく、モース硬度ってご存じ? 宝石の硬さを表す数。最高の十はダイヤ、そのあと九のルビーとサファイア、八・五のアレキサンドライトって続く訳だけど、オパールは六前後。その二つを並べるって、あり得ないでしょ。三カ月も使ってごらんなさい。ダイヤがオパールを傷つけて、ボロッボロよ」

絶句し、志津香は右手で左手首のブレスレットを押さえた。金のバングルから細く短い金鎖がびっしりと垂れ下がり、その先端にダイヤとオパールをつけるというデザイン。腕を動かす度に金鎖が揺れ、石がきらめくつくりだが、ママの話が本当なら、オパールが無残な姿に変わる日もそう遠くはなさそうだ。

勝機は我にありと確信したのか、ママは小鼻を膨らませ、とどめを刺した。

「仕方がないわよ。昨日今日小金を持って調子こいてる小娘なんて、いいカモだもの。これに懲りて、身の程を知ることだわね」

ママの高笑いが響く中、志津香はバッグをつかんでくるりと背中を向け、ドアに向かった。ピンクベージュのグロスが塗られた唇を噛みしめ、肩は怒りに震えている。

「志津香さん！」

私は叫び、空也が後を追った。しかしママはガッツポーズを決め、厨房に向かって叫んだ。

「ちょっと。ドンピン開けて、ドンピン！　……えっ、ないの？　使えないわね。じゃあなんでもいいから、この店で一番高い酒持って来て。大至急！」

ドア越しにはらはらと見守っていると、約十五分後。爆音とともにポルシェは走り去り、空也が店に戻って来た。

「迷惑かけてごめん。なんかママ、いろいろ刺激されちゃったみたいで。後できつく叱っておくから。志津香さん、怒ってるわよね。ママを会員に推薦する話はチャラ？」

「はじめはキレまくってたけど、事情をざっと説明したら態度が変わった。『そういうことなら、仕方がないわね』って、あっさり引き受けてくれたよ」

「よかった。やり手だけあって、切り替えも上手いのね」

「そんなに甘い女じゃないぞ。ここまでのし上がるには、相当ヤバい橋を渡ってエグいこともしてきたって噂だ。これで済むとは思えないな」

「そうかしら。とにかく助かったわ。これでオークションに参加できる」

息をつき、私は両腕を頭上に伸ばしてカンナたちに大きな〇《まる》を作って見せた。疲れ果てた様子で塩谷さんが椅子に体を預け、カンナは腰を浮かせて私と空也にぺこぺこと頭を下げた。

「あの子から目を離すなよ」

ぼそりと、空也が言った。口元だけで笑みを作り、軽く手も上げてカンナに応えている。

「どういう意味？」

「意味はない。ただ、なんとなく引っかかる。ホストのカンだ。何百人もの女の相手をしてきた、業界ナンバーワンホストのな」

「はいはい。わかりました」

結局自慢か。うんざりして、私は肩をすくめた。しかし空也はしばらく、何かを確認するように光の強い目でカンナを見つめていた。


「なんだ。出入りか。カチコミか」

日比谷《ひびや》のホテルになぎさママが現れるなり、塩谷さんは毒づいた。ママは胸元と背中、両袖に家紋、裾に竹林と虎が描かれた黒留め袖を着ている。おまけに夜会巻きの髪は後頭部に大量のすき毛を詰め込み、スーパーサイヤ人を彷彿とさせる勢いで盛り上がっていた。両手には満艦飾《まんかんしょく》の指輪。急ぎで仕立てさせたらしく、章司の職場で見た黒蝶真珠もある。

「誰がカチコミよ。でも、心意気はそれぐらいね。上流階級のサロンだか、趣味人のたしなみだか知らないけど、こちとら渋谷の夜を舞うクロアゲハと呼ばれた女よ。舐められてたまるかってえの」

鼻息も荒く扇子を握りしめるママを、ロビーを行き交う人が怯え交じりの目で眺める。中には「Oh!　ゲイシャガール」と騒ぎ、デジカメのシャッターを切る外国人観光客の一団もいた。夏休み中の日曜日とあり、ロビーは大混雑だ。さすがは日本を代表する超高級老舗ホテル。広い大理石の床に大理石の太い柱が何本も並び、正面には赤絨毯を敷いた大きな階段が見える。

「趣旨を間違えてない？　ケンカを売りに来たんじゃなく、ネックレスを落札しに来たんだからね。ああ、いやな胸騒ぎがする」

呟き、私はバッグを抱え込んだ。久しぶりにスーツを着たせいか既に肩は凝り、ピンヒールのパンプスを履いた右足の踵《かかと》にも靴擦れができかけている。

嫌々ながらも志津香が推薦してくれたお陰で、ママはオリエントアートオークションに入会を果たした。早速下見会に出かけ、ネックレスを目にした章司は「僕の鑑定人生命を賭けてもいい。盗まれたダイヤよ」と断言した。

「晶さんまで、なに言ってんすか。大丈夫すよ。俺らも外で待機してますから」

いつもの能天気さでジョン太が言い放ち、隣のDJ本気と犬マンを指す。緊張した面持ちで、章司も頷いた。

「落札さえしていただければ、店の検査機器を使って盗まれたダイヤだと証明してみせます。あたし、燃えてるの。《ミス・ユニバース世界大会》のファイナリストにも負けないぐらいよ。結果が出たらすぐに警察に連絡して、出品者をとっ捕まえてもらいましょ。秀正さんの行方も、きっとやつらが知ってるはずよ。ここが勝負どころ。しっかりするように、カンナちゃんにも言っておくわ」

オークション会場はネックレスの出品者に見張られている可能性があるため、カンナはアレックスと一緒に近くのカフェに待機させている。

章司のつてを辿り、また志津香にも懇意にしているオリエントアートオークション社員に頼み込んでもらい入手した情報によると、出品者は大同《だいどう》貴金属という会社だった。しかしジョン太たちがその所在地を訪ねたところ、複数の会社が同室に机を並べるレンタルオフィス。大同貴金属の机にはFAXつき留守番電話が一台あるきりで社員の姿はなく、問い合わせたオフィスの運営会社にも守秘義務を理由に突っぱねられた。しかし、レンタルオフィスのある虎ノ門《とらのもん》と秀正の宿泊先の西新橋は目と鼻の先だ。

ジョン太たちと別れ、エレベーターで会場に向かった。受付で会員証と入場券を渡し、番号の書かれた白く丸いプラスチック板に持ち手のついた札を受け取る。これはパドルと呼ばれ、落札したい品が現れたら頭上に上げて金額を提示し入札、オークショニアの司会進行のもと金額は競り上げられ、最高金額を提示した人が落札者になるというシステムだ。パドルの所持者以外は競りに参加できないが、私はママの姪、塩谷さんは秘書ということで入場を許可してもらった。珍しく塩谷さんもスーツ姿だが、まったく似合っておらず、やさぐれた着こなしとオーラはまんまビデオ映画のチンピラだ。

このホテルでも、かなり大きい宴会場だろう。毛足の短い絨毯の上に、光沢のある布張りの宴会用の椅子がぎっしりと並んでいる。奥にはステージが設えられ、向かって右端にオークショニア用の木目の演台、中央に出品作品を載せる台も見えた。演台の脇には大型のスクリーン、天井からはオリエントアートオークションの社名と『第28回ジュエリー&腕時計オークション』のタイトルが書かれた看板がつり下げられている。ステージ脇には、電話とノートパソコンがずらりと並んだ白いクロスがけの長机。電話やネットで参加する人もいるようだ。

列の中ほどに腰掛け、会場の人々に目を向けた。評価額の低いものから出品されるためか、席に着いている人は少ない。中年から初老が大半。外国人もいる。身なりは地味だが品も仕立てもよく、アクセサリーも控え目だ。当然ママは浮きまくりだが、平然と白檀の香りを振りまきながら扇子で顔をあおいでいる。

ほどなくオークショニアが登壇し、オークション開始を告げた。タキシードを着た黒髪七三分けの若い男で、古臭いが整った顔をしている。手にした木製のハンマーは、長い柄のついた金槌状と思いきや、自動車のシフトノブを彷彿とさせる手のひらサイズのものだ。

ロットナンバーと作品名、データの説明が日本語と英語であった後、開始値が告げられ競りがスタートする。評価額が低いといっても、一品目から五百万円の翡翠のカフスボタンだ。休憩をはさんだ二部構成で、夕方までに二百点近い作品が競りにかけられるが、一点の所要時間は三十秒程度。セット出品のもの、入札のないものも少なくなく、スーツに白手袋の男が入れ替わり立ち替わり作品を運んできては引っ込める。壁のスクリーンに映し出される作品写真も、慌ただしく入れ替わった。

あっという間に開始値は八桁に突入し、席も埋まっていった。会場のあちこちでパドルが上がり、「二千五百万」「二千万」といった金額が当たり前のように飛び交い、オークショニアがハンマーで丸い台を叩いて落札を告げる。

これまでに覗いた他のオークション同様、映画やドラマのような白熱の競り合い！　といったものは見られず、あっけないほど淡々と進んでいく。そのぶん、入札者同士の静かなかけひきや心理戦といったものが感じられ、面白くもある。なぎさママも「あのエメラルドのイヤリング、すてき」だの、「今の琥珀のバングルが二千万てマジ？　ぼったくりじゃないの」だのとテンションを上げまくり、アメリカの富豪が所有していたという十八世紀フランスのダイヤ、サファイア、ルビーをちりばめたイースターエッグが登場するに至るや目の色を変え、パドルを突き上げて「買った！　三千、いや三千五百万でどうよ！」と叫んでオークショニアにマナー違反を警告され、周囲の人々にも失笑された。

「ロットナンバー一〇六番、ダイヤルビーネックレス。留め具、チェーンにプラチナ九〇〇、ダイヤモンド五・七カラット、ルビー四・三カラット……」

お目当ての品がビロードのトルソーにセットされ、登場したのは午後三時前。間もなく休憩なので、一部の目玉作品の一つのようだ。

「さあて。いよいよ」そう呟き、ママは着物の襟と帯の乱れを整えた。塩谷さんも組んでいた脚を解いて姿勢を正し、私はジョン太にメールを打って現況を伝えた。

「こちら、開始値は三千万円となっております。では、三千万円!」

「三千五百!」

すかさず、ママが身を乗り出しパドルを上げた。同時にいくつかのパドルが上がる。

「三千六百!」

「三千八百!」

「ちまちま刻んでんじゃないわよ、まどろっこしい。四千万!」

腰を浮かせるママに、場内から驚きと非難の声が漏れる。咳払いし、オークショニアが手のひらでママを指す。

「四十五番の方。入札価格以外の私語はご遠慮願います」

「ごめんなさ〜い。つい興奮しちゃって。ささ、続けてちょうだい」

「……再開します。四十五番の方が四千万。他にはいらっしゃいませんか」

「四千二百」

「四千三百」

パドルがぐっと減り、かけ声のトーンも落ちる。ダイヤの見事さは遠目にも明らかだが、ルビーとのアンバランスさやデザインの稚拙さが足を引っ張っているようだ。

一呼吸おき、ママは再びパドルを上げた。

「五千万円」

一斉に他のパドルが下ろされる。オークショニアが場内を見回した。

「四十五番の方、五千万円です。いかがでしょう。他にはいらっしゃいませんか」

続けて英語でも同様の旨が伝えられたが、パドルが上がる気配はない。勝ち誇ったように顎を上げてママが微笑み、私も心臓の鼓動が速まるのを感じた。

会員規約によると、落札者は銀行振り込み、小切手、または現金で代金と手数料、消費税を支払い作品を受け取ることになっている。落札後、私たちは取りあえずママの小切手で支払いを済ませてネックレスを入手し、すぐに章司に鑑別をしてもらう段取りだ。作品が盗品とわかれば取引は不成立となり、代金その他の支払い義務もなくなる。

「いらっしゃいませんね？　ではこちらのネックレス、四十五番の方に――」

オークショニアが台上でハンマーを振り上げたその時、会場の隅で高々とパドルが上がった。

「五千五百万！」

会場がどよめく。心持ち鼻にかかった女の声。聞き覚えがある。私とママ、塩谷さんは腰を浮かせて首を伸ばし、同じ方向を見た。

まず視界に入ったのは空也の茶髪と黒い顔。純白のスーツ姿で脚を組み、スカしながらも表情は困惑気味だ。隣には、目が覚めるような青のパンツスーツにセットした長い髪、フルメイクの女。志津香だ。いつの間に入って来たのだろう。目が合うと会釈をしてきた。口は笑っているが、眼差しには憎悪と闘争心が浮かんでいる。

オークショニアはハンマーを握り直し、もう片方の手で志津香を指した。

「そちらの一〇二番のご婦人、五千五百万円です！」

「ちょっと塩谷さん、これどういうこと」

「俺に訊くなよ。さしずめ一昨日のリベンジだろ。こういう展開を狙った上で、ママを会員に推薦したんじゃねえか」

「そうか。だからあっさり引き下がって……ママ、どうするのよ」

「上等じゃない。受けて立ってやるわ。どうせ払わなくていい金なんだし、いくらだってつり上げてやるわよ。ちょいとお兄さん、あたし六千万」

「六千二百万！」

オークショニアが口を挟む間もなく、志津香がパドルと競り値を上げる。負けじと、ママも着物の袖からごつい腕をむき出しにして、パドルを掲げる。

「六千五百よ！」

「六千六百！」

ざわめきが会場に広がり、参加者の視線がなぎさママと志津香に交互に向けられた。

「え〜い。七千万！　ざまあみやがれ」

地声でママが叫び、会場が大きくどよめいた。さすがの志津香も表情をフリーズさせ、パドルも下がる。ママが勝利のガッツポーズを決めようとした刹那、志津香はパドルではなく手を挙げた。

「オークショニア。お話があります」

「はい。なんでしょうか」

「四十五番のあの方。人に頼まれて私が入会の推薦をしたんですけど、身元を調べたらとんでもないことがわかって。過去に何度か、警察のご厄介になるような事件に関わっています。因縁をつけてきた暴力団員を道端で投げ飛ばして全治二カ月の重傷を負わせたり、自分の店で酔って暴れた客に絞め技をかけて窒息させたり。それに三十年以上前ですけど、教え子だった未成年の男子生徒と――」

「お黙り！」

パドルを捨て、ママが立ち上がった。本気で怒っている時の声と眼差しだ。しかし会場のざわめきは最高潮に達し、参加者は顔をしかめてママと私たちに尖った視線を向けた。

「お静かに！」

両手を広げ、オークショニアが会場を見渡した。場内が落ち着くのを待ち、改めて志津香を見る。

「今のお話は本当ですか」

「ええ。証拠もあります。後でご報告するつもりだったんですけど、この方の態度があまりにひどいので。ネックレスに入札したのも、格式高いオークションが汚されるのが我慢できなかったからです。でも、力不足で。こうなったらオークショニアのご判断をあおぐしかないと思いました。みなさん、ご迷惑をおかけして申し訳ありません」

わざとらしく眉を寄せ、志津香は前後左右にぺこぺこと頭を下げて見せる。大した演技力だ。この手であらゆる難局を乗り越え、のし上がってきたのだろう。空也は「だから言ったろう」とばかりに、私にうんざりした顔を向けた。

「わかりました。四十五番の方、誠に残念ですが、このオークションへの入札を拒否します。すみやかにご退場下さい」

「はあ？　冗談じゃないわよ。あんた何様？」

「オリエントアートオークションの会員規約は読まれましたか。オークショニアには、作品と入札価格の如何にかかわらず、入札を拒否する権限があります。先ほどからの立ち振る舞いも含め、あなたはこの場にふさわしい方とは思えません。どうぞお引き取り下さい」

「おっしゃる通りです。申し訳ありません。でも、このネックレスだけでも。どうしても落札したいんです」

私も立ち上がり、志津香に負けじと頭を下げたが、オークショニアの態度も会場の空気も変わらなかった。役者が違うということだろう。これ以上ここにいても、ますます立場が悪くなるだけだ。

わめき散らし、志津香につかみかかろうとするママを私と塩谷さんが押しとどめ、出口に向かった。後ろでドアが閉まる直前、志津香がネックレスを落札したことを告げるハンマーと、参加者たちの拍手の音が聞こえた。

4

携帯電話で事情を告げ、ジョン太たちをホテル近くの裏通りに招集した。

「どうするんすか。このままじゃ、ダイヤは持ってかれちゃうっすよ」

「落ち着いて。とにかく志津香さんに頭を下げて、章司さんが鑑別する間だけでもダイヤを貸してもらえるようにお願いしましょう」

「冗談じゃないわよ！　あたしは金輪際、頭なんか下げないからね。見てやがれ、あの小娘。どつき回して首をへし折って、代々木公園のカラスのエサにしてやる」

後半地声に戻り、厚みのある拳を振り回すママを、ＤＪ本気はつくり笑顔でなだめ、アレックスが通りの奥に引っ張って行く。

「こうなったら主催者に全部話すしかねえな。盗品を出品したとなりゃ、オークションの沽券《こけん》に関わる。さすがに門前払いはねえだろうし、警察も動くはずだ」

塩谷さんの提案には、カンナが反応した。顔面蒼白で、指の色が変わるほど強くハンカチを握りしめている。

「待って下さい。会場は出品者に見張られているんでしょう？　こちらの動きに気づかれたら叔父が危ないわ」

「そうよ。秀正さんは、大同貴金属の連中に捕まってるかも知れないのよ」

章司も騒ぐ。余裕がなくなったのか、完全なオカマキャラだ。

私のジャケットのポケットから、ヴィレッジ・ピープルの『イン・ザ・ネイヴィー』の着メロが流れた。空也からだ。

「もしもし」

「そんなに甘くないって言ったろう。ふつう女っていうのは、同性を見る目はシビアなもんだが……まあ、あんたは普通じゃないか」

「大きなお世話。人をどうこう言ってる場合じゃないでしょ。このままじゃ憂夜さんに恩返しどころか、面目丸潰れ。大迷惑よ」

「わかってるって。俺に任せておけ。志津香さんを上手くなだめて、ネックレスがあんたの手に渡るようにするよ」

「志津香さんは、今どこにいるの」

「オークションの楽屋。小切手でネックレスの代金を支払ってるよ。本当はオークションが全部終わってからじゃないと作品の引き渡しはしないそうだが、なぎさママを追い出した一件で正義のヒロイン扱いだからな。まだ近くにいるんだろ？　志津香さんはホテルの別館の脇に車を停めてるから、そのあたりで待機しててくれ」

電話が切れ、私たちはホテルに戻った。敷地奥の別館の玄関脇に小さな駐車場がある。白線で区分けされたアスファルトに並んでいるのは高級外車ばかり。一角に、志津香のポルシェも見える。

本館との間に走る通路に身を潜めた。暑さと空腹に塩谷さんがぶつくさ言い始めた頃、二人が本館の裏口から出てきた。空也は志津香の背中に手を回し、つくり笑顔で何やら囁《ささや》きかけている。しかし志津香はそれを笑い飛ばすように首を横に振り、意気揚々と通路を横ぎって行く。胸にしっかりと抱くのはグッチのショルダーバッグ、中にはネックレスが入っているのだろう。限りなく獣に近いうなり声とともに飛び出しかけたママを、アレックスとＤＪ本気が引き留める。

「しつこいわよ！　せっかくいい気分なんだから、邪魔しないでちょうだい」

志津香の声が、通路のコンクリートの天井に響いた。空也の手を振り払い、駐車場に歩いて来る。立ち止まり、見回した空也と私の視線がぶつかる。「お手上げだ」の合図か、空也は首を横に振った。

「こうなったら、土下座しかないわね。塩谷さん、カンナちゃん、覚悟はいい？」

私の決断に塩谷さんは嫌々、カンナは思い詰めた様子で頷く。

「今どき土下座すか。恥をかくだけで、効果薄いと思うんすけど」

「恥をかくことに意味があるんだろ。それに、ああいう成り上がりタイプは形式を重んじる傾向があるから、意外と上手くいくんじゃないか」

ジョン太が騒ぎ、犬マンがクールに分析する。興奮した面持ちで、章司が言った。

「晶ちゃん、あたしにもやらせて。ヤクザ映画華やかなりし頃の東映ニューフェイスになりきって、びしっと詫びを入れてみせるわ、ってさすがに時代がかりすぎ？」

ふいに、エンジンの音がした。黒いミニバンが一台、通路を近づいて来る。タイヤを軋《きし》ませ、停車したのは志津香の前。同時に後部座席のドアが開き、小柄な男が飛び出した。黒いポロシャツ、ジーンズ。ベースボールキャップを目深《まぶか》にかぶり、大きなサングラスとマスクもかけているが、白髪交じりの髪や肌の質感からして五十は過ぎているだろう。車内にも、いくつか人影がある。

男たちは志津香に駆け寄り、腕からバッグをもぎ取った。志津香が金切り声を上げる。

「志津香さん！」

空也が叫び、ホストたちが走る。男はバッグを手に、開けっ放しのドアから車に戻った。しかし運転手がアクセルを踏むより一瞬早く、アレックスが車の前に立ちはだかった。両拳を体の前で握って肘を曲げ、Tシャツがはじけそうな勢いで上半身の筋肉を盛り上げ、胴間声《どうまごえ》とともに睨みつける。ドライバーが怯《ひる》んだ隙に、運転席の脇に移動する。ドアをこじ開けるのかと思いきや片腕で大きく空《くう》をかいて体を傾け、ジーンズに包まれた長く逞しい脚で車のフロントガラスを蹴った。ワークブーツの甲が運転席の真正面にヒットし、ガラスにヒビが走る。さらに蹴り続け、ヒビを大きく深く広げていく。運転席の視界を奪い、逃走を阻止するつもりらしい。

「出た！　アレックスの必殺ハイキック」

はしゃぎ、アロハシャツ柄のオールインワン姿のＤＪ本気も車のボンネットに飛び乗り、加勢する。ジョン太たちが包囲しようとした刹那、勢いよく、同時に車の前後のドアが開いた。ホストたちはふいをつかれ、いち早く反応して飛びかかろうとしたアレックスも、運転席の男にドアを叩きつけられた。ばらばらと走りだした男は四人。志津香のバッグを抱えた男と似たようなラフな格好、キャップとサングラス、マスクも同じだ。男たちは私と塩谷さん、ママの脇を抜けて通路を走り、ホテルの前の通りに向かった。ホストたちが後を追い、続こうとした私の背中に空也の声が飛ぶ。

「おい。中に誰かいるぞ」

狂ったようにわめき散らす志津香の肩を抱き、ドアから車内のトランクスペースを覗いている。私たちは車の後方に回り、トランクのドアを開けた。狭いスペースに押し込まれるように、男が膝を折って横たわっていた。両手両足をロープで縛られ、口には粘着テープが貼られている。見覚えのあるごつい強面。秀正だ。しかし眼鏡はレンズの片方にヒビが入り、目や頬の回りにも暴行の痕が見られる。

「叔父様！」

叫び、すがりつこうとしたカンナを空也が止めた。

「動かすな。救急車だ」

空也が携帯電話を出し、章司は私の肩を押した。

「晶ちゃん、ここはあたしたちに任せて。ネックレスを取り戻すのよ」

「わかった。よろしくね」

短く告げ、私と塩谷さんは走りだした。展開の速さについていけないといった顔をしながらも、なぎさママも着物の裾を捲《めく》り上げ、ばたばたとついて来る。

通りに出ると、前方にジョン太の巨大アフロがあった。わずかに傾きはじめた日に照りつけられ、私は既に汗だくだ。靴擦れも悪化し、右足を踏み出す度に踵が痛む。脱いだジャケットとバッグを抱え、通路を走った。突き当たりの日比谷通りに出て、左右を見回す。絶え間なく行き交う車の隙間から、向かいの歩道を走るキャップにサングラス、マスクの男たちと数メートルの間隔を空けて追いかけるジョン太たちの姿が見えた。

「あっちよ」

塩谷さんとママに伝え、交差点を渡って日比谷通りを南下する。右手に広がる緑は日比谷公園だ。

通りに面した一角に、鉄骨と鉄パイプを渡した大きなゲートが現れた。中央には深緑に白抜きで『日比谷駐車場』の看板が掲げられ、出口を示す上向きの矢印も添えられている。ゲートの下には、ペンキでレトロタッチの花が描かれたコンクリートの低い塀に左右を囲まれた、地下から続く出口通路がある。通りの先には、同じ造りの入口通路も見えた。

「晶さん、こっちです」

通路の脇に、ジョン太が立っていた。長い顔を汗で濡らし、アフロ頭も揺らして息をついている。背後には、コンクリートの四角い屋根の下に地下鉄の出入口を思わせる階段。脇には『歩行者出入口』の看板があった。

「やつら、下に逃げ込みました」

早口で言い、狭く急な階段を下り始めた。私と塩谷さんも続く。後ろから、「ちょっと。置いてかないでよ」と荒い呼吸のママが追いかけて来る。

現れたのは広々とした空間。壁際に縦にまっすぐ通路が延びている。遠く離れた向かいの壁際にも通路が走り、トイレや飲み物の自販機が見えた。低い天井からワイヤーでつり下げられた蛍光灯が場内を明るく照らし、排気ガスの臭いをはらんだ生ぬるい空気が漂う。

皇居と内幸町《うちさいわいちょう》のビジネス街、霞ヶ関《かすみがせき》の官庁街に面した日比谷公園は広大な敷地に豊かな緑が繁り、公会堂、野外音楽堂、図書館、テニスコートなども擁するまさに都会のオアシスだ。私も何度も来ているが、地下に駐車場、しかもこんなに大きなものがあるとは知らなかった。相当古くもあるらしく、柱や床は傷だらけで壁も排気ガスで汚れている。

奥からアレックスのものらしい怒声と複数の足音が聞こえた。ジョン太を先頭に、壁際の通路を進んだ。傍らに横方向に走る広く長い通路が現れた。通路の両側にはピンクの太い柱が等間隔で並んでいる。柱と柱の間はコンクリートの壁で仕切られ、駐車スペースになっていた。目をこらしたが、がらんとして人影はない。

少し進むと次の通路が現れた。造りは同じだが柱は緑、その次は青だ。柱の色と、黒いペンキで書かれたアルファベットと数字の組み合わせでエリア分けをしているようだ。

さらに紫の柱の通路も抜け、突き当たりの黄色い柱が並ぶ通路に行き着いた。中ほどに人影がある。私は痛む足を引きずって駆け寄った。

挟み撃ち作戦をとったらしく、手前に犬マンとＤＪ本気、真ん中にキャップにサングラス、マスクの男たち、奥にアレックスがいた。ファイティングポーズを作り、耳まで真っ赤にして男たちを睨むアレックスだが、動こうとはしない。よくよく見れば、志津香のバッグを肩にかけた黒ポロシャツの男の手には、拳銃が握られている。

「無駄な抵抗はやめて、ネックレスを渡せ」

「うるせえ！　とっととうせろ。撃つぞ」

ジョン太の言葉に、黒ポロシャツがこちらに銃口を向けた。マスク越しでくぐもってはいるが、太く低い中年男の声だ。

「どうせ捕まるよ。今頃、俺らの仲間が警察に通報してるから」

「その通り。すぐそこに丸《まる》の内《うち》警察署、ちょっと行けば警視庁だ。あっという間に捜査一課やら、SATやらSITのみなさんが駆けつけて来るぞ」

犬マンが淡々と告げ、DJ本気もプラスチックのカラーコーン振り上げた。途中のどこかに置かれていたものを、武器代わりに持って来たらしい。

「黙れ、クソガキ。ぶっ殺すぞ」

苛立ち、男が拳銃を構え直す。突き当たりの通路からばたばたと足音が近づいて来た。制服姿のガードマンが数名。場内の監視カメラで異変を察知したのだろう。みんなの視線が動き、黒ポロシャツも反射的に首を後ろに回す。素早く、アレックスが動いた。

「危ない！」

私の反射神経が反応する頃には、グローブのような手は黒ポロシャツの右手首をつかみ、ひねり上げていた。

ぽきりと、前にも聞いたことのある背筋がぞっとするような音がして、拳銃とバッグが床に落ちた。続けて、悲鳴とともに黒ポロシャツが座り込む。マスクをむしり取って体を丸め、あり得ない角度に曲がった手首を抱え込んでいる。キャップとサングラスがずれ、凹凸《おうとつ》に乏しい貧相な顔もあらわになる。

まず拳銃を背中とジーンズの間にねじ込み、アレックスはバッグを拾った。他の男たちの退路は、ＤＪ本気たちとガードマンがふさぐ。

「無茶しないでよ。心臓が止まるかと思ったわ」

息をつき、私はバッグを受け取った。すっと誰かがアレックスの背後を抜け、私に歩み寄った。カンナだ。その手には、アレックスの背中から抜き取ったらしい拳銃が握られている。ぎょっとして固まった私の手からバッグを引ったくり、こちらに銃口を向けた。

「晶さん！」

「来ないで！　こいつを撃つよ」

今までとは別人のようなきつい口調に、ホストたちと塩谷さんの足が止まる。カンナは私の後ろに回り、脇腹に銃口を押しつけた。もう片方の腕は私の顎の下に回されている。引きつった笑みで、ジョン太が語りかけた。

「カ、カンナちゃん、何それ。ネックレスはちゃんと取り返したし、犯人も追い詰めたじゃん」

「うるさい。てかウザいねん、あんたら」

私の肩越しに顔を突き出し、関西弁で吐き捨てる。首に回された腕に力が加えられた。喉が詰まり、上手く呼吸ができない。

ずるずると、私を引きずりカンナは後退を始めた。周囲を注意深く見回し、銃口は食い込むほど強く私の脇腹に押しつけている。黒ポロシャツは苦悶の表情、他の男たちも中腰の変な姿勢で固まったまま。しかし、何か言いたげにカンナに顔を向けている。違和感を覚えるが、恐怖とパニックで深く考えられない。

斜め後方で、誰かがため息をついた。

「あ～あ。髪もお化粧もめちゃくちゃ。せっかく早起きして美容院に行ったのに」

なぎさママだ。横目で窺うと、コンパクトを覗き、乱れた髪を整えている。

「邪魔や、オカマのおばはん。ケガしたくなかったら、どき」

強気な言葉を投げつけ、カンナは私をせき立て、ママの脇を抜けてさらに後退した。その姿をコンパクトの鏡越しに眺め、ママは冷ややかに言い放った。

「なんでもいいけど、あんた、拳銃《チャカ》の扱い方知ってんの？」

「はあ？　知ってるもなんも、こんなん引き金引くだけやん」

「バカね～。これだから素人は。片手、しかもそんなやわな構えで撃ったら、反動で手首だの肘だの脱臼して七転八倒よ」

「適当なこと言いな。時間稼ぎしようかて、そうはいかへんで」

「いい？　まず、両脚を肩幅に開いて立つ。右手でグリップを握り、左手は肘を軽く折って下からグリップを支えるようにして」

鼻で笑うカンナを無視し、ママは着物の裾を開き両手も使い、解説を始めた。

「今それを教えてどうするのよ！」

耐えきれず、私は絞められた喉から命がけの突っ込みを入れた。それが合図のように、胸に抱えたジャケットから、ジンギスカンの『めざせモスクワ』の着メロが流れ始めた。場違いな、大仰でドラマチックな約三十年前のディスコサウンド。ふいをつかれ、カンナはわずかに身を引いた。銃口も脇腹を外れる。

今だ。私は片足を上げ、ヒールの先で華奢《きゃしゃ》なサンダルを履いたカンナの足の甲を踏みつけた。

「痛っ！」尖った声が上がり、背中を突き飛ばされた。うつぶせに倒れながら自分でも床を蹴り、できるだけ遠く、あさっての方向に逃れる。靴擦れの痛みに投げ捨ててやろうかとも思ったが、ピンヒールのパンプスを履いてきてよかった。

「おい、逃げるぞ！」

「待て！」

床に転がり、激しく咳き込む私の耳に、ホストたちの声が聞こえた。カンナはアレックスに取り押さえられ、拳銃とバッグは塩谷さんが奪ったが、どさくさ紛れに男たちが逃走を図ったようだ。先頭に大きなナイフを構えた一人、後ろから黒ポロシャツとその肩を支える二人というフォーメーションだ。

まだ何かあるのか。うんざりして、私は体を起こした。咳のせいで、うっすら涙目だ。きゅるきゅるという音が、天井に響いた。続いて太いエンジン音。奥の通路を車が猛スピードで近づいて来る。駐車場の利用者か。だとしたら危険だ。はたと思い、塩谷さんと視線がぶつかる。

タイヤを軋ませて急ブレーキをかけ、通路の突き当たりに一台の車が停まった。ポルシェのオープンカー、色は真紅。志津香だ。助手席には空也、後部座席には章司と秀正の姿もある。

ひらりとドアを飛び越え、空也は床に降り立った。細身のパンツに胸元をはだけたドレスシャツ、手にはジャケットをつかんでいる。

ナイフを構え迫ってきた男の顔面に、空也はジャケットをばさりとかぶせた。こもった声で叫び、男はジャケットを引きはがそうともがく。その手首に、空也が手刀を振り下ろした。ナイフを取り落とし、前屈みになった男にとどめの蹴り。しかも、ただの蹴りではなく、小さくジャンプして片足を高く上げ、蛇革の靴の甲で男の胸と顔を続けざまに蹴る。頭にジャケットをかぶったまま男が倒れ、ジョン太たちがどよめいた。

「この野郎！」

仇討ちとばかりに、別の一人が襲いかかった。空也は素早く下がり、体を横向きにして脚を前後に開き、両拳を握り軽く肘を曲げるという構えを取った。男が近づくのを待ち、片足を上げてジャンプ。フィギュアスケートの選手よろしく空中で一回転して勢いをつけ、男の頬から鼻にかけて蹴った。

「すっげえ！　左回転飛び回し蹴り」

「やだもう。惚れちゃうじゃない」

ＤＪ本気とママが騒ぎ、アレックスも英語で賛美の言葉らしきものを呟く。鼻血を流し失神した男と、他の三人にガードマンが駆け寄った。

今のとそっくりな構えと動きを、indigo のみんなとある事件に巻き込まれた時に見たことがある。憂夜さんだ。

私と塩谷さんが唖然と見守る中、空也は悠々とジャケットを拾い、靴の汚れをハンカチで拭った。「憂夜イズム」ってこういうこと？　私の疑問に答えるように、口の片端を上げてにやりとする。意図はともかく、満々の自信と満開のナルシシズムだけはいやというほど伝わってきた。

「Ouch!」

アレックスが顔をしかめ、前屈みになった。サンダルを脱ぎ捨て、カンナが走りだす。どうやら私を真似、ヒールでアレックスの向こう臑《ずね》を攻撃したようだ。

このガッツ。使い道は他にいくらでもあるだろうに。私は呆れたが、カンナは塩谷さんを突き飛ばし、身をくねらせてママの手もすり抜け、反対側の壁際の通路を目指しダッシュした。さすが二十代。足取りは軽い。素足でコンクリートの床をひたひたと走る。

「お待ち！」

女の声がして、爆音が響いた。私たちが目を向けるより早く、真紅の車体が通路に飛び込んで来た。ハンドルを握るのは志津香。

大慌てで道を空ける私たちの間を抜け、ポルシェはぐんぐん加速してカンナを追い越した。再びブレーキ音が空気を裂き、志津香はハンドルを切った。悲鳴を上げながらリアタイヤが床を滑り、車体は大きくスピンする。柱に激突するのではと息をのんだが、ポルシェはカンナの数メートル前方に、横向きでぴたりと停車した。

うろたえながらも踵《きびす》を返し、なおも逃走を試みるカンナに、両手を広げたなぎさママが迫った。着物の裾からあらわになった脚は、脱毛処理は完璧だが、発達したふくらはぎの筋肉と膝下の短さは「昭和の男」そのものだ。身をくねらせて逃れようとしたカンナを、腰に飛びついて捕らえる。

「二度と同じ手を食うかってえの！」

啖呵《たんか》を切り、耳障りな声を上げて必死に抵抗するカンナを軽々と肩に担ぎ上げて車から降りる志津香を迎えた。

「やるじゃない」

「どうも」

背中に落ちた両サイドの髪をつまんで胸の前に戻し、志津香も涼しい顔で返す。

「今の様子じゃ、相当走り込んでるわね。二昔《ふたむかし》前には、大黒埠頭《だいこくふとう》あたりでドリフトをキメながらぐるぐる回ってたクチ？」

「さすがに鋭いわね。でも私は、どっちかっていうとゼロヨン系。バリバリに改造したＧＴＲで走り屋の男どもを片っ端からぶっちぎって、ついたあだ名が、幕張《まくはり》新都心のミッドナイトパンサー。その頃のコネやらなんやらで、今の会社を立ち上げたってわけ」

「なるほど。オークションじゃ一杯食わされたけど、あんた、いい度胸してるわ。やられたらやり返す、取られたものは取り返す。あたし好きよ、そういうわかりやすいの」

「そちらこそ、今のタックルはにわか仕込みじゃないわね。それに、出会い頭にどっちが『強いメス』かはっきりさせるってスタイル、結構気に入ったの」

漂う余裕とむき出しのプライド。相応の年齢を経て過去も背負い、高みに昇りつめた者同士のみが分かち合える空気といったところだろうか。しかし二人とも、ダッシュと爆走で髪は乱れ、化粧もよれ気味だ。

しぶとく抵抗を続けるカンナが、身をよじりママの背中を殴った。

「離せ！　ババア」

「誰がババアだ！」

ママの一喝に、志津香の声が重なった。視線がぶつかり、にやりと笑い合う。なぎさママが差し出した手を、志津香はがっちりと握り返した。

「ブラボー！　ベテランのお嬢さんたちに乾杯」

意味不明な賛辞とともにＤＪ本気がぱちぱちと手を叩き、ジョン太たちも倣う。男たちを取り押さえたガードマンが、ぽかんとその姿を眺めている。

「叩き上げの女同士の絆誕生。いや、二世代魔女の友好条約締結の方がぴったりくるか」

無表情に呟き、塩谷さんが背中を丸めてひひひと笑う。そこに秀正に肩を貸した章司が、よろけ気味に歩み寄って来た。

「ママ、大丈夫？　みんなは？」

「大丈夫。ネックレスもびしっと取り戻したわよ。でもあんた、なんでここに？」

「救急車を呼ぼうとしたら秀正さんが、『殴られただけだから大丈夫だ。連中の後を追ってくれ』って言うの。いつの間にかカンナちゃんまで消えちゃってるし。だから空也さんにお願いして、連れて来てもらっちゃった」

　志津香の手を握り、肩も抱いてねぎらう空也に目を向け、章司ははにかんだように内股になり、頬を赤らめた。

　まず四人の男とカンナを縛り上げ、警察に通報するというガードマンに時間をもらって秀正に事情を訊いた。口をつぐんでいた秀正も、私たちは憂夜さんの仕事仲間だと説明し、これまでのいきさつを伝えると観念したように話し始めた。

　二十五年前。二十歳《はたち》を過ぎたばかりの秀正は、恋をしていた。相手は「元町小町」こと悦子。ライバルは多く、自分に勝ち目はないとわかっていても諦めきれない。そこにある男が、「女なんて金でどうにでもなる。俺たちの仲間になれ」と囁きかける。その男こそが黒ポロシャツ。名は田川《たがわ》といい、宝石窃盗団のリーダーだった。

　誘いに乗った秀正は田川たちに仕事仲間の宝石店の品揃えや警備状況などの情報を横流しする。犯行は面白いほど上手くいき、マスコミにも「Uギャング」と祭り上げられ、秀正もすっかり味をしめた。田川にジュエリーMASAのダイヤ襲撃計画を告げられた時はさすがに拒否したが、「悦子にバラされてもいいのか」と脅され、やむなく犯行に加わる。その夜に起きた悲劇は周知の通り。責任のなすりつけ合いも始まり、ダイヤは時効まである場所に隠すと決め、Uギャングは解散した。

しかし秀正はショックから立ち直れず、その間にカンナを身ごもった悦子が清正と結婚する。清正の死後社長となった秀正だが、ここ数年は不景気の煽《あお》りを受けて売り上げが激減。負債も膨らみ、数週間以内にまとまった金を用意できなければ倒産というところまで追い込まれた。その時、秀正の脳裏に二十五年前の事件が蘇る。「もともとは俺の店のものだ」と自らに言い聞かせて隠し場所からダイヤを持ち出し、家族や店の者には「金策に行く」と告げて上京、裏ルートでネックレスを加工してオークションで換金する手はずを調える。


「秀正さん、マジすか。それにUギャングとかいって、ただのおっさんじゃん」

眉を寄せ、口を尖らせたのはジョン太だ。私たちに取り囲まれ、座らされた面々を眺めている。キャップとサングラス、マスクの下から現れたのは、どれもくたびれて貧相な中年男の顔だった。

プライドを傷つけられたのか、田川はわめいた。

「当たり前だろ！　二十五年も経ってるんだぞ」

「いばられてもね。次はあなたたちの番よ。全部話して。さもないと」

私は言い、背後に視線を送った。アレックスが腕を組み、威圧的に田川たちを見下ろしている。舌打ちしてアレックスに折られた手首を押さえ、田川は話しだした。手首は、拘束《こうそく》を免除するほど腫れ始めている。

裏切りに気づいた田川たちはすぐに秀正を追い、東京に向かった。しかし西新橋の路上で拉致した秀正は、ダイヤをどこに流したのか口を割らない。生前の悦子と憂夜に交流があったことを思い出し、「ダイヤを託したのでは」と推測した田川は愛人の里津《りづ》をカンナに仕立て、club indigoに送り込んだ。ところが憂夜は休暇中。引き揚げようとした里津だったが、留守番の女に引き留められ、事件を追うことになる。田川たちは里津の話をもとに、なぎさママが落札した後、里津にダイヤを持ち出させる作戦を立てるも志津香が登場し、急遽オークション会場に駆けつけて来たらしい。
「愛人って本当なの？　あんなに上品でいかにもお嬢様って感じだったのに」
私はカンナ改め里津に問いかけた。この一週間行動を共にしてきただけに、秀正とUギャング
の関係よりもショックだ。里津は顎を上げ、小バカにするように笑った。ようやく大人しくなり、
田川の隣に座らされている。
「あんなん、簡単やん。ドラマとか雑誌とか見て、ちょろっと研究しただけやで。別キャラ演じ
るのは、仕事で慣れてるし」
「仕事？　なんの？」
「キャバクラ嬢だろ」
答えたのは、空也だ。里津が頷くのを確認し、満足げに口元をゆるめる。ぽかんとする私にこ
う続けた。
「ドッグカフェで会った時、この子はしきりにあんたの飲み物のグラスについた水滴を拭いてた
だろう。キャバ嬢が店でやる仕草なんだよ。テーブルや客の服が濡れないようにって接客テクだ」
「そんな。ハンカチをいつも持ってるのも、水滴拭きも、良家のお嬢様のたしなみ的なものだと
思ってたわ」
「それだけじゃない。ウェイトレスにかけた『お願いしま〜す』もキャバ嬢が接客中にボーイを
呼ぶ時の台詞《せりふ》。普通は『すみません』だろ？　あと灰皿が欲しい時に両手で四角を作るのも、キ

ャバクラで使われるジェスチャー。周りがうるさかったり、ボーイが遠くにいても伝わるようにってことらしい」

「なるほど。上手く化けたつもりでも、日頃慣れ親しんだアイテムやシチュエーションに遭遇するとつい地が出ちまう。習慣は恐ろしいってオチか」

塩谷さんが鼻を鳴らし、ホストたちも感服の声を漏らす。

「だから、『あの子から目を離すなよ』って言ったろ。あんたは本当に同性に甘いな。かといって男を見る目があるかっていうと……微妙だけどな」

空也に醒めた目で見渡され、塩谷さんはむっとし、ホストたちの間からもブーイングが起きた。

「大きなお世話」

代表して言い返した私の耳に、空也が口を寄せた。

「これでまた貸しができたな」

低く甘く意味ありげに告げ、必殺技の笑みでこちらを見る。ぞわり。鳥肌が立ち、フェロモンとかセックスアピールとかとは全然違う意味で胸がざわめく。しかし空也は私のリアクションを待たず、志津香の手を取って車にエスコートした。爆音を響かせ、二人を乗せたポルシェは走り去った。

警察への通報と誘導、その他の対処のためにガードマンたちは場を離れた。振り向くと塩谷さんは秀正の前にいた。秀正は話を終えたとたん、力尽きたように座り込んでうなだれている。

「あんた、事件の後にある男をダミーにして警察に似顔絵を描かせているだろう。どうしてだ。捜査の手が自分に及ぶのが怖かったのか」

「それもある。しかし、俺はあいつが許せなかったんだ。相手が兄貴なら、俺は仕方がないと思えた。優しくて頭もよくて、悦子さんのことを誰よりも愛していた。そこにあの男が現れて、あっという間に悦子さんの心を奪ってしまった。あんな素性も知れない流れ者がいいのか。だったら、俺だっていいじゃないか。そんな時、田川に誘われたんだ。あいつさえ現れなきゃ、俺だって」

「なに言ってんだか。お門違いもいいとこよ。てかあんた、逃げてるだけじゃない。自分から逃げ、警察から逃げ、今は債権者と金貸しあたり？　そのくせギャングだ似顔絵だ、つまんないことに頭を使って。この根性無し。だからボンボンはいやなのよ」

刺々しく責め立て、ママはぷいと背中を向けた。

「わかってる。すぐに思い知らされたよ。兄貴が死んだ後、俺は悦子さんとカンナのために必死で働いた。贖罪《しょくざい》の意味もあるが、いつかは悦子さんが俺を受け入れてくれるんじゃないかと思ったんだ。だが、悦子さんはあいつを忘れなかった。二十五年前の流れ者だ。俺がでっち上げた似顔絵で警察の取り調べを受け、潔白は証明されたがいつの間にか姿を消した。いきさつはわからないし、再会もしていないと思う。なのに、悦子さんは死ぬまであいつを心の支えにしてた。結局、俺の出る幕はなかったんだよ。そのうえ店まで傾かせちまって。バカもいいとこだよな」

饒舌《じょうぜつ》だが言葉に抑揚《よくよう》はなく、ぼんやりした目で通路の先を眺めている。

「バカもいいとこだよな、って浸《ひた》ってどうすんのよ。あ〜もう。ホントにイラつく男ね」

衣擦れの音を立てて歩み寄り、ママは扇子の先で秀正の頭をぱしりと叩いた。肩を揺らし、秀正が顔を上げた。

「あんた、自首しなさい」

「ちょっと。なんでそうなるのよ」

袖を引く私を無視し、ママは続けた。

「事情はどうあれ、あんたは許されないことをした。それは事実よ。これからの人生を償《つぐな》いに捧げる覚悟をするのね」

秀正は何も言わない。しかし眼鏡のレンズの下の目は、瞬きもせずにママを見ている。

「でもね、たった一つ今からでも間に合うことがある。ダイヤを持って警察に行って、やらかしたことを自分の口で話すの。本物のカンナちゃんや家族、店のみんなはあんたを信じて帰りを待ってるんでしょ？　たとえ気休めでも、何も救いがないよりましだわ。亡くなった昭正さん、清正さん、悦子さんの供養にもなるはずよ」

後半は優しく諭すような口調になり、語りかける。大きく分厚い手が、シワだらけのワイシャツの肩を包み、そっと揺らした。見開いたままの秀正の目が、みるみる潤《うる》んでいく。

「いいわね？」

胸元から汕頭《スワトウ》のハンカチを出し、手渡す。秀正は眼鏡を押し上げ、握りしめたハンカチを目に当てて、嗚咽しながらこくこくと頷いた。ママが私にVサインをつくって見せる。

「救いに供養ねえ。ちょっと甘すぎるんじゃないの」

「百パーセントの正義だけが、人を幸せにするとは限らないの。ゴールした時に、ランナーも観客もみんなが笑ってりゃ、それでいいじゃない。まあ、じきに晶ちゃんにもわかるし、その頃にはメレダイヤの一つぐらいは似合う女になれるんじゃない？　ちなみにメレダイヤって、別名は屑《くず》ダイヤなんだけどね」

さも楽しげに言ってのけ、天井に裏声をびんびんと響かせて笑った。

後を塩谷さんたちに任せ、私は秀正を連れて駐車場を出た。ごつい顔を真っ赤にして目は泣き腫らし、足元をふらつかせる秀正を、章司とアレックスが支える。アレックスのジーンズのポケットには、立ち去る前に志津香に改めて事情を説明し、なぎさママも頭を下げて譲り受けたネックレスが入っている。

日比谷通りを戻り、信号を二つ越えれば目の前は丸の内警察署だ。警察署のビルの手前で足を止め、アレックスはネックレスを出した。章司が言った。

「晶ちゃん、お願い。ちょっとだけでいいから、ダイヤを見せて。こんなチャンス、もう二度とないと思うの」

「いいけど」

一応お伺いを立てるつもりで目を向けた私に、秀正も頷いた。

「どうぞ」

「ありがとう」

ぱっと顔を輝かせ、章司はネックレスを手にした。ちゃんと見るのは私も初めてで、ダイヤはもちろんルビーの輝きも見事だが、重くて首が凝りそうな気もする。

章司は迷わず、リボンの結び目部分に配された一番大きなダイヤをつまんで街の明かりにかざした。目に近づけ、石を回したり傾けたりする。さぞや大騒ぎをするだろうと思ったが、無言のままダイヤに見入っている。

「晶ちゃん。見てごらんなさい」

感極まった様子で目を潤ませ、私にネックレスを手渡す。章司を真似、私もダイヤをつまんで明かりにかざした。

美しかった。直径一センチほどの楕円だ。しかし、表面に複雑で精巧なカットが施され、動かす度に石のあちこちが強く輝き、一瞬だが虹色にも輝く。

「綺麗ね」

「その虹色の光はファイアって呼ばれるもので、ダイヤに差し込んだ光が屈折したり分散したりして生まれるの。でも、それだけ見事なファイアはカットはもちろん、石に色のない、完全無色の状態じゃなきゃ見られない、スペシャル中のスペシャル。英国女王？　インドのマハラジャ？ううん。たとえるなんて無理。これはもう、奇跡ね」

奇跡の石。この輝きと完全無色のDカラーのために、二十五年前に事件が起き、血が流され、たくさんの人の運命も変わった。オカルト的な趣味はないが、虹色の光は関わった人たちの今日までの時間や想いによって放たれているようで、少し怖い。

もう一度章司が眺めた後、ネックレスは秀正の手に戻った。

「いろいろとご迷惑をおかけしました」

秀正が一礼し、私たちも無言で会釈を返す。ママのハンカチは持って行くつもりらしい。日はようやく傾き、皇居の方角からわずかながら風も吹いてくる。

「一つだけ教えて欲しいんですけど」

歩きだそうとした秀正を、私は呼び止めた。

「さっき言っていた流れ者の男って、名前は憂夜っていうんじゃないんですか。だとしたら、私たちにとって大切な人なんです。だから――」

またもや、ジャケットのポケットから『めざせモスクワ』の着メロが流れた。一気にムードが盛り下がり、私は携帯を出した。液晶画面に表示された発信元の市外局番は、〇七八。

「〇七八って確か」

「神戸です」

きっぱりと、秀正が答える。慌ただしく、私は電話に出た。

「もしもし」

「憂夜です。連絡が遅くなって申し訳ありません。今よろしいですか？　先ほどもお電話したのですが、お取り込み中だったようで。それで、なんのお話でしたっけ」

「なんのお話って言われても」

返事に困り、アレックス、章司、秀正の順に見た。

「そんな名前だった気もしますが、どうでしょう。何しろ、私たちが何を訊ねても、笑顔ではぐらかしてばかりの男でしたから。ただ、悦子さんにはこう答えたそうです。『何も話さないのは、できるだけ長くあなたと一緒にいたいからです』」

秀正が言った。眼差しはこれまでの中で一番強く、まっすぐ。そして、何かを伝えようとしていた。それを読み取ろうとして読み取れず、言葉を失った私の耳にバリトンの声が響いた。

「もしもし、高原オーナー？　どうかなさいましたか」

「どうもしない。でも」

「お休みをありがとうございました。明日からは、これまで以上に誠心誠意、勤めさせていただきます。店のみんなはどうしてますか？　留守中に何か起きていないか心配で」

いつもよりやや饒舌な憂夜さんに曖昧に答えながら、私は振り返った。そこに秀正の姿はなく、目で追うと警察署の玄関に入って行くところだった。ワイシャツの背中は自動ドアに吸い込まれ、すぐに見えなくなった。

5

二階に到着し、足を引きずるようにしてエレベーターを降りた。昨日の、たったあれだけのダッシュで筋肉痛だ。絆創膏を貼った靴擦れも、まだ痛む。

indigo のドアを押し開けると同時に、携帯電話がメールを受信した。なぎさママからだ。

『やっほー♪　昨日はどうも。おもしろかったけど、疲れたわあ。若いつもりでも、体は正直よねえ(*´エ`)　でも志津香ちゃんからメールが来て、お近づきのしるしにこれからイケメンスタッフばっかりのマッサージサロンに連れてってくれるって、(*^▽^*)　まりんも大はしゃぎよ。章司くんも誘う予定。あの子、「ダイヤの写メを撮るのを忘れた」って悔しがってたしね。夜にはそっちに乗り込むから、ＶＩＰルームを押さえて男の子たちも揃えとくのよ。ほんじゃねo(^o^)o』

「まりんも大はしゃぎって……あいつ、やっぱりママや章司さんと同じ組合——」

「あ、晶さん。いま電話しようと思ってたんすよ」

ジョン太が駆け寄って来た。客席フロアのソファには手塚くんをはじめとした二部のホストの他、犬マンやＤＪ本気、アレックスも顔を揃えている。

「みんな、どうしたの。まだ二時過ぎよ」

「昨日はあの騒ぎだし、憂夜さんの復帰初日だし、気になっちゃって。早起きして来てみたら、案の定っすよ」

「何かあったの？　憂夜さんは？」

「ちゃんと出勤して、とくに変わった様子もありません。店の掃除が手抜きだとか、俺らの格好がだらしないとか説教は食らいましたけど」

煙草をふかしながら淡々と説明し、犬マンは立てた親指でオーナールームを指した。明かりが灯り、半分開けたブラインド越しにオーナーデスクの椅子を揺らす後ろ姿のシルエットも見える。塩谷さんも来ているようだ。

「試しにこれをちらつかせたり、近くで事件の話をしたりもしたんですけど、No reaction でした」

アレックスが太い首をひねり、隣のＤＪ本気が待ってましたとばかりに私に新聞を突き出した。一面には、二十五年前のＵギャング事件の犯人が時効直前に逮捕され、盗まれたダイヤも戻ったという記事が大きく掲載されている。

「意外性を狙って、手塚くんたちに人生相談のふりしてこの七日間どこで何をやってたのか、聞き出させようとしたんすよ。そうしたら、先回りされてこのザマ」

「まあ元々、作戦に無理があるんですけどね」

眼鏡を押し上げながら地味に反論し、手塚くんはテーブルの上の大きな紙袋を開いた。取り出したのは、岩手名物・かもめの玉子に沖縄の伝統菓子・ちんすこう、北海道のホワイトチョコレートに広島のもみじ饅頭等々の諸国銘菓。東京・浅草《あさくさ》の雷おこしまである。

「何これ」

「おみやげだそうです」

「おみやげって……」

「上手いことごまかされたと思うでしょ？　俺らもがっかりっすよ。そしたら、ちょい前にこれが届いて」

ジョン太が私に長方形の紙を渡した。葉書だ。憂夜さん宛で消印は神戸、日付は昨日。差出人は『水原カンナ』とある。

慌てて、私は葉書を裏返した。丸くポップでイラストのような、いかにも今どきの若者の文字で、両親の墓参りに対する礼と会えて嬉しかったこと、叔父・秀正の金策が失敗し倒産することになっても、ジュエリーMASAは自分が必ず再建するという決意が綴られていた。

「憂夜さんは悦子さんたちのお墓参りに行ってたのね。じゃああの、船とか香港とかは」

顔を上げようとした私を制し、ジョン太は葉書の隅を指した。プリクラが貼られている。写っているのは、ややはにかんだ笑顔の憂夜さんと若い女。女は面長で彫りの深い、くどめの顔立ちをしている。髪型は最近では珍しいベリーショート。日焼けした形のいい額の真ん中に、ダークブラウンの前髪を一房垂らしている。これが本物のカンナか。やや時代遅れではあるが、美人だ。しかも、髪型を含め憂夜さんにそっくり。二人の写真の上にはピンクの手書き文字で『憂夜さん、だ〜いすき♡カンナ』と書き添えられている。

まさか。いや、そんなバカな。パニックを起こしかけ、私はホストたちを見た。みんなも同じことを考えているらしく、すがるような目で見返したり、そっぽを向き白々しく口笛を吹いたりしている。

そろそろ来るだろうと思ったら案の定、ＤＪ本気が言った。

「そっくりですよね。ひょっとして、カンナちゃんのパパは清正さんじゃなく、憂夜さ——」

アレックスとジョン太に押さえ込まれ、ＤＪ本気はくぐもった声でわめいてスニーカーの足をバタつかせた。

「高原オーナー、おはようございます」

バリトンの声に、ぎょっとして振り向く。憂夜さんが頭を下げていた。いつからいたのだろう。足音を立てないで歩く技に、ますます磨きがかかったようだ。肩パッドも雄々しいダブルスーツ姿。色はダークグレイだが、左胸に大きなバラのコサージュをつけている。しかも、素材はパイソンだ。

「おはよう」

「お休みをいただき、ありがとうございました。塩谷オーナー共々、表のお仕事を休んで店に顔を出して下さったとジュンから聞きました。お気遣い、恐縮です。お茶の用意ができました。どうぞ、おいで下さい」

手入れの行き届いた指でオーナールームを示し、歩きだした。続く私の背中に、「後は任せた」というホストたちの視線がぶつかる。

フロアを進み、螺旋《らせん》階段を登りながら、前を行く四角い背中を眺めた。

みんなで話し合い、この七日間の出来事は憂夜さんには伏せておこうと決めた。マスコミの報道に私たちの名前が出ない様、手も回した。それでも、訊くなら今しかないという気がする。

オーナールームに続く廊下にさしかかったところで、私は声をかけた。足を止め、憂夜さんが振り向く。

「憂夜さん」

「はい。なんでしょう」

いつもの優しく、優雅で、慈愛に溢れ、そのくせどこか遠い笑顔。覚悟を決め、口を開きかけた時、昨日の記憶が蘇った。私の問いかけに対する、秀正の言葉と眼差しが胸を揺らす。

「どうかなさいましたか？」

怪訝そうに、憂夜さんが私を見た。大きく一つ息をつき、私は首を横に振った。

「ううん。なんでもないの。憂夜さんが淹れたお茶が飲みたいと思ってたのよ」

「光栄です。旅先で、お茶をたくさん仕入れてきました。中に一つ、飲む人のイメージで茶葉を調合するという変わった店がありまして。高原オーナーのイメージで調合してもらったものを淹れてみましたので、ご賞味下さい」

小さく微笑み、憂夜さんはドアに向かった。

「何も話さないのは、できるだけ長くあなたと一緒にいたいからです」。二十五年前、流れ者の男は悦子にそう言った。その男は憂夜さんなのか。だとしたらどんな思いで神戸を離れ、今日まで生きてきたのか。それはわからない。でも、気持ちは同じだ。私も、塩谷さんも、ホストたちも、なぎさママだって、できるだけ長く憂夜さんと一緒にいたい。だから何も訊かない。そう決めた。またむくむくと、下世話な好奇心が頭をもたげるかも知れないが、その時はその時だ。今は憂夜さんのお茶が飲めるだけで十分。それに、私をイメージしたというお茶がどんなものかも気になる。

「どうぞ」

前方でドアが開いた。奥には、ノブをつかみ恭しく頭を下げる憂夜さんがいる。

私は胸を張り、よろめき気味の足をふんばって、ドアの中へ進んでいった。

加藤実秋（かとうみあき）

1966年東京都生まれ。2003年、「インディゴの夜」で第10回創元推理短編賞を受賞しデビュー。スタイリッシュな描写と、エンターテインメント性を打ち出した作風で注目される。著作は『インディゴの夜』『インディゴの夜 チョコレートビースト』『モップガール』『インディゴの夜 ホワイトクロウ』『ヨコハマB-side』『チャンネルファンタズモ』がある。〈インディゴの夜〉シリーズ、『モップガール』はドラマ化されて好評を博した。

インディゴの夜 Dカラーバケーション

2010年4月23日　初版

著　者：加藤実秋
発行者：長谷川晋一
発行所：株式会社東京創元社
〒162-0814　東京都新宿区新小川町1-5
電話：(03) 3268-8231㈹
振替：00160-9-1565
URL：http://www.tsogen.co.jp

Book Design：水野哲也（Watermark）
Cover Illustration：ワカマツカオリ

印　刷：モリモト印刷
製　本：加藤製本

乱丁・落丁本は、ご面倒ですが小社までご送付ください。
送料小社負担でお取替えいたします。

©Kato Miaki 2010, Printed in Japan
ISBN 978-4-488-02457-4　C0093

おしゃれでキュートな現代ファンタジー

(株)魔法製作所シリーズ

シャンナ・スウェンドソン◎今泉敦子 訳

ニューヨークっ子になるのも楽じゃない。
現代のマンハッタンを舞台にした、おしゃれでいきがよくて、
チャーミングなファンタジー。

ニューヨークの魔法使い
赤い靴の誘惑
おせっかいなゴッドマザー
コブの怪しい魔法使い

すべてのファンタジーのみなもとがここにある!
世界中の昔話を集めた古典童話集を新訳、新編集で

アンドルー・ラング世界童話集
全12巻

アンドルー・ラング＝編
西村醇子＝監修

生方頼子・大井久里子・おおつかのりこ・菊池由美・熊谷淳子・
児玉敦子・杉田七重・杉本詠美・武富博子・田中亜希子・
ないとうふみこ・中務秀子・西本かおる・宮坂宏美・吉井知代子＝訳

H・J・フォード他＝装画・挿絵

柳川貴代＋Fragment＝装幀

四六判上製

第1巻『あおいろの童話集』
第2巻『あかいろの童話集』
第3巻『みどりいろの童話集』
第4巻『きいろの童話集』
第5巻『ももいろの童話集』
第6巻『はいいろの童話集』
第7巻『むらさきいろの童話集』
第8巻『べにいろの童話集』
第9巻『ちゃいろの童話集』
第10巻『だいだいいろの童話集』
第11巻『くさいろの童話集』
第12巻『ふじいろの童話集』

東京創元社のヤングアダルト・児童書

宮崎《みやざき》駿《はやお》推薦《すいせん》

肩《けん》胛《こう》骨《こつ》は翼《つばさ》のなごり

デイヴィッド・アーモンド／山田順子 訳　四六判並製

カーネギー賞、ウィットブレッド賞受賞

古びたガレージの茶箱のうしろの暗い陰《かげ》に
ぼくは不可思議《ふかしぎ》な生き物をみつけた
青蠅《あおばえ》の死骸《しがい》にまみれ蜘蛛《くも》の巣だらけの
彼は誰
……それとも、なに？
ありふれた日常《にちじょう》が幻想的《げんそうてき》な翳《かげ》りをおびる瞬間《しゅんかん》
驚《おどろ》きと感動が胸《むね》を打つ
英国児童文学の新しい傑作《けっさく》

東京創元社のヤングアダルト・児童書

感動のベストセラー

シカゴよりこわい町

リチャード・ペック／斎藤倫子《さいとうみちこ》 訳　四六判上製

ニューベリー賞オナー受賞作、第49回産経児童出版文化賞入賞

大柄《おおがら》なうえに型破《かたやぶ》りな性格《せいかく》
そんなおばあちゃんを訪《たず》ねたあの夏、
死ぬほどつまらないと思っていた田舎町《いなかまち》で
生まれてはじめて死体を見ようとは！
ぼくたち兄妹はこわいもの見たさで
翌年《よくねん》の夏も列車に乗りこんだ
1920-30年代の古きよきアメリカがここにある
大人にも楽しいヤングアダルト小説
是非《ぜひ》とも家族で楽しみたい一冊《いっさつ》。

FISHING FOR AMBER * CIARAN CARSON

名著にして名訳！　驚異に満ちた物語の贈り物

琥珀捕り

キアラン・カーソン　栩木伸明訳

オウィディウスの奇譚『変身物語』、ケルト装飾写本の永久機関めいた文様の迷宮、フェルメールの絵の読解とその贋作者の運命、顕微鏡や望遠鏡などの光学器械と17世紀オランダの黄金時代をめぐるさまざまの蘊蓄、普遍言語や遠隔伝達、潜水艦や不眠症をめぐる奇人たちの夢想と現実――。伝統的なほら話とサンプリングの手法が冴える、あまりにもモダンな物語！

▶ この本は文学においてカモノハシに相当するもの――分類不可能にして興味をひきつけずにおかない驚異――の卵を孵化させた。　――《インディペンデント》

▶ キアラン・カーソンも、少しも負けていない。澁澤龍彦が『世界大百科事典』において一段落の規模で成し遂げたことを、カーソンはまるごと一冊の規模で、しかも強度を少しも減じることなく、成し遂げているのである。　―― 柴田元幸・解説より

四六判上製

SHAMROCK TEA * CIARAN CARSON

たくらみに満ちた摩訶不思議な物語

シャムロック・ティー

キアラン・カーソン　栩木伸明訳

　ことによるといつの日か、自分が最初にいた世界へもどれないともかぎらない。だからとりあえず今は、そちらの世界について書きつけておきたいと思う。

こんな言葉ではじまる奇妙な手記。

めくるめく色彩の万華鏡、聖人たちの逸話、ヤン・ファン・エイクのアルノルフィーニ夫妻の肖像、ドイル、チェスタトン、ワイルド……。

読み進むうちに、詩人カーソンが紡ぎ出す、交錯し繁茂するイメージの蔓にいつしか絡め取られる、摩訶不思議な物語。

▶カーソンの本は、遙かな古代と近い過去と未来がちいさく神話化されてぎゅうっと詰めこまれた、変な色をした密室のようだ。著者が好き勝手に書いてるのだから、こっちもいろんな動物になって好きに読めばよいのだ。
——桜庭一樹（解説より）

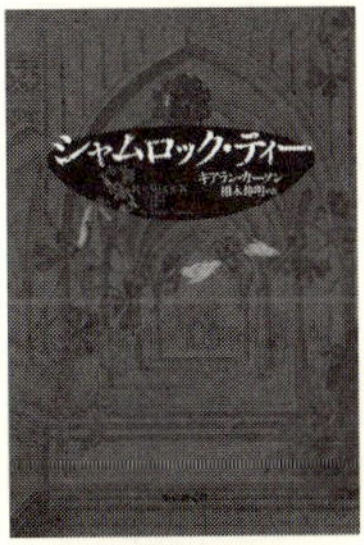

四六判上製

IL NOME DELLA ROSA * UMBERTO ECO

世界の読書人を驚嘆させた20世紀最大の問題小説

薔薇の名前 上・下

ウンベルト・エーコ　河島英昭訳

中世北イタリア、キリスト教世界最大の文書館を誇る修道院で、修道僧たちが次々に謎の死を遂げ、事件の秘密は迷宮構造をもつ書庫に隠されているらしい。バスカヴィルのウィリアム修道士が謎に挑んだ。

「ヨハネの黙示録」、迷宮、異端、アリストテレース、暗号、博物誌、記号論、ミステリ……そして何より、読書のあらゆる楽しみが、ここにはある。

- この作品には巧妙にしかけられた抜け道や秘密の部屋が数知れず隠されている――《ニューズウィーク》
- とびきり上質なエンタテインメントという側面をもつ稀有なる文学作品だ――《ハーパーズ・マガジン》

四六判上製

MR MEE * ANDREW CRUMEY

文学界のエッシャー登場！

ミスター・ミー

アンドルー・クルミー　青木純子訳

書痴老人ミスター・ミーは、謎の書物、ロジエの『百科全書』の探索のため、パソコン導入に至る。ネットの海で老人は、読書する裸の女性の映像に行き着いた！　彼女の読んでいる本の題名は『フェランとミナール――ジャン＝ジャック・ルソーと失われた時の探求』
十八世紀のふたりの浄書屋フェランとミナールと謎の原稿の物語、ルソー専門の仏文学教授が教え子への恋情を綴った手記、老人ミスター・ミーのインターネット奮闘記、三つの物語がロジエの『百科全書』を軸に縒《よ》り合わされ、結ぼれ、エッシャー的円環がそこに生まれる！

▶読み終えるやいなや、一ページ目から読み返したくなる稀有な小説だ。　――ワシントンポスト・ブックワールド

▶クルミーはカルヴィーノ、ボルヘス、クンデラといった大きな流れの中で、また一味違った小説世界を作り上げた。
――パブリッシャーズ・ウィークリー

四六判仮フランス装